TERMINAL BEGINNING

ターミナル・ビギニング

アメリカの物語と言葉の力

YOSHIDA michiko

吉田廸子

本村浩二

中村 亨

西本あづさ

米山正文

平塚博子

村山瑞穂

細谷 等

的場いづみ

加藤麻衣子

照沼かほる

松崎 博

論創社

はじめに

本書は、吉田廸子先生に大学院生時代に薫陶を受け、現在は大学で教鞭を取っている研究者達が、今は亡き先生への哀悼の意を表して編んだ論文集である。

吉田先生は二〇一一年の二月、膨大な数の犠牲者を出したあの東日本大震災の一か月前に、長年患われていた癌が原因で亡くなられた。今こうして振り返ると、あの未曾有の出来事にもし先生が遭遇され、震災後の状況を目の当たりにされていたら、どう思われていただろうかという疑問が浮かぶ。あれから三年が経つが、東北で被災した多くの人々が今なお苦闘のさなかにあり、また原発事故のあと放射能汚染の危険は私たちにとって切実な問題となっている。だが被災地から離れて日常を過ごしていると、あの当時の記憶が急速に薄れつつあるのを感じる。気の滅入る現実を意識の隅に追いやりたいという心理が、自分自身のうちにも、また社会全般にも働いているように思える。

吉田先生は、二〇〇五年に青山学院大学を定年で退職された後も、黒人女性作家やアメリカ南部文学の研究に旺盛な意欲を持って取り組まれていた。そして社会の周縁に追いやられがちなマイノリティの人々に終始関心を向け、アメリカの小説を主な研究対象としながらも、日本の社会で自らが置かれている現状を常に見据えて考察を練り上げられていたように思う。その先生がもし生きておられたら、震災後の社会状況について、ご自身の文学への取り組みと関わるかたちで真剣に考え、発言をされていたのではなかろうか。この論文集に収められた先生の二本の論文を改めて読み返してみると、そこで語られている言葉はあたかも三・一一以後の日本の問題を指し示す予兆であるかのように聞こえる。先祖代々暮らしてきた土地の自然環境を、経済発展を最優先する政府と企業の犠牲にされて汚染され、生活を破壊された水俣の村人達。また中上健次の小説では、自らのアイデンティティの基盤であった故郷の町を再開発によって寸断された主人公はその故郷と決別する一方、町で生活を続ける住民達の関心と話題の中心は奇しくも「将来性がある」という原子力発電所の建設計画なのである。

本書の他の執筆者の論文は、吉田先生へのオマージュとして各人が自由に書いたものであるが、自分自身が巻き込まれている社会のアクチュアルな問題を、物語の批評という営みを通して批判的に考察するという点では吉田先生の論文と問題意識を共有しており、結果としては全体として統一性のある論文集になったように思う。収録された各々の論文は、近代社会を支配するイデオロギー・体制についての批判的洞察、もしくは社会が強いる犠牲あるいは抑圧・排除の対象にされた少数者についての考察を含むものとなっている。

本書の第一部では小説についての論考が集められているが、いずれの論も社会のマイノリティにまつわる問題を考察している点で共通する。吉田廸子「近代と対峙するコスモロジー——モリスンと石牟礼道子の世界」ではトニ・モリスンの『ビラヴィド』と石牟礼道子の『苦界浄土』が、共に近代社会の歪みに立ち向かうための宇宙観を提示する物語として考察される。『ビラヴィド』で描かれる奴隷制のトラウマを抱えた黒人達も、近代産業機構のひずみが生んだ水俣病に苦しむ『苦界浄土』の登場人物達も共に、強者の利益を最優先する社会体制の犠牲者として捉えられる。モリスンと石牟礼は第三者の安易な理解を拒む当事者の沈黙の重みを受け止め、その受難の物語を犠牲者達の霊が憑依した巫女のように語る。属していた共同体も分断された悲劇の当事者達が孤立を乗り越えるための拠り所とするのは、前近代から彼らが継承してきたアニミズム的な宇宙観であり、人と人以外の存在、そして死者達との間の交感を身近に感じる感性である。モリスンと石牟礼の小説は共に世界の惨事を読者の身近に引き寄せるものであり、苦しみ続ける能力によって得られる知の可能性を指し示していることが強調されて論は締めくくられる。

次の吉田廸子「フォークナーの反逆的後継者としての中上健次」は、中上健次の三部作の小説『岬』『枯木灘』『地の果て　至上の時』を、フォークナーの『アブサロム、アブサロム!』を参照しながら読み解いている。これらの作品は私生児と父との愛憎関係を、入り組んだ語りの形式を用いて物語っている点で基本的に共通する。三部作の舞台である熊野は、『古事記』から近代以降に至るまで中央権力によって負の属性を負わされた場所であり、主人公の秋幸は中上自身と同様に熊野の被差別部落で生まれ育った私生児である。『アブサロム、アブサロム!』と対照的なのは、中上が秋幸を父の罪を責めその後継者となることを断固として拒む反逆的な私生児にしていることだ。そうすることで中上自身が、王の血を引く父と受難に耐える見捨てられた子という『古事記』以来の伝統的な物語定型に反逆しているのである。そして秋幸の父が土地に伝わる伝説を基に、自らの高貴な血統の証として捏造する先祖の物語は、古代の天皇の正当性を示す神話のパロディとなっている。だが秋幸は父の物語の嘘を暴こうとしながらも同時にその物語に魅了されており、この秋幸のアンビバレンスは、古き日本が残した物語の遺産に魅了されつつもそれに支配されることに抵抗する作者中上自身のジレンマを映し出している。

本村浩二「父の認知を求める混血児――『父と息子』と『アブサロム、アブサロム!』」は、混血の作家ラングストン・ヒューズの短編「父と息子」とフォークナーの『アブサロム・アブサロム!』を、両作品がいずれも認知を求める混血の私生児とその父との相克を描いていることに注目し、その描き方の違いを比較検討している。「父と息子」が父と私生児との妥協のない衝突を直截的に物語っているのに対し、複数の語り手を通して過去の事件が再構成される『アブサロム・アブサロム!』では父と私生児との衝突は一切語られない。物語の焦点となるのは父と白人の嫡出子ヘンリー、また彼とその異母兄弟である私生児ボンの関係であり、激しい衝突が起るのも親子ではなく兄弟の間である。そして語り伝えられるボンは受動的で主体的な行動力を欠いており、あくまで白人の語り手によって作り出された抽象的存在にとどまる。そしてそれゆえに、謎めいたエキゾティックな存在として他の作中人物達の想像力を掻き立て続ける。

中村亨「シャーウッド・アンダソンとジーン・トゥーマー――視線の暴力をめぐる、テクスト間の対話」は、トゥーマーの『砂糖きび』とアンダソンの『ワインズバーグ・オハイオ』および『暗い笑い』の関係を、二人の作家の対話の一環として読み解く。その対話の焦点は、共同体から疎外された人間に向けられる視線の暴力性である。混血作家であるトゥーマーは、『ワインズバーグ・オハイオ』で共同体の好奇と不審の目に晒される登場人物と自らを重ね合せ、差別的視線を浴びる者の立場から『ワインズバーグ・オハイオ』を批判的に書き換えるかたちで『砂糖きび』を創造した。人種差別と異人種混交のタブーに苦しむ者達の私生活が可視化されるのを徹底的に拒みつつ、語られぬ物語の空白によって差別の禍々しさを浮き彫りにする『砂糖きび』を読んだアンダソンは、白人としてのやましさと認識の限界を感じずにはいられない。それゆえに『暗い笑い』では黒人を純粋な視覚的対象に還元しようとするものの、彼が排除しようとする差別とタブーについての記憶がテクストに侵入し、そのテクストを攪乱する。

西本あづさ「危険なる仮装――ネラ・ラーセンの『サンクチュアリ』と剽窃疑惑」は、ラングストン・ヒューズ、ジーン・トゥーマーと並んでハーレム・ルネッサンスを代表する作家であったネラ・ラーセンの短編「サンクチュアリ」を、これまで糾弾されてきたように英国人作家シーラ・ケイ＝スミスの短編「アディアス夫人」の剽窃というよりもむしろ、風刺と批判精神に富んだ書き換えとして再読する試みである。自分の息子を殺した知人をかくまう夫人の物語を、南部の黒人たちの話に代えて模倣したラーセンの物語は、同時代の要請に応じる「黒人作家」の仮面を被り、真正な黒人民衆の姿を示す素振りを見せつつもその期待をはぐらかす一種のミンストレル・ショーとして捉えられる。その仮装としての物語が示すのは、読者が期待する牧歌的世界と黒人民衆の連帯ではなくむしろ、近代的で互助的な共同体が存在しない地域社会であり、黒人による私刑を恐れて白人保安官の庇護を求める犯人が示唆する、黒人相互の不信である。風刺の標的は黒人民衆の連帯を目指すニュー・ニグロの企てそのものであり、その懐疑的姿勢が同時代と現代双方の黒人批評家の不興を招いていると考えられる。

米山正文「〈黒い〉主人、〈白い〉奴隷――『ベニト・セレノ』における反乱の意味」は、黒人奴隷の反乱を描いたメルヴィルの中編小説をホミ・バーバの理論を援用し、支配者を模倣することで抵抗を行う被支配者の物語として読み解いている。船を乗っ取った首謀者バボウが船長に平静を装うように強いる演技の強要は、監視下で奴隷に求められた役割だけを演じるように強いる奴隷制を極端なかたちで反復したものである。だがその疑似奴隷制は立場の再逆転の可能性が常につきまとう不安定な支配体制であり、その支配体制を維持するためにバボウが取る方策は、白人の制度化された抑圧手段のパロディになっている。船首にコロンブス像に代えて白人の骸骨を取り付けるバボウの示威行動は、植民地支配を正当化する元の像の象徴的意味をずらし無効にする。また骸骨の白さゆえそれが白人のものだと言うバボウの言葉は、人種の序列化された差異の証として骨を持ち出す自然史のロジックを戯画化する。このように支配体制の模倣によって「ベニト・セレノ」では体制の権威の脆弱さが暴露され、奴隷制の正当性に疑問が投げかけられているのである。

平塚博子「戦争・哀悼・国家――アメリカ再考の物語としてのウィリアム・フォークナーの『寓話』とトニ・モリスンの『ホーム』」は戦争を扱ったモリスンとフォークナーの小説を、それらが執筆された冷戦期とポスト九・一一という文脈を考慮しつつ、国家による死者の哀悼という観点から比較検討している。第一次大戦を扱う『寓話』では戦争協力体制に個々人を組み込む国家権力の強大さと共に、そうした国家権力に抗い攪乱する力も描かれている。このような抵抗は、国家のイデオロギーを正当化する空疎な哀悼の儀式とは対照的な子を失った母の嘆き、そして国葬に乱入する傷だらけの帰還兵を通して示される。一方『ホーム』では、小説の舞台である五〇年代アメリカの人種差別の犠牲者と、主人公のアフリカ系アメリカ人が朝鮮戦争で性的に搾取した後に殺した韓国人少女が並置されている。戦没者を悼むことで恥ずべき過去を忘れようとする主人公の行為は、『寓話』で描かれていたのと同様の欺瞞に満ちた愛国主義的哀悼として捉えられるが、他方で物語は、人種差別の犠牲者と殺された少女の双方に対する真の喪の可能性も模索している。

村山瑞穂「アイデンティティと階級の相克を超えて――チャンネ・リーの『ネイティヴ・スピーカー』はネオリベラル小説か」は韓国系アメリカ人作家リーの代表作を論じ、ウォルター・ベン・マイケルズの批判に反論する。マイケルズは『ネイティヴ・スピーカー』に関して、人種的マイノリティのアイデンティティを前景化することによって階級の問題を隠蔽し、結果的に貧富の差を増大させたネオリベラリズムに加担する小説の典型として、トニ・モリスンらの他の複数のマイノリティ作家の小説と共に批判する。だが小説の主人公で語り手の韓国系アメリカ人男性は、白人への同化により中産階級への参入を果たしたモデルマイノリティとしての生き方を自己批判し、ネオリベラリズムが跋扈する社会の暗部を明るみに出す役割を担っている。さらに主人公の妻である白人女性は人種・階級・ジェンダー・セクシュアリティなどの境界を越境する多様な差異の複合体であることが強調され、自明と捉えられがちな彼女の白人性そのものが脱構築される。小説では、最も流動的で不確かなアイデンティティを担う彼女がスピーチセラピストとして傷ついた言語を癒す可能性が示されると同時に「ネイティブ・スピーカー」という概念そのものが疑問に付されている。

次の第二部に収められた論文は、二〇世紀に飛躍的な発展を遂げた映画、あるいはより広くマスメディア・文化産業を通して生み出される物語が孕む問題と可能性について考察している。細谷等「映像の近代時間――効率と映画の一考察」は、時計に基づく近代時間の論理すなわち効率追求の論理に映画がいかに絡み取られているかを論じる。時計あるいは機械のリズムに個人の行動を従属させる近代時間の抑圧性に対して、『メトロポリス』や『モダン・タイムズ』に代表される映画は抵抗の身振りを示す。だが物語レベルでの批判にもかかわらず映画は近代時間と常に密接な関係にあり、そもそもその起源の中に近代時間のロジックを宿していた。映画の連続コマの原型となる馬の動態撮影は、人間の効率的な動きの研究に応用された。また映画の制作プロセスに加えて映画の形式自体においても効率化が推し進められ、制約された一作品の時間の中で効率よく物語効果をあげるべく、カット割りを始めとする様々な撮影技術が開発されていく。こうした中で『メトロポリス』と『モダン・タイムズ』は共に制作と表現上の無駄を切り詰め、効率の非人間性を効率的に語るという自家撞着に陥る。こうして映画は近代時間からの解放を指し示しつつも同時にその解放の表現そのものが近代時間の論理に組み込まれるという、弁証法的な運動を展開することになるのである。

的場いづみ「ナボコフの『暗闇のなかの笑い』と映画」は、ナボコフが一九三八年に英語で出版した小説と、彼が触発された二本の映画との関連を探る。ナボコフが賞賛したサイレント映画『最後の人』は、文字情報を極力排して映像のみで物語を構築するという試みを行っているのに対し、『暗闇のなかの笑い』では主人公を失明させ視覚情報を制限した語りが展開する。主人公が失明したことを悟る場面、また彼が自分を欺いていた愛人を暗闇の密室に閉じ込めて殺そうとする場面では、制限された語りは大きな効果を発揮する。そして『最後の人』と同様に登場人物が閉鎖空間に閉じ込めらることで、筋の運びは爆発的な激しさを増す。さらにナボコフが賞賛する別の映画『芸術と手術』と同じく、『暗闇のなかの笑い』では主人公を欺こうとする男が相手の身体的欠損を利用する。だが幻惑から覚めた主人公が平穏な家庭生活を取り戻すという映画の予定調和的な結末をナボコフは反転させ、むしろ安定していたかに見えた世界が虚偽にすぎなかったことを暴露する。ナボコフは広範な読者の獲得を視野に入れ、ときには批判的なひねりを加えながら映画という新メディアから取り入れられる要素を積極的に取り入れたと言えよう。

加藤麻衣子「非アメリカ的な『夢』と前衛映画と抵抗と――第二次世界大戦前後のアナイス・ニン」は、大恐慌から世界大戦に至る時代における、ニンの文学的軌跡を辿る。暴力的な激動の時代にニンが、『日記』やフィクションの創作によって彼女が「もう一つの世界」と呼ぶ内面と夢の探求を行ったのは、逃避ではなくむしろ暴力と憎悪に満ちた社会への抵抗であると論考は主張する。第二次世界大戦の終結直前にニンが前衛映画製作者マヤ・デレンと出会って交流を深め、彼女の映画に出演したのも、内面世界の探求の一環として捉えられる。ニンが『日記』やフィクションで自らの分身的存在への強い思い入れを表現しているのに対し、マヤ・デレンの映画では分身の登場で一人の女性が増殖していくイメージが提示されており、自我の増殖や分離という問題を前衛的な手法を用いて表現する点で二人は非常に似通っている。マヤ・デレンに共鳴したニンは彼女の映画に出演するとともにその自分の経験を書き残し、自らを創造者でかつ創造される対象としたのである。

照沼かほる「戦うプリンセスたちの挑戦――プリンセスと戦う女性と女性ゴシックの関係」は、女性の憧れの的であるプリンセスが、男性に守られるのではなく自ら戦うようになった近年の映画を、ジェンダー規範への挑戦という観点から考察する。フェミニズムの隆盛と共に活動的、積極的な女性が認められるようになると、アニメでは自ら行動して幸せを掴もうとするプリンセスが登場するようになり、また戦う女性が登場する実写映画が人気を博する。だがそうしたヒロインたちは男性の助けなしに危機を乗り越えることができず、愛する男性との幸せな結婚が最終目標である点で伝統的なジェンダーの規範に依然として囚われている。その意味で彼女達の話も、女性の幽閉状態を物語るかつてのゴシック小説とさほどかけ離れてはいない。それに対し最近公開された実写映画『スノーホワイト』とアニメ『メリダとおそろしの森』はプリンセスが自力で目標を達成し、その目標が恋の成就や結婚ではない点で画期的である。だが両作品ともに結末は中途半端であり、ジェンダーの檻は脱出できない迷路のように、女性を拘束し続ける。

松崎博「冷戦期のある『夫婦』の物語――レナード・バーンスタインの『タヒチ島の騒動』をめぐって」は、同じくジェンダー規範の檻を同性愛者だったバーンスタインが問題視して作った音楽劇を考察する。反共主義が社会を支配した一九五〇年代、資本主義国家アメリカの物質的繁栄を謳う広告とマスメディアによって理想化された郊外家庭生活。『タヒチ島の騒動』はこの理想化された家族のイメージが虚像に過ぎないことを、倦怠期の夫婦に焦点を当てて描き出す。日々の生活の空虚さに苛まれる妻は精神分析医の診療を受けており、劇自体と同名のミュージカル映画『タヒチ島の騒動』を見ながら我を忘れて歌い踊ることで束の間日常の現実から逃避する。一方夫は社会競争の勝者であり続けなければならないという男性規範の圧力で疲弊し、夫婦の関係は冷え切っている。続編『静かな場所』も含めて読み取ることができるのは、赤狩りを逃れ体制に順応し、偽装結婚とも言える夫婦生活を送っていたバーンスタインの心の内の葛藤とともに、同時代のイデオロギーと一体となった結婚と家族生活そのものの抑圧性である。

以上が本書に収められた各論文の概括であるが、本書の書名「ターミナル・ビギニング（terminal beginning）」の由来と、それに関連して思い起こされる、吉田先生との対話を書き添えておきたい。定年退職後、先生は亡くなる直前まで絵画と詩の制作を続けられ、その成果は私家版の詩画集として没後出版された。その中に収められた、おそらくほとんど最後の一篇と思われる詩の中の言葉を今回書名に用いた。詩は「ものの名前、人の名前、次々途絶える／思い出せない」という一文で始まり、それなら感じるままに次々に新しい名前をつければいい、と続いた後、最後に次のように締めくくられている。

新しい誕生　新しい名前

この苦痛の中で見なれていたものの姿の奥にかくれていた
真実と出会い、それを自分のコトバ
で命名しよう　命名——光の中へ

終わりと始まり

この詩には、自らの置かれた苦境にひるむことなく向き合い、言葉による発信を絶やすことなく続けようとされた先生の姿勢がよく表れているように思える。この詩を読むたびに想起されるのは大学院生のとき授業で聞いた言葉である。確か『アブサロム、アブサロム！』だったと思うが、フォークナーの長編小説を読み終わった後、感想を尋ねられて一人の学生が、なぜこんな暗くて救いがないような話をフォークナーが書いたのか分からない、という趣旨の発言をした。実は私自身も似たような思いを抱きながらも、体面上それを口に出すのははばかられたのだが、先生はその発言を真剣に受けとめ、しばらく考えたあと学生全員に問いかけられた。ではこんな話を書いたフォークナーは希望というものを持っていなかったのだろうか。

自分にはそうは思えない。本当に希望がなければ、何も書こうとはしなかったのではないか――先生がそういった意味の発言をされたのが、今でも記憶に焼き付いている。

亡き人の意志を代弁するのは、言葉の横領とならざるを得ないのかもしれない。他者についての哲学者レヴィナスの考察を自己流に解釈すると、そんなふうにも思える。だがたとえそうであったとしても、あえて次のように言いたい。

言葉の力を信じ、文学の可能性を信じること。その信念の証として書き続け、自らの思考の成果を公にし続けること。それが先生の生涯を賭けた挑戦だったのではないか。そしてそれはまた、先生に倣おうとする全ての者にとって、いかに困難でも挑むに値する課題なのではなかろうか。

“terminal beginning”という言葉が終わりの中に孕まれる新たな始まりを指し示していると考えるなら、この論文集が完成した時点は、各執筆者の新たな研究の出発点として捉えることができるだろう。吉田先生はご自身も論文を寄稿された退官記念論文集『他者・眼差し・語り』の序文の中で、「読者の忌憚のない意見を頂いた後は、さらに遠い地平線を目指して地道に進みたいと願っている」と書かれている。読者諸氏からは本書に対しても、厳しくも建設的なご批判を賜れれば幸いである。

最後に、本書の出版を快く引き受けてくださり、企画の段階から惜しみない力添えをしてくださった論創社の松永裕衣子さんに心より感謝したい。

著者一同の言葉に代えて

二〇一四年三月

中村　亨

ターミナル・ビギニング◉目次

第一部

響き合う小説の言葉

近代と対峙するコスモロジー
――モリスンと石牟礼道子の世界

吉田　廸子

一　響き合う二つの世界

ブルースと御詠歌

作品と向き合う読者が、その足場を真空に置いているとは、考えられない。物語の景色を映す心が、無色であるとも信じ難い。読者がこれまで生きてきた時間、根を下ろしてきた風土が、未知の作品の世界を登場人物と共に生きようとする想像力を発動させるからだ。

私の読者としての立場は、当然、日本人として生きてきた私の個人史の上にある。したがって、例えば、奴隷船の積荷の中にいるビラヴィドの独白は、私に、死の海と化した不知火海の光景を語る『苦海浄土』の漁村の女たちの呟きを連想させるし、石牟礼道子の作品に描かれる祖霊や海山の神々を畏敬する漁師たちの宇宙観は、アフリカからアメリカに拉致されてきた人々が保持し続けた宇宙観との類似に気付かせ、共に人間の受苦を凝視するモリスンと石牟礼は、私の内に一つの問題意識を喚び起こす。

共同体と「村文学」

二人は共に権力の中心、主流の価値観から遠く離れた視点から、二〇世紀の物質主義の繁栄と挫折を視つめてきた作家である。モリスンは一九世紀から今日に至る様々な時代を背景に、アフリカ人を先祖とするアメリカに生きる黒人の生を、石牟礼は幕藩体制の時代から今日まで、南九州の不知火海沿岸を暮らしの場としてきた漁農民の生を描いている。

モリスンは、奴隷制の時代に黒人教会を基盤にして育った共同体の文化の伝統をモデルと仰ぎ、自らの文学の理想を「村文学《ヴィレッジリトレチャー》」(1)(一二〇－一二二頁)と呼び、石牟礼も、自分は近代の市民ではなく、村落共同体の村民なのだと、主張している。二人の作品の登場人物は、共に近代文明や社会制度の犠牲者ではあるが、自らはその精神の根を、制度の支配を越えた原初的な土壌に張っているので、文明による魂の崩壊を危うく逃れている。各々の作家がよって立つ文化の特徴が鮮烈に表現されている代表作は、『ビラヴィド』と『苦海浄土』である。

悲しみの坩堝から湧き上るブルースと、重い沈黙から押し出された語りで織られた『ビラヴィド』。風に千切れた御詠歌のような漁師の呟きを受け止めて、有機水銀に侵された彼らの受苦を浄瑠璃のように語る『苦海浄土』。『ビラヴィド』の登場人物の日常は、綿密な時代考証に裏付けられたリアリティの中で呼吸し、『苦海浄土』の漁民の悲惨は、医学誌の報告、患者のカルテ、数々の新聞記事や議事録の引用に証拠づけられて、否定しがたい現実として迫る。だが、前者を奴隷制を糾弾する歴史小説と呼ぶのは適当と言えないし、後者を大企業の非人間性を暴くルポルタージュと早合点するのも正しくない。

セサの子殺しは、実際に起きたマーガレット・ガーナー事件に想を得たものの、セサをはじめ奴隷制のトラウマを抱えた人々の苦悩は、すべてモリスンの想像力によるものだし、生活の場である海と自分たちの身体そして人生を工場廃液で破壊された水俣の漁民の心情は、多くの読者が思い込んでいるように本当の聞き書きではない。石牟礼はこれを「聞き書きという形のフィクション」と呼んでいる。集落共同体の村民である作家の想像力が「あの人たちが心の中で言っていること」(2)(三一五頁)を言葉とし文字としたのである。

トータルな人間として

奴隷制と近代産業機構。強者の欲望と利益を最優先する理念と権力に護られた仕組みから人生を奪われた少数者《マイノリティ》集団の受難を視つめるこれらの作品は、権力に改心を、行政に改善を促すことを主目的とする政治小説の域を越えている。何故ならこれらの作品は、事象の表層を貫いて、文明と人間の原存在の意味を現代人に問いかけているからだ。これらの作品は、文明の推進者である支配者の権力の仕組みが、如何に被支配者のトータルな人間存在をバラバラに解体していくかを示すと同時に、断片化を被った少数者集団が発している沈黙の重力に気付かせる。この沈黙の中にはトータルな人間の物語が畳みこまれている。断片化・非人間化のプロセスに押しこまれていく少数者が己の人間性を救出するには、この物語を語ることが必要なのだ。生殖能力や労働能力、そして身体の諸部位が観察・測定され価がつけられる動産としてのアフリカ人。カルテの病歴や解剖室のガラス瓶の中の内臓の破片の元持ち主として患者番号で特定される漁民。彼らは無個性の犠牲者にされることを拒んで、己の生を地獄に変えた文明と対峙しなければならない。

語ることは、その第一歩である。それぞれの受難が、行政上の補償によって償われるのがとうてい不可能なのは、文明が抱えこんでいる破壊力が、民衆の義憤やジャーナリズムの弾劾によって断たれないのと同様である。彼らの苦しみは、生半可な関心に動機づけられた第三者のペンを拒絶している。愛のために我が子を殺したセサ。彼女の石のような沈黙は、牧師の祈りや慈善家の同情を、そして筆記用具を携えた新聞記者の好奇心を撥ね返す。石牟礼もまた、水銀中毒に苦しむ人々の許に「紙切れとペン」を携えてやってくる「先生」たちに自らを決して語ろうとしない患者の沈黙を理解している。

図1　母子像（黒人女性彫刻家エリザベス・カトレト、1939年作）

スウィートホームの奴隷たちの身体上の特徴や言動を記録する「先生」のノートやセサの子殺しを報じる新聞記事。チッソの廃液と水銀中毒の因果関係は確定し難いとした御用科学者の報告書やチッソが患者に呑ませた公序良俗に反する見舞金契約書。力ある側の「プロフェッショナル」な言語で書かれた「客観的」な報告は、書かれている当事者の声を圧殺する。彼らはこのような「観察者」に決して、トータルな主体が生きている自分の物語を差し出しはしない。

図２　水俣百間港の埋立地に立つ地蔵像

語りの声

モリスンと石牟礼は、苦しむ他者により添い、彼らの物語の聴き手となろうとしたのだ。二人が本願としているのは、自分たちが書いた文字から彼らの肉声が聞こえてくることなのだ。頑なな沈黙の下に、言葉に化身しかねていた激しく深い思いがたぎっていたことを伝える肉声が。

ビラヴィドがあの世から戻ってきた自分の娘だと分かったときから、封印されていたセサの思いは、彼女を聴き手に選んで、雪溶けの水を運ぶ渓流の勢いで言葉になり声になる。娘を殺した愛の強さを虚しく掻き口説く母の声である。二本櫓の舟を夫と息を合わせて漕ぎ、不知火海で魚を採って暮らした幸せな日々を、麻痺のすすんだ回らぬ舌で懐かしみ、紙の小舟に自分の魂を乗せて病院の廊下をよろめきながら引っ張って歩き、またじいちゃんの嫁になれるよう人間で生まれたいと語る坂上ユキの声。この人物たちに語らせている二人の作家の想像力には、極限の受難を生きる当事者の霊が憑依している。その想像力に濾過されたブラック・イングリッシュと水俣弁。これらの方言は、被害者の苦悩の明細だけを伝えているのではなく、この世に生を享けトータルな人間として生きてきた彼らの豊かな感性や積まれてきた暮らしの時間を息づかせている。所有者の財産目録や観察記録、あるいは病院のカルテや行政の調書の中で、物として、症例として処理されていた存在が、個人史を訛りに響かせた肉声を通して、丸ごとの人間性を主張する姿なのだ。

「ハート」と「深か魂」

社会の制度・機構が許した暴力に致命的に傷つけられ、耐え難い逆境に追いこまれながらも、この人々を丸ごとの人間として在らしめようとするものは、何か。モリスンはそれを「ハート」と呼び、石牟礼は「深か魂」と呼ぶ。それは、感じ考える苦痛から逃れるために過去を封印したポールDのタバコの缶をこじ開けた「赤い心臓」[3]（二二七頁）、ベイビー・サッグスが、何よりもいとおしめと説いた「鼓動している心臓」[3]（一七四頁）、そしてセサに、「薄い愛など愛じゃない」[3]（二一四頁）と断言せしめたハートである。それはまた、胎児性水俣病に五体の機能を奪われて口さえ利けない孫の杢太郎を、「魂の深か子」[2]（一九六頁）と感じる、これまた水俣病の爺さまの忍耐と優しさを支えている魂であり、幼女のままの躰で年頃になった娘の美しくも仮面のような面差しに魂の証を求め続ける杉原ゆりの母親の魂である。

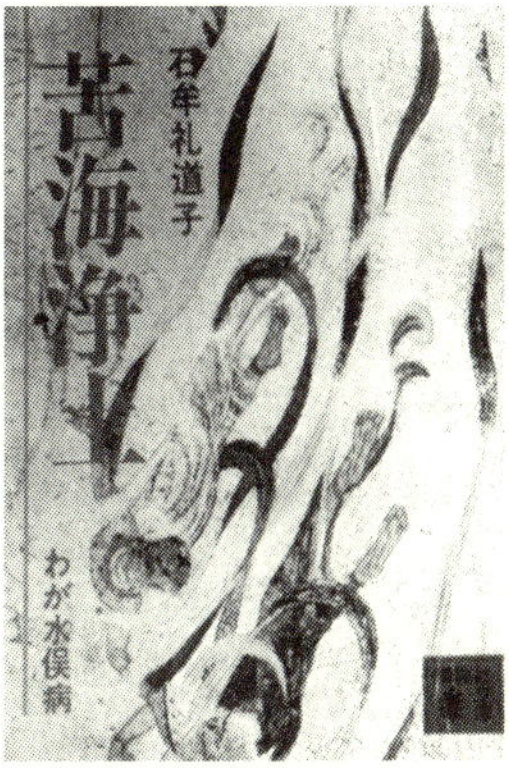

図3 『苦海浄土』（講談社文庫）表紙

二人の女性作家の描く人物は、トータルな人間としての感じる心を捨て、責任を放棄して、無力な犠牲者や怒れる告発者になり切ることは、できないのだ。十分間の性交と引き換えに、「愛されし者」と彫らせた墓標の下で、殺した娘を抱いて永遠の眠りにつきたいと切望するセサは、生き残った子供たちへの百汗を放棄することはできない。記憶を追い返し思考を停止して生き延びようとする彼女の努力は、彼女自身の感受性によって絶えず裏切られる。夫に去られたユキは、半狂乱のなかで「奈落の底」に堕ちている自分の姿を視る感性を失わない。李太郎の爺さまの愛情は、孫を護って同じ穴の中で眠りにつくために、自分の目の黒いうちに孫の「お迎え」が来ることを祈らずにいられない。

二　近代文明 vs アニミズム的宇宙観

個と共同体

『ビラヴィド』でも『苦海浄土』でも、悲劇を背負った人物は、共同体の中での孤立にも耐えなければならない。自身の行為に神の許しも同胞の同情も求めない誇りは、セサを黒人共同体のパリアにしている。水俣病に苦しむ患者とその家族は、隣人たちから業病に呪われた者として避けられる。外部の制度権力が村落共同体の成員にもたらした惨禍は、堅固である筈の彼らの連帯意識の脆弱さを露呈したのだ。奴隷として、あるいは僻地の漁民としてマイノリティの受難の歴史を共有する人々が、自分たちより不運な仲間をこぞって忌避するという背信と荒地化していく同質社会の精神風土。

個と共同体の関係は、二人の作家にとって重要なテーマである。何故なら、自分たちが輪の中から押し出そうとしている仲間が背負っている悲劇は、自分たちの内に潜在している運命であり、苦悩の共有こそサバイバルへの途であることを、自覚しなければ救済はないからだ。

共通する宇宙観

シンシナティの黒人共同体も、不知火海沿岸に点在する漁村も、近代社会の外縁に身を置く前近代的な同質集団である。そこでは独立不羈《ふき》を尊ぶ西欧的個我の意識が発達するより、自他の意識が境界を曖昧にし、一人称複数の思考・行動の習慣の中に互助と連帯の風土が育っていて、価値観を異にする巨大な外の世界の脅威への防御ともなっている。したがってこの人々が互いの間に断絶を生むことは、個としての存在のみならず、共同体を存続させてきた精神文化そのものを危うくすることなのだ。二人の作家は共に、個々の命が周囲の命と共鳴して息づき合う伝統的な村落共同体が、主流文明に要心深く身を固くする一方で、宇宙の万物に向かって感性を開いていることを重視する。

『ビラヴィド』には、街の上空をさ迷い走る絶滅したマイアミ族の霊のざわめきを聴いているポールDやスタンプペイドの姿があり、自分の呼吸を止めて赤ん坊の霊の息づかいを確かめるデンヴァーがいる。人と人はもちろん、人と他の生きものとの以心伝心の共存関係を特徴として石牟礼の世界では、「微笑し合う」「まじり合う」というような「何々し合う」という表現が際立ち、彼女はこの人々と心を通わすために自分の呼吸を相手の「呼吸に合わせる」大切さを知っている。

この人々の感性を彼らの宇宙観の顕われと呼ぶなら、彼らを近代都市の市民と分けるものは、この宇宙観であり、それこそが、彼らを近代文明の破壊力に抵抗させる力となるのではないか。自然との深い親和性を示す二つの作品中の宇宙観が、アニミズムにその根幹を持つことを無視してはならない。アフリカに根を持つアニミズムとアジア的アニミズム。両者に共通するのは、肉体の生の終わりを存在の消滅とは受けとらず、彼岸の世界を身近に感じ、転生を単なる神話以上のものとして信じていることであろう。そして両者が、死者の霊、とりわけ祖霊に示す畏怖と愛憐は、彼らの生き方全般を決定しているのだ。

モリスンの作品に見られる風俗のルーツを指摘したり、またその意味機能を分析するのは、彼女の文学研究に用いられる方法のひとつで、それは主に民俗学と文学との臍帯部《さいたい》に光をあてるものであった。B・クリスチャンは、西欧的な考え方から言えば呪術・迷信と呼ばれる諸霊への信仰体系をアフリカの哲学であると言い切り、『ビラヴィド』を支配しているのはアフリカの宇宙観であることを主張し証明する研究がほとんど見られないことを不服としているが、私も同感である。此処で強調したいのは、モリスンの作品でも石牟礼の作品でも、権力の底辺で、自らの霊性に支えられヒロイックに生き延びる人々の生命力の源泉が、彼らのアニミズム的宇宙観にあるということなのだ。この宇宙観は、彼らを滅ぼそうとした近代文明の理念と対峙する。

もうひとつの知

『ビラヴィド』や『苦海浄土』の村落少数派集団に生きる人々の自己像を形成するのは、彼らを支配する主流社会のルールや価値観だけではないことを、忘れてはならない。階層社会の価値観の視界の外に存続してきた、この人々の文化があるからだ。それはこの人々に、自分たちの命が、すべての生類の命と共に、自然の運行に即して鼓動すべきであることを、決して忘れさせない。

モリスンは、西欧的知からは「迷信」「呪術」と呼ばれるアニミズム的感性を、黒人が持つもうひとつの知の在り方だとして、自身の作品で重要な位置を与えることを、ためらわない(4)(三四二頁)。一方、水俣の死霊・生霊の声を聴こうとする石牟礼も、自身のアニミズムによって「近代への呪術師」(2)(『苦海浄土』六五頁)となる決意を表明している。二人の作家によって描かれる登場人物の宇宙観は、その人物にどんな行動をさせるのか。

例えばシックソウは「血管が詰まるのを防ぐために」、夜の森で独りで踊り、鎖で繋がれた奴隷の集団は、歌い踊りながら羚羊の群れに変身し、地面に倒れたまま、追手の気配を感じたセサは、牙を具えた蛇になる自分を意識する。いたずらを止めない赤ん坊の霊に、生きている母と妹が話し合いを提案する。中間航路で死んだ無数のアフリカ人の霊を連れて、ビラヴィドは水の中から上ってくる。

死と再生・不知火の海

工場廃液に侵される前の不知火海は、漁師たちの命とアイデンティティをゆるぎなく保証していた。人々は祖霊と共に、海山の神々を手厚く祀り、周囲の生類との共生を疎かにせず、己の変身を想像する時空に生きている。豊饒の海が死の海と化した日常が人々を取り囲んだとき、煮魚が胎児のまま死んだ我が子だと思い込むユキ。死んで落下する鳥が自分の娘であることを、夢の中で確かめるゆりの母親。鳥も魚も猫も人も悶え死んでいく状況の中で、先祖や神々の霊の気配と、自らの輪廻転生の予感を抱き、共同体の排除の眼差しを背に浴び、愛するものの苦しみに心も視線もクギ付けになりながら、組織制度の向こうの顔を見せない加害者に対する怨念の地獄を生きなければならない人々がここにいる。『苦海浄土』三部作を通して読者に伝わるのは、長い受苦の年月、人々が脅え戦わなければならないのは、水銀の毒による肉体機能の麻痺ばかりではなく、憎しみと怒りという毒による魂の腐食である。それは一二四番地に立ち籠めるビラヴィドの執拗な怨みとセサの罪意識同様に、出口なき絶望に人を追いつめる。

能「不知火」の中で石牟礼は、神々を海底から人間界に呼び出して、呪われた人間の救済を幻視しようとしている。この創作能の中で父竜神の命を拝した不知火と常若姉弟の神々は、汚染された海と山の水脈の毒を我が身に引き受けて浚い清め、死の寸前に浜辺で出会う。そのとき、毒で命を落としたあらゆる生類の魂に見たてられた不知火海に明滅する光の微塵は、苦しみから解放され、胡蝶に変じて舞いに舞う。(5) この鎮魂のための夢幻能は、二〇〇三年八月、チッソ排水口跡の埋立地で奉納された。

ビラヴィドの海

『ビラヴィド』においても海は、命の母胎から墓場へと変えられている。奴隷船から屍体となって押し落とされたり、自ら身を投げたアフリカ人の無念を呑んだ海である。二部におけるビラヴィドの独白は、彼女がセサが殺した幼女の化身であるだけでなく、六〇〇〇万余のアフリカ人の死霊が騒ぐ大西洋の水底から訪れた者であることを、伝えている。彼女は、不知大海の神々とちがって、死者に鎮魂を、生者には救済をもたらさない。鎮められることのない彼女の魂は、生者の贖罪を果てしなく要求し、漸く未来に歩き出そうとするセサとポールDを、彼らが生きた惨劇の記憶の中に押し返し、厳しい自己検討を迫ることになる。

三　苦しみの果てに

受苦のかたち

此処で二つの作品における苦悩のかたちが同じでないことに注意したい。現在に侵入してくる過去と向き合わねばならないセサやポールDの苦しみは、公害の惨状を日々生きている『苦海浄土』の人々のそれとは、ステージを異にするからだ。『ビラヴィド』の生者たちは、死者たちの怨念を振り切って生きようともがくが、『苦海浄土』の生者たちは同じ公害病の犠牲者である死者たちと自分たちの在りようを変わらぬものとみなして、自らを「水俣死民」と呼んでいる。それは「怨」の字を染めた黒旗をたて、死者の魂を同行させて組織・機構に抗議する彼らの姿にも示されている。一方、『ビラヴィド』で生き残った人々が厳しい審判の眼を向けずにいられないのは、極限状態の中でとった自身の過去の行動であり、死者が怨みを向けるのは、彼らを忘れて生きようとする同胞である。

人間の欲望を野放図に肥大させた近代文明が、奴隷制あるいは利益優先の企業という形をとって産み落とした悲劇を、被害者の内奥から描くこれらの作品は、彼らの受苦をめぐる果てしない思索の中に、読者を深く誘い込む。受苦からの逃避は歴史からの離脱であり、自身の一部を死へ追いやる途に通じる一方、目と感性を開いて果てしない葛藤を生き続ければ、セサのように正気を危うくする。苦しみの果てに光をもたらすものがあるのか。二人の作家は、受苦の中に在る人々が、先祖から感性の中に相続している宇宙観に期待する。

原初への回帰

セサに再会したとき、自分は彼女が知っていたポールDの「残された部分」だと告げるポールDの言葉は、真実を告げている。過去を封印し、縮小した生を生きているからだ。「先生」のペンはすでに彼を部分に解体していたが、さらには彼は自らの操作で部分人間になろうとしたのだ。しかし彼は、赤い心臓があるべき場所に、タバコ缶しかないのを、恥じている。

封印を破ったのはビラヴィドの魔力である。タバコ缶から彼の過去を散乱浮遊させた力は、同時に抑圧されていた生命への飢餓感も喚び覚ます。彼女に毎夜強要された性交はポールDの内に、昔いたことのある深海に引きずり込まれていくような感覚を喚び覚まし、後に彼はこの経験を嫌悪と感謝の念を持って思い返している。生命の母胎でもあり同胞の墓場でもある深海。この両義的な海へ、あの世からの帰還者に伴われて入っていくことは、トータルな人間としての復活のプロセスではなかったか。彼がセサに彼女の過去を語らせようとした要因は、ビラヴィドによって目覚まされた、全的に生きたいという欲求ではなかったか。しかし彼には、セサの過去を受け入れる準備ができていなかった。

ポールDが去り、ビラヴィドが自分が殺した娘であると悟ったとき、セサは一気に過去に落下する。そして彼女もまた、ビラヴィドの欲望によって、先祖の怨みを溜めた海へ連れ出されている。すなわち、スウィートホームでの奴隷としての生活や、一二四番地で追手に追いつめられた状況を語り、母として娘に捧げた自己犠牲と愛の深さを分からせようとするセサに、ビラヴィドは、奴隷船の船倉に詰めこまれている自身の姿と、自分の顔をもって海中に去っていく女の姿を語り、何故自分を置き去りにしたのかと、セサを責め続けている。閉め切った家は、ビラヴィドの現在形の独白によって、地獄の中間航路に変じ、セサ個人の受苦は、民族の受苦の歴史と滲み合って重なる。

断絶から連帯へ

ビラヴィドの独白は、アメリカ黒人が民族的に被った断絶のトラウマを浮き彫りにしている。歴史と文化からの、そして先祖親族からの断絶である。この民族共通の脅威がセサを追いつめたとき、彼女は子供たちと一緒に「安全な場所」に行くことを選んで、果せなかったのだ。彼女の行為は、彼女自身からもビラヴィドからも許される望みはない。

一八年間セサに背を向けていた共同体の女たちを一二四番地の前に集合させ、ビラヴィドの姿を凝視させる作者は、彼女たちが民族の歴史の相続者として、セサの受苦を共有することを意図している。極限の状況で犯した愛ゆえの罪が、あの世から戻った死者から永遠に責められる不条理に激怒したエラの咆哮とそれに唱和する女たちの叫びは、セサの命の復権を主張しているのだ。

図4　病気になって「商品」価値がなくなったアフリカ人は、しばしば奴隷船から投棄された（ハーパース・ウィクリー」1960より）

女たちは「原初にもどったのだ」とモリスンは書いている。

図5「すべての声を上げて唱え」(女性彫刻家オーガスタ・サヴェジ、1939年作)

「初めに言葉はなかったのだ。初めにあったのは音だった。女たちはひとり残らず、それがどんな音だったかを知っていた」[3]（四八九頁）と表現される音は、生命の基層から発せられている。解体と部分化を被った人間に、トータルな存在の奪回を促す、魂からの噴出である。叫び唱う女たちの光景がセサの脳裏に、ベイビー・サッグスの「呼びかけ《コール》」に応える開拓地に集った人々の姿を甦らせたのは、そこで彼らが経験したのも、原初への回帰を通しての人間性の回復だったからだ。泣き、笑い、叫び踊って、森の中の万物の命に呼応して、「あの者たち」にバラバラにされた心身を一つに回復していく奇跡。これを生じさせるのは一人称単数の「わたし《アイ》」の出口のない思いではなく、同じ宇宙観を享受している一人称複数の「わたしたち《ウィ》」の主張なのだ。それは「言葉の背を破って」命の滝を轟かせる女たちのハーモニーとなって、セサの頭上に振りかかる。

巡礼者の祈り

「わたしたち」の生を主張する女たちのハーモニーは、『苦海浄土』第二部「神々の対」で御詠歌を合唱する女たちの声にも響いている。水俣病がもたらした集落の分裂や家族の崩壊。受苦の果てに、離れ離れになった舟をつなぎ合わせるようにもやい直される村人たちの連帯は、セサとブルーストンの共同体との関係と比較されよう。

菅笠と白装束に身を包み、手には鈴鉦《れいしょう》と数珠《じゅず》を構え、胸には愛する者の位牌をしのばせて、巡礼姿の女たちが相対する「あの者たち」は、株式総会の壇上に並び坐るチッソの代表たちであり、背後にある国家権力である。

組織の配管から見せられる儀礼の言語と積年の苦渋を生きた漁民の水俣弁とでは、「言葉の母層がまるでちがうので」[7]（五九四頁）、互いの胸中に届く筈もない。彼女たちは同行した死者のために御詠歌を唱う。突然、「親がほしい！」と繰り返し叫ぶ女の声。「（それは）流れ落ちる瀑布の奥から湧くように続いていた」[7]（五九九頁）。しかし互いに母層の異なる言語を使う者の間で、何かが解決される兆しが生まれる筈もない。彼女たちは唱い、叫び、「思う存分、狂うた」後、自分たちの「もやい」の確かさと「深か魂」を救いに、海辺の集落の日常に帰るのである。

『ビラヴィド』においても、セサやポールDのトラウマが癒されたわけでも、死者の怨みが消えたわけでもない。女たちの連帯がビラヴィドの姿をした亡者を一時的にあの世に追い返し、セサとその

図6　共同体の集会で唱う女性たち（1960年代、サウスカロライナ）

娘デンヴァーに彼女たちが共同体の一員であることを保証したにすぎない。バラバラになった自分をひとつにするものはセサの愛であると気づき、お互いに最後まで言葉にし切れなかった自分の物語を相手の物語と並べて生きようと戻ってきたポールDの決意は、自分たちの悲劇を、歴史と社会の文脈の中で眺め始めた彼の知によって支えられてい

る。奴隷、逃亡者そして放浪者としてアメリカを生きた経験がもたらした知である。

忘却と記憶のはざまで

ビラヴィドの出現によって証明された決して死なない過去。人間らしく生きるには、「忘れなければならない」が、同時に「忘れてはならない」のだ。モリスンは「これは人から人へ伝える物語ではない」と言いながら、同時に「これは忘れてよい物語ではない」[3]（"This is not a story to pass on."）（五一六～五一八頁）とも解釈できる"pass on"という動詞を使って、この相矛盾する必要を繰り返し表現する。この矛盾を置き土産に、川のほとりに姿を消したビラヴィドは、誰の足形にも合う足跡となり、やがては、溶けていく春の氷のような天候の気配に変わる。姿の消滅は思いの遍在となったのではないか。

『苦海浄土』第二部の最後、断末魔の苦しみの中で、桜の花に手をさし延べて死んでいった娘のいたことが、「世の人方のお一人にでもとどく」ことを願うキヨ子という少女の母親は、花の時季には「娘の眸になって」花びらを拾ってやってくれと頼んでいる。「花の供養に、どなたか一枚、拾うてやって下はりますよう願うております。光凪の海に、ひらひらとゆきますように、そう伝えて下はりませな」[6]（六〇七頁）と。

苦しみを放棄せずに

モリスンや石牟礼の筆力は、私たちが対岸の火事として傍観している世界の惨事を、私たちの身近に引き寄せる。アメリカの奴隷制も日本で起きた水俣病という公害も、物質文明の支配下に在る私たち地球人のひとりひとりを、否応なく、人間存在の根幹と向き合わせる。極限状況を生きる人々を描いて、二人の作家は、苦しみを放棄しない、愛を放棄しない人間の魂に信頼を寄せている。苦しみ続ける能力によって、彼らを支配する文明の域を越えて獲得される知は、逆に文明の闇を照らす光となることを希求している。

この魂を養うものが、彼らの宇宙観、各々の作品に空気のように遍在するアニミズムであることは、すでに述べた。きわめて困難なマイノリティの挑戦ではあるが、これこそ複数文化主義の理想である。

【引用文献】

(1) Danille Taylor-Guthrie, ed., *Conversation with Toni Morrison*. Jackson: University of Mississippi Press, 1993.

(2) 石牟礼道子『苦海浄土』(講談社文庫、一九七二)

(3) トニ・モリスン、吉田廸子訳『ビラヴド』(集英社、二〇〇五)

(4) Toni Morrison, "Rootedness: The Ancestor as Foundation" *Black Women Writers* (1950-1980), Mary Evans, ed. New York: Doubleday, 1984. 342p.

(5) 石牟礼道子『不知火』(平凡社、二〇〇三)

(6) 石牟礼道子『苦海浄土』(第一部・第二部)(藤原書店、二〇〇四)

(7) 石牟礼道子『苦海浄土』(第三部)(藤原書店、二〇〇四)

＊本稿は吉田廸子編著『ビラヴィド』(ミネルヴァ書房、二〇〇七)、一一六―一一七頁より再録したものです。

フォークナーの反逆的後継者としての中上健次

吉田　廸子（本村　浩二＝訳）

一　三部作と主人公の竹原秋幸

「文学作品において、父を暴くのは絶えず子の役割である」[1]。こう述べたのは、今日の日本のもっとも興味をそそる作家のひとり、中上健次である。わたしは彼のことを日本におけるウィリアム・フォークナーの後継者として紹介し、父子関係の、彼の斬新な取り扱いについて議論したいと思っている。その関係は、ヨクナパトーファ・サーガのもっとも重要なテーマのひとつでもあるからだ。

今までのところ、中上のもっとも重要な業績は、彼の三部作――『岬』（一九七五）、『枯木灘』（一九七七）、『地の果て 至上の時』（一九八二）――である。これらの小説の主人公である竹原秋幸は、みなし児かつ私生児であり、彼を自分のものだと主張する男から自由になるために、「父を暴く子の役割」を演じている。この三小説は当初三部作として構想されていなかったため、調子も形式も異なっている。『岬』の冒頭において秋幸は、自身が生きることを宿命づけられている、はっきりしない状況に抗って自己のアイデンティティを再定義する孤独な奮闘に陥っている。だが、彼はその小説の終りになっても、この奮闘にたいする結論を見出せないでいる。その後に続く二作――『枯木灘』と『地の果て 至上の時』――は前作にたいする、作者の批判の結果として考え出されたものである。父にたいし、秋幸が精神的な闘いをするのは、『枯木灘』と『地の果て 至上の時』においてである。この二作に広がっているムードを決定している際立った現象は、父が表現している家父長的権威にたいする、秋幸のあいまいな反応である。それは嫌悪と魅了が混じりあったものである。秋幸のそのあいまいな反応が、家父長制社会の生み出した物語の定型を作者が取り扱う時に示す反応にもなっていると見なすことは興味深い。みなし児の主人公は、父の育んだ、馬鹿げた家系の夢を吟味することをとおして、「父とは何か? 子とは何か?」といった問いにたいする答えを探しているが、作者の中上は、「物語とは何か、そして小説とは何か?」といった別の問いに答えを出そうとしているのである。

フォークナー研究者が、中上のこれらの小説から『アブサロム、アブサロム!』を思い起こすことは容易であろう。竹原秋幸は、まさにチャールズ・ボンのように、私生児という厄介な立場に置かれている。そして彼の父である浜村龍造は、出自のはっきりしない成り上がり者であるが、王朝を築く途方もない企図を持っており、トマス・サトペンと共通するところが多い。加えて、フォークナー研究者であれば、疑わしい伝説的人物についての真実を探求するという熱狂的な行為において、秋幸がクエンティン・コンプソンと類似していることにも気づくであろう。秋幸が浜村龍造の真の性格にたどりつく、その入り組んだプロセスが各々の小説の形式を生み出している。ちょうどクエンティン・

コンプソンがサトペン物語についての自身の解釈を練り上げる、その複雑なプロセスが『アブサロム、アブサロム！』の素晴らしい形式と構造を創造しているように。

このような類似点はさておき、フォークナー研究者は、秋幸が反逆的性格を持っているため、チャールズ・ボンやクエンティン・コンプソンのいずれとも異なっていることに、すぐに気づくことになるはずだ。たとえば、彼はいったんサトペンのような父の、恐るべき道徳的無感覚さに直面すると、その男から夢と生きる意志を奪い取るまで挑みつづける決意を強硬に固めるのである。彼はイノセンスを失うようになり、自らの罪によって苦しめられるけれども、父の罪を責めることを少しも止めようとしない。『岬』では近親相姦、『枯木灘』では身内殺しの罪を彼は犯す。加えて、『地の果て至上の時』では、彼は父が自殺をするのを黙って見ている。彼は父が生涯求めつづけた王朝の夢に魅せられているけれども、最終的にその後継者になることを拒否している。このように、作者は主人公を反逆的な子にすることによって、王の血を引く父と見捨てられた子という原型的な物語定型に反逆しているのである。この定型は、八世紀に編集された日本のもっとも古い年代記――『古事記』――にまでさかのぼる。その年代記は、帝国の王朝の家父長的統治下における統一国家としての日本の神話的起源を語っているものだ。近代が始まる以前、数多くの話がそれをモデルにして作られていた。見捨てられた子が自身の運命に耐え、最後に、可能な場合、父の認知を受けるという物語は、天皇を父とし、自らを卑しい子と考えるように躾けられていた人たちの間で非常に人気が高かった。中上は、階層と差別に基づく国家の規律と体系を反映しているこの物語定型が、文学の私生児とも言える小説にたいし、いまだに影響力をゆるめようとしないと考えている。彼にとって、「父を暴く」とは「慣例的な物語の規律と体系をさらし[2]」、小説をその支配から解放することも意味している。

三部作における父子関係の議論に入る前に、わたしは中上の架空の小世界の地理を簡単に見渡しておきたい。この手順を踏むことで、反逆的な私生児の物語が構想された場所の気候風土に、われわれが引き込まれると思うからである。

二　中上の小宇宙・熊野

中上のサーガの小宇宙となっている熊野は、日本本土の南部の真ん中に位置する紀伊半島にある彼の故郷、熊野をモデルにしている。彼のドラマの中心的な場として機能しているその町は、小説内においても現実においても、新宮と呼ばれている。それは人口が四万人の小さな城下町である。山と川と太平洋によって四面を囲まれている熊野は、第二次世界大戦後に海岸線に沿って鉄道が完全に敷かれるまで、日本のその他の地域にたいして閉ざされた、ほとんど別の国のようであった。その地域は地理的に断絶されていただけでなく、国の中央権力によって、古代からネガティヴな役割を果たすことを強いられていたために、精神的にも遠ざけられていた。

熊野という名前自体は、漢字のある意味において「熊の国」、別の意味において「影の国」を意味する。この二つの意味は『古事記』に由来する。その書の記録によると、日本の半ば神話的な初代の天子とされる神武天皇が征服目的の遠征でその地域に行進したとき、彼はそこが邪悪な空気で満ち溢れ、巨大な熊たちと尻尾のある人間たちが住んでいることに気づいたという。それ以来、熊野は日本の、社会政治的かつ精神文化的構造のなかで、影の位置に何度も追いやられることになった。それは古代の首都であった大和と背中合わせの位置にあり、両区域の間には山や原始林が存在しているため、支配者たちは統治を続けるなかでそこを国家の神話的な場のひとつとし、自分たちの権力にとって望ましくないあらゆるものの受け皿にしたのである。このような考え方はやがて日本人の集団意識のなかに取り入れられ、自然なものとされていった。熊野は敗北した神々、致命的な病を患った者たち、そして見捨てられた皇子たちの亡命の場となったのである。そこは死者の魂が宿る、仏教のリンボとして想像されるようになるのだ。現代史においてでさえ、熊野の住民たちに、彼らの故郷が割り当てられてきたスケープ・ゴートの役割を思い起こさせるような事件があった。一九一一年、熊野にいた無政府主義者たちのグループが現在の天皇の曽祖父にあたる明治天皇の暗殺計画を練っていると誤解され告発されたのである(3)。彼らは死刑宣告を受け、宣告どおりに処刑された。その容疑者たちは熊野川でボートに乗り、小エビを取って楽しんでいただけなのに、政府当局が陰謀の話を捏造したのである。彼らのうち、二人が熊野の住民で、残りの者たちは首都、東京からの来客であった。この事件は熊野の住民にとってトラウマ的な体験であり、「さながら、アメリカの南部の者における南北戦争の影響力と同じである」と中上は言っている(4)。

このように、熊野はヨクナパトーファと同様に、蓄積された神話と伝説に富んでいる。その神話と伝説のほとんどが敗北者たち、追放された政治的反逆者たちに関するものである。歴史のさまざまな段階で中央権力の犠牲となってきた熊野には、かつて独特の差別的構造が内在していた。この町の古い地図は、住宅・商業地区から離れた、社会的に、民族的に、性的に分離された三つの区域——韓国人の共同体、「部落民」と呼ばれる「被差別民」の共同体、そして商業地区の端にある、女性が性の対象物として売られ、買われる場——をはっきりと示すことによって、その構造を明らかにしている。その町を横切るようにして横たわっている竜の形をした丘は、戦後に民主国家日本の憲法が制定された後でさえも、この構造の可視化を助長していた。山に面している丘の側では、部落民と韓国人が各々のみすぼらしい街区を形成し、海に面しているもう一方の側では、一般市民が自分たちの富と地位におうじた住居を構えている。彼らのなかでもっとも裕福な人間は、山林地主と材木商だ。

これらの街区が日本の地方のその他の都市や町にもかつて見られたことは言うまでもない。部落民とは封建時代の政府によって定義づけられた四つの庶民の身分のカテゴリー——武士、職人、農民、商人——から排除された人たちであった。彼らはかつて「汚れた者」もしくは「不潔な者」(5)と呼ばれ、他の人間がしたがらないことをすることで生計を営むのを余儀なくされていた。たとえば、下肥《しもごえ》、墓堀、動物の肉と皮の販売、下駄の修理などの仕事である。彼らは、黒人の先祖を部分的に持つアメリカ人がしてきたように、自分たちの共同体を離れ、「パスする《素性を隠す》」ことを試みないかぎり、別の選択肢を持てなかったのである。

作者である中上健次と同じく、竹原秋幸は、彼が「路地」と呼んでいるこの部落民の共同体のなかで私生児として生まれた。彼には三人の父（実父と、彼の母の夫となり、名字を提供してくれた二人の義父）がいるが、彼は自身の出自となっている母方の土地、つまり母が家族の、そして路地そのものの本質的に母権的な拡大家族の、長として君臨している郷里《ホーム》、に深く根づいたアイデンティティを完全に確保している。しかしながら、やがて彼のアイデンティティの感覚は、まず最初にこの可視化された差別の構造ゆえに頻発する争いによって露わになる、血統の複雑さによって、次にその構造が突如として消滅することによって、危機にさらされることになる。その構造の突如の消滅は、町全体が国家の商業的繁栄に組み込まれた一部になろうと貪欲に試みて変化を遂げたことが原因となっている。

わたしはその各々の事情を明確化するために、二つの対照的な場面に触れることにしたい。『岬』の終幕で秋幸が崖から見る海景は、彼が必然的に陥っている状況を象徴している。彼は輝く海に向かって突き出ている崖の、矢のような先端を見ながら、自分が自然のかつ人間の風土によって、故郷に縛り付けられていることを認めざるを得ない。この繁茂しすぎる、いくぶん熱帯的な地域のなかで、無名の木のように生きたいという彼の願いにもかかわらず、夏ふようの景色と匂いが執拗に彼につきまとう。ちょうどスイカズラの匂いがクエンティン・コンプソンにつきまとうように。秋幸が無視できないのは、彼には町や路地や遊郭や最良の住宅地のさまざまな所に、異父・異母きょうだいがたくさんいるという事実である。彼の実父は、二五年前に路地に迷い込んできた人物で、『岬』がはじまるときに、もっとも裕福な材木商のひとりとなっており、町のちょっとした有名人でもある。秋幸が『地の果て 至上の時』の冒頭で直面する荒廃した町の景色は、彼が対処しなければならないもうひとつの問題を暗示している。それは、触れて感じられる彼の過去そのものと言っていい路地の喪失である。彼は『枯木灘』の結末において自己防衛で弟を殺害したために、刑務所で三年間過ごすことになるのであるが、そこから戻って来ると、竜の形をした丘が平坦化し、路地が草の茂る空き地となって、建設予定のデパートの場所として柵で囲まれていることに気づく。人々はその町が被っている混沌とした発展の只中で、将来性のある空港と原子力発電所について話をしている。外部からの資本を招き入れることを期待されている新しいプロジェクトのために、その土地は至るところ引き裂かれてしまっているのだ。秋幸の最終的な行動は両親も郷里《ホーム》もない完全なみなし児になるのを選び取ることである、と言えば十分であろう。

三 中上が依拠したフォークナー的技巧

わたしはこうした背景で秋幸が体験することをドラマタイズするためにかなり適切なやり方で中上が使用している三つのフォークナー的技巧を指摘したいと思う。まずはじめは、情報を集め、物語を作りあげるために多くの声から成るうわさを用いていること。(6) 次は、血縁者の仲間の内で異なる登場人物に父の罪の呪い、仏教の用語で言う業《ごう》、を大胆に浮き上がらせる類似の出来事もしくは近親相姦や身内殺しのような状況を繰り返させていること。(7) そして最後は、主人公が知らなくてはならない真実に到達する手段として、伝説上の物語を考察していること。

秋幸の吸っているまさにその空気が、うわさで重苦しくなっており、それには人々の視線が交差している。彼は人々が語る数多くの物語に圧迫されているのだ。それらの物語は、遊郭の売春婦となった彼の腹違いの妹、木材商の甘やかされてだめになった彼の腹違いの兄弟たち、そして何よりも、半ば恐れられて、半ば冷笑されて、本人の居ないところで「蝿の王」や「蝿の糞」と呼ばれているその商人自身、に関するものである。こうした状況下で秋幸は、自分に割り当てられた役割を演じさせる、あるいは自分に誰か別の人間がすでにしている破滅的な行為を繰り返すのを期待さえしている、それらの物語に逃れようもなくもてあそばれていると感じざるを得ない。興味深いことに、いったん彼がその男と向かい合い、物語の先にある真実を発見するために反逆的な子の任務に乗り出すと、彼は物語の力のなかに、より深く飲み込まれてしまう。『岬』の終りで彼が近親相姦のタブーを破ることがその一例である。『枯木灘』の終りで彼が龍造の嫡出の子たちのひとりを殺害することが別の例である。現時点でわたしが考えてみたいのは、秋幸があえて父とは呼ぼうとしない、必要なときは龍造という名前で呼ぶ男に挑むなかで、必死になって抵抗する物語の力である。その物語は王のような父の遺産を引き継ぐ、見捨てられたみなし児についてのものだ。

浜村龍造は、トマス・サトペンと同じく、時間の不足を執拗に意識している。そして彼は時間にたいする勝利となる、自身と祖父の名誉の立証となる、一族の血統を打ち立てる考えに取りつかれている。しかしながら、自身の出自について完全に正直であるトマス・サトペンと異なり、彼は立派な子孫だけでなく、立派な祖先も欲しがり、そのような祖先を作り上げている。さらに言うなら、彼はチャールズ・ボンを認知しようとしないトマス・サトペンと異なり、秋幸が彼を父として認知し、彼の出自の物語を共有することを望んでいる。その物語は龍造自身が捏造したものであり、彼の嫡出の子たちが時代錯誤の笑い種だと思っているものである。実際のところ、秋幸の取る態度は龍造に恐怖と憎しみを引き起こしているけれども、自分の私生児を母方から、路地の母系的な共同体から獲得することが、龍造の激しい願望であるように見える。(8)

秋幸の探求は読者の前に龍造に関する二つの対照的な物語を提示することになる。ひとつは彼の架空の出自、もうひとつは彼の真の生い立ち、についての物語である。当時、町の人たちにとって完全なよそ者であった龍造が「郵便切手のような」（作者は龍造にこのフォークナー的表現を使わせている）小さな一区画の土地を手に入れたとき、彼の野心がりっぱな市民権を得る以上のものであったとは誰も想像がつかなかったし、多くの人間が、特に路地の住民が、土地にたいする彼の非道なまでの貪欲さの犠牲者になってしまうとは誰も考えなかった。それから、彼は五百年の伝説のなかからひとりの有名な武士に目をつけ、町民のあざ笑う顔に向かって、その武士——偶然にも、龍造と同じ浜村という名字であった——こそ、自身の直系の祖であると断言したのであった。

よく知れ渡った伝説によると、この武士が自身の仏教上の理想主義のために反乱者として迫害されたとき、彼と彼の支持者たちは熊野の山に避難し、そこで死んだという。龍造は郷土史家を雇い、彼らにその伝説についての彼の解釈を裏書きさせ、それに表面的な権威を与えたのである。龍造の主張は、浜村孫一というこの武士が山を抜けて熊野の明るい海の方面になんとかやって来て、長年育んできた仏教の理想郷の夢を実現することに取りかかったというものだ。まるで反駁できぬ証拠を出すかのように、彼は孫一を偲んで、巨大な石碑を建て、五百年前の孫一にまでさかのぼる家系図を作り上げたのである。

この石碑は、龍造がある農民からもぎ取って、その武士が死んだ場所として定めた蜜柑畑の真ん中で、男根の象徴のように立っている(9)。これは龍造の家父長的な理想郷の場となっている。秋幸はこの作り話の背後に、極度の貧困と疎外のなかで成長していったみなし児としての龍造の少年時代を発見することになる。龍造と彼の祖父は、彼が青年になるまで町の外部の掘っ立て小屋で社会ののけ者として生きてきた。村の誰もその少年がいなくなったことに気づかぬほどであった。というのも、村で放火や盗難が起こり、そのようなことをしそうな人間を考えようとするときを除いて、村人たちは彼の存在をほとんど意識していなかったからである。事実、龍造が石碑の設置場として選ぶのは、少年の時の自身と祖父が被った、口にできぬほどの恥辱の場所であるのだ。

父の出自についてのこの作り話にたいする秋幸の反応はかなり曖昧である。彼はそれが偽りであることを示そうとするが、それに深く魅了されてもいる。龍造は過去から呼び起こしたその人物にあまりに純真に、情熱的に夢中になっており、自らすすんでその武士の化身になろうとさえするので、龍造と会って話を聞いていると、秋幸でさえも五百年前に失われた時間の流れの連続性を感じてしまうのである。こうした感覚によって秋幸が到達する直感的な理解とは、この嘘の物語が自身の有限の存在のなかに、不死の明白なイメージを見たいという龍造のなだめがたい熱望から生じていることだ。(10)龍造にとって、自身が不可能な理想郷の夢を持った武士の化身であると信じることは、仏教徒の言うところの永遠、つまり霊魂の転生、を信じるようなものである。(11)他方で、秋幸は、龍造が成り上がって成功するまでの間に次から次へと犯していった過去の残虐な罪を暴くにつれて、嫌悪感を深め、強めていく。龍造の作り上げた物語を乗っ取り、王朝建設の企図を破壊するという秋幸の決意は、魅了と嫌悪という矛盾をはらんだ態度によって繰り返し阻害されている。結果として、読者は、父と子の長引く闘争があてもなく続いていくプロセスによって、龍造が孫一の伝説を採択したことと、秋幸がそれに魅了されていることの根底にあるアイロニーの豊かな暗示へと導かれていくのである。(12)

慣例的な物語定型を採択することで、自身を卑しい身分から救い出す龍造は、半ば神話的な伝説上の年代記を編集させ、それによって自分たちの家系が神々の時代から途切れることなく続いていることとを証明し、それゆえに国の偉大な父として支配することの正当性を証明しようとした、日本における古代の天皇たちのパロディになっている。もし秋幸が父の子と呼ばれることを、そして父の物語の継承者になることを許してしまうと、彼はこの物語の定型と長年の社会的差別構造を生み出している掟と価値観に自らを委ねることを余儀なくされてしまう。その差別構造とは、熊野を「影の国」にし、国を階級秩序によって区分化してきたものである。父と子のこの闘争をより曖昧化しているのは、両陣営にいる二人が各々のアイデンティティのために依存しているまさにその背景が、昔なじみの町の突然の変貌によって消滅する予定になっていることだ。その変貌により、時が積み重ねてきたあらゆるものが抹消され、彼らの物語を育んできた土壌がずたずたに引き裂かれるのである。王朝的系譜を築こうとする龍造の企図にとって、最終的な、かつ致命的な打撃は、秋幸ではなく、昔なじみの町それ自体の解体によってもたらされている。

読者は、主人公の矛盾をはらんだ態度のなかに、中上自身のジレンマを見ることができる。この小説家は古き日本が彼に残した物語の遺産に魅了されていると同時に、それを嫌悪している。彼はその豊穣さに魅了されながらも、革新的な見方を取り、それが自身の創造性を強力に支配しようとすることにたいし嫌悪を覚えている。彼の創造性は現在の日本における人間の闘争を提示する新しい技巧を求めているのだ。古き日本の家父長制社会の消滅しない影響力にたいする彼の批判は、『地の果て至上の時』の終りでの秋幸の内面において表現されている。秋幸は龍造の自殺にあえて干渉しない。そして彼は龍造の仕事の後継者のひとりになって欲しいという、龍造の嫡出の子たちの申し出を拒む。さらに、彼はあたかも自身のみなし児の状況を忘れ去ることのないよう、よりはっきりと見るかのように、すでに滅びつつある母方の出自を破壊する。彼はその町から永遠に離れる前に、路地であり、かつ彼の郷里《ホーム》でもあった、草の茂っている空地に火を放ち、巨大な炎を立ち上がらせるのである。

四　三部作以降の中上小説

中上は、秋幸に家父長的な家系の権威を否定させただけでなく、彼に母系的な背景をも喪失させた後、新しい方向にすすみ出し、新しい技巧で実験をするようになっている。路上の与太者のような登場人物の使用がその一例である。もうひとつの例は、時間を超越するかのような老いた女性の語り手を使用していることである。それらの与太者たちは世界の路地からやって来ている。彼らの冒険は、社会的に、民族的に差別されてきた者たちの普遍的な兄弟愛《ブラザーフッド》という結果をもたらす傾向にある。(13) 老いた女性の語り手とは、路地で助産婦をしている間に最初と最後を見たというディルシーのような登場人物である。(14) 彼女は今や時間と肉体から自由になっているので、あらゆるものになれるし、あらゆるところに行くことができ、宇宙的な視点から世界で起こっているすべてのことを見ているのである。路地のサーガを語りつづける、彼女の偏在的な声は、あたかも中上がこの母権的な現前を、浜村龍造が自身の企図において具現化しようとして失敗した、生の無限の流れについての確たる証拠にさせようとしているかのように聞こえてくる。

【注】

（1）中上健次「韓国の旅」『風景の向こうへ』（東京、冬樹社、一九八三）二三頁。

（2）慣例的な物語形式が社会の掟と体系を反映しているという中上の信念は、「物語の系譜」と題された一連のエッセイのなかで表現されている。たとえば、『風景の向こうへ』所収の「佐藤春夫」、「谷崎潤一郎」、「上田秋成」、「折口信夫」を見よ。

（3）この出来事は大逆事件として知られている。

（4）「佐藤春夫」『風景の向こうへ』九五頁。

（5）古き日本の宗教的感覚によると、「汚れた《スティンドゥ》」もしくは「不潔な《ソイルドゥ》」は、「神聖な《セイクリィドゥ》」の反意語で、「嫌悪すべき《アブホーラント》」と同義である。

（6）熊野地方における物語の口伝を用いることは、結果的にうわさを用いることに関わってくる。フォークナーについて、および自身の著述にたいするフォークナーの影響について、中上が自ら発言していることに関しては、『時代が終り、時代が始まる』（東京、福武書店、一九八八）所収の短いエッセイ――「〈場所〉と植物」、「フォークナー、繁茂する南」、「フォークナー衝撃」――を見よ。

（7）たとえば、秋幸は二四歳のときに、腹違いの妹であるさと子と近親相姦を犯している。この行為は、ある意味で、種違いの兄である郁男の近親相姦的願望を実現化したものである。郁男とは妹である美恵を愛し、一二年前の二四歳のときに自殺している人物だ。同様に、秋幸は腹違いの弟である秀雄の頭を打ち砕きながら、かつて自分のことを殺すと脅していた郁男の役のなかにいるのを実感している。秋幸はその異母兄がしていたかもしれないことを代理的に実演しているのである。秀雄を殺している間、秋幸はまるで郁男が自分を殺しているかのように感じているからだ。

（8）トマス・サトペンと浜村龍造に関しての、中上の発言については、大江健三郎との対談である「多様化する現代文学」『中上健次全発言Ⅱ』（東京、集英社、一九八〇）五〇〇頁、を見よ。中上は浜村龍造がトマス・サトペンに似ていることにしばしば触れ、前者の道徳的非道さは後者のそれを越えると示唆している。その示唆は、秋幸の近親相姦と弟殺しにたいする龍造の反応によって一般的に正当化される。龍造は、秋幸が近親相姦とその罪悪感を告白してもまったく動じないからだ。秋幸と、女郎である腹違いの妹さと子には罪悪感が重くのしかかっているのだけれども、龍造は「しょうないことじゃ、どこにでもあることじゃ」と言うだけである。その一方で、龍造は自分の嫡出の子のひとりが秋幸に殺されると、悲しみを深め、怒りを増大させている。にもかかわらず、その悲劇の後、龍造は、子をひとり失った今、それ以上失うわけにはいかないと言いながら、これまで以上に秋幸を自分の子として傍に置くことを望むようになっている。

(9) 興味深いことに、作者は、この石碑の位置をイザナミの死の場所として知られる地点の近くに設定している。イザナミとは、男神であるイザナギと共に日本を作ったとされる女神である。『古事記』によると、イザナミは火の神を生んだことにより、女陰を火傷して死んでしまう。その地点の、「花の窟」と呼ばれるぎざぎざした割れ目のある巨大な岩は、イザナギの火傷した女陰であると信じられ、そのようなものとして崇拝されている。

(10) 熊野の森林における生と死の永遠のサイクルに密着して生活し、何百年も生きてきた木々を伐採することにより財産を築いてきたことで、龍造が、個人としての自身の生の儚さを鋭く意識するようになった点は、心に留めておかねばなるまい。

(11) 不死と荘厳な系図にたいする龍造の途方もない願望は、彼が次のような率直な発言をするとき、人間の出自についての彼の合理的な理解とアイロニカルな対比をなしている——「……さかのぼると孫一に行きつくが、孫一とて父親がおる。さらにそれの親がおる。行きつくのは宇宙のチリじゃ。宇宙のチリのはじめに行きつく」、あるいは、「わしは浜村孫一になれると思たんじゃ。……そうじゃよ、じゃから、何にでもなれるんじゃや、簡単に」。『地の果て至上の時』(東京、新潮社、一九八二)一四五頁、一八五—六頁、を見よ。

(12) 秋幸は、龍造にしかける精神的な争いの過程で、出自についての架空の物語を破壊する代わりに、龍造からそれを奪い取ろうとしている。彼は龍造にたいし半ば真剣に、孫一の化身は龍造ではなく、自分であると話しているからだ。

（13）たとえば、『日輪の翼』（一九八四）と『讃歌』（一九九〇）を見よ。
（14）彼女の名前はオリュウノオバである。彼女は『千年の愉楽』（一九八二）と『奇蹟』（一九八九）における「路地」のサーガの語り手である。

Title: "Kenji Nakagami as Faukner's Rebellious Heir" in *Faulkner, His Contemporaries, and His Posterity*, ed. Waldemar Zacharasieweiz (Tubingen: Francke, 1993), pp. 350-360.
Author: Michiko Yoshida ©1993 Francke

＊なお、本論文中の節の見出しは、訳者が本書の構成に合わせて加筆したものである。

父の認知を求める混血児

――「父と息子」と『アブサロム、アブサロム！』

本村　浩二

「ぼくはあなたの息子です、白人さん！」

ラングストン・ヒューズの詩「混血児」（傍点は原文イタリクス）

はじめに

ウィリアム・フォークナー（William Faulkner, 1897-1962）の『アブサロム、アブサロム！』（*Absalom, Absalom!*, 1936、以下『アブサロム』と記す）のタイトルは、旧約聖書「サムエル記Ⅱ」（13－19章）において最愛の息子を失ったダヴィデ王の悲嘆の言葉から取られている。そのタイトルが示唆しているのは、この長編が父と息子の関係――より具体的に言うなら、血肉を分けた両者の反目の様相――を物語化していることである。[1]

概して、『アブサロム』における父子の確執は、次の四つのペアの関係のなかで見られる。サトペン物語の語り手であるコンプソン氏とクエンティン。加えて、語られる対象であるサトペンを軸に想定することのできる三つのペア――サトペンとその父、彼とヘンリー、そして彼とボン。

まずサトペンについて言うなら、明らかに彼はプア・ホワイトたる父を自身の人生のモデルとして見ていない。彼が一四歳で家出し、ハイチへ向かう意志決定をする動機には、父にたいする深い幻滅感と強い反発心がある。しかしながら、『アブサロム』では、その二人の関係の物語が中心的に、劇的に描かれることはない。それはサトペンの成長の経過を説明する際に必要とされる付随的な情報のひとつにすぎない。

従来の批評でもっとも注目されてきたペアが、コンプソン家の親子である。フォークナー小説における父と息子の問題を考える時、この二人に最初に目を向けるのが一般的である。事実、これまで多くの研究論文がさまざまな角度から両者の関係に光を当ててきた。作者が『アブサロム』において『響きと怒り』(*The Sound and the Fury*, 1929) のクエンティンを主要な語り手のひとりとして登用していることの意図が、念入りに調べなければならない問題点であると考えられてきたからだ。(2)

フォークナーの間テクスト的な想像力の強靭さをよく理解している批評家にとって、『響きと怒り』のクエンティンは、白人の青年で、妹への多大な愛情を持ち、近親相姦の欲望を秘めているという点で、ヘンリーと容易に同一化し得る。(3) その結果、ヘンリーの親子関係も議論の対象とされる。かくして、コンプソン氏とクエンティンの関係から、サトペンとヘンリーのそれへ――あるいは、逆に後者の関係から前者のそれへ――とつなげていくかたちで議論を展開することが可能となる。

アメリカ文学史上、サザン・ルネッサンスの時期に位置づけられる『アブサロム』。「サザン・フアミリー・ロマンス」――家父長主義的表現たるそのロマンスの中心を占めるのが父である（King 34）――の代表的な一冊として知られるこの小説の批評においては、全体的に見て、コンプソン家とサトペン家の各々の父子関係への興味が根強くある。それに比べると、サトペンとボンの間に想定される、いわゆる「影の家族《シャドウ・ファミリー》」の関係についての考察はやや手薄になっているように思われる。

ボンについてのこれまでの研究について言えば、彼とサトペンの子供たちの関わりを明らかにしようとするものが目立つ。彼とヘンリーとジュディスの三角関係の構図、彼とヘンリーのホモエロティックな結びつきや両者の築いている「ダブル」の関係、彼とジュディスの恋愛事情などのトピックは頻繁に取り上げられている。全知の視点を欠き、情報や噂が交錯しているこの物語世界において信頼のできる過去の残存物のひとつであるかのように見える、彼の直筆の手紙（直接のことば）に関する分析も一定の成果が挙げられている。(4)

こうした批評動向のなかで、サトペンとボンの関係の内実をあぶり出そうとする研究は意外にも少ない。それがまったくないというわけではない。ただ、そのような研究は、この小説において圧倒的な存在感を放つ家長サトペンを論の中核に据え、父の目線から両者の関係を捉えるかたちで行われがちである。(5)

そこで、本稿が究明したいのは、黒人の血筋ゆえに見捨てられたボンの立場から見る、サトペンとの関係である。(6) その際、議論の俎上に載せたいのが、ハーレム・ルネッサンス期の大御所として名高い混血の詩人であり、かつすぐれた小説家でもあるラングストン・ヒューズ（Langston Hughes, 1902-1967）の短編集『白人さんたちのやり方』（*The Ways of White Folks*, 1934）に収められている一編、「父と息子」（"Father and Son"）である。

「悲劇的混血児《トラジック・ムラトー》」の文学的テーマを真正面から追究していると言われるこの短編は、ノーウッド大佐とバートの緊張をはらんだ父子関係を軸に構成されている。それと『アブサロム』を比べて読むとき[7]、両テクストの間から如何なる相違点が立ち現れてくるのか[8]。そしてその相違点は、両作家の如何なる特性を反映しているのか。本稿は、これらの疑問にたいする答えを見出すことを目的とする。

一　短編「父と息子」におけるバート像

アーサー・P・デイヴィスの概説によると、ヒューズは四半世紀以上の間、「悲劇的混血児《トラジック・ムラトー》」のテーマに関心を寄せており、その間、彼は再三再四このテーマに立ち返ってきて、それを四つの異なるジャンル――詩、短編、演劇、オペラ――のなかで探究している[9]（Davis 317）。『混血児』（*Mulatto*, 1935）と題された演劇を元に作り出されたとされる「父と息子」は、彼のたゆまぬ探究の過程における一産物である（ちなみに、彼は自身のその演劇と短編に基づいてオペラ『障壁』（*The Barrier*, 1950）の台本も書き上げている）。

この短編の舞台は、深南部ジョージア州の一農園。時はスコッツボロ事件への言及があることから、一九三一年と推定できる。一九三一年というのは、『アブサロム』の物語内の時期というよりも、その小説が書かれ、出版された時期の方に近い。仮に『アブサロム』が一九一〇年のクエンティンの入水で幕を閉じると考えるなら、それから二〇年以上も先のことである。

はじめに確認しておきたいのが、混血児バートの人物像である。農園主ノーウッド大佐は使用人の黒人女性コーラを情婦にし、彼女との間に五人の子供をもうけており、バートはそのひとりである。すなわち、彼は大佐の「影の家族《シャドウ・ファミリー》」の一員であり、農園を継承できる身分ではない。

美しく、かつ賢いバート。彼はオリーヴ色の肌をしており、まるで白人のように見える。この白い混血児は、生来気が強く、母にたいしてだけでなく、主人である大佐にたいしても、生意気な口答えをしている。こうしたバートの人物造形において特に重要なのは、彼が外見と仕草の両面において大佐に酷似している点である。

両者の本質的な性格を表す用語として繰り返し使われているのが"steel"である（Hughes [1934] 212, 229, 238）。それは、鋼の持っている強靭さ、冷酷さ、堅さなどを意味している。そこに欠けているのは、女性的な柔軟性や受動性のイメージである（このイメージがボンとつながりうることはあえて指摘しておく）。「父と息子」の物語は言うなれば二つの"steel"の妥協の無いぶつかり合いである。ヒューズは、黒人の男性作家にとって歴史的に重要であった男らしさ《マンフッド》の獲得という問題も視野に入れて物語を描いているのだ。

小説の冒頭部において大学生になっているバートは、夏休みの間、一時生まれ故郷に戻っている。この物語は、彼との再会を待ちわびているものの、南部の頑迷な人種偏見が刷り込まれているためにその気持ちを素直に表現できない大佐の描写からはじまる――「ノーウッド大佐は、自分がこの半黒人の息子が帰宅するのを戸口に立って待っていることを、自分の心のなかにおいてでさえ、絶対に認めなかったであろう。しかし、実は、それこそ彼がしていたことなのだ」（Hughes [1934] 207）。敏感な読者であれば、すでにそこで、大佐の差別的な態度の裏には親子の否定しがたい気持ちのつながりがあることを感じ取れるにちがいない。

さて、「父と息子」と『アブサロム』を重ねて読んでいると、物語の語りの側面において大きく異なる点がひとつはっきりと見えてくる。それは、三人称の視点で書かれている「父と息子」では混血の息子の、人種の壁を越えて父の認知を求めるドラマが、物語内部の語り手というフィルターを通していないため、読者によりはっきりと伝わってくることである。しかも、ヒューズは終始、冷徹で容赦ない筆致を維持しつづけている。

そのような筆致で描き出される大佐とバートの衝突の物語。この親子は、少なくとも三度衝突している。はじめの衝突はバートの少年時代にまでさかのぼる。大佐は町からやって来た白人の来客の前で「パパ」という呼称を使った自身の混血児に激しい怒りを覚え、彼をその場で殴り倒している。

二度目は、バートの帰省の日の出来事である。農園に到着したばかりの彼が、裏庭に集まっている黒人たちの視線を背に南部社会の礼儀作法を無視して、久しぶりに再会した大佐に向かって片手を差し出すと、大佐は彼と握手することを公然と拒んでいる。

とりわけ注意を引くのが、三度目の衝突である。大佐は、町の郵便局で白人女性の職員ともめ事を起こしたバートを書斎に呼び出し、彼を自分の息子として認知することをはっきりと言葉で――振る舞いや素振りではなく――拒否する。ただし、大佐は、決して口には出さないものの、バートの体内に自分の血が混じっていることにたいし、一定の理解を示している――「なるほど、ともかく、奴は賢い黒ん坊にちがいない。わしの血が入っているんだからな」(Hughes [1934] 211)。その点において、大佐の事情は、自身の混血児との血縁関係を存在してはならないものとして完全に消去しているサトペンの事情と異なっていると言わなければならないだろう。

このクライマックスの場面で、バートは、「ぼくはあなたの息子です」[10]（I'm your son）と言い張る（Hughes [1934] 240）。彼は親子の血のつながりを強調することで、大佐のあからさまな人種差別に揺さぶりをかけるのである。激しい口論の末、まるで農園の正統な息子であるかのように屋敷のフロント・ドアから出て行こうとする彼にたいし、大佐は「黒ん坊の私生児め！」（You nigger bastard!）と叫び、ピストルを向けて、彼の動きをさえぎろうとする（Hughes [1934] 241）。大佐は、黒人が屋敷のフロント・ドアから出入りすることやフロント・ポーチを横切ることを禁じており、彼をバック・ドアからこそこそと逃げるように退出させたいのである。だが彼は、その禁止令を無視して進みつづける。彼の方には男としての、息子としての矜持や意地があるのだ。以下の引用箇所は、その直後の描写である。

「やめろ……」とノーウッドは言いはじめた。というのも突然バートの片手が大佐の片腕をつかんだからである。「離せ、ずうずうしいおまえの……」、そして彼の老いた骨が砕けはじめた、「黒い手を……」

「なぜ撃たないんだ」バートは彼の発言をさえぎった。ゆっくりと相手の手首を回しながら。

「わしから！」

「それなら、なぜ撃たないんだ」

その老人は怒りと痛みのなかで体をひねり、曲げたが、銃は床に落ちてしまった。「なぜ撃たないんだ」両手が父の喉を探し求めている時に、バートは再び言った。その両手は、怒りながらも確信して、老いた白い首を強く若い指でとらえた。「それなら、なぜ撃たないんだ、パパ」

ノーウッド大佐はもがくと、しゃがれた声で大きな音を立てて息をした。彼の舌は硬く、乾いており、彼の目は真っ赤になっていた。

「撃てよ。それなら、なぜ撃たないんだ。ねえ、なぜなんだ」

化学薬品のような二人の人生が爆発し、周囲のすべてのものが真っ黒になった。白人男性の両手がもがくのを止めた。彼の心臓は静止したままであった。彼の血はもはや流れず、彼は呼吸をしていなかった。

「なぜ撃たないんだ」とバートは言った。しかし返事はなかった（Hughes [1934] 241-42）。

バートが父を殺害するこの決定的なモメントにおいて、執拗なまでに繰り返されるフレーズが「なぜ撃たないんだ」（Why don't you shoot?）である。われわれはそれを単なる質問ではなく、強い要求として読み取るべきであろう。彼が無意識のうちに父の首を絞めながら、無我夢中で突きつけているのは、「認知か、もしくは射殺か」という究極的な二者択一である。

興味深いことに、父からの認知を得られなければ射殺されても構わないという覚悟は、バートとボンの双方の青年に共通して見られるものである。ただし、『アブサロム』の場合、物語の終盤の場面において、ボンがピストルの銃身を差し出し、「それじゃ、いまやれよ」(Then do it now) と言う相手は、父サトペンではない (Faulkner [1936] 285)。その相手が異母弟ヘンリーであることの意味を、いまわれわれは考えなくてはならない。

二 『アブサロム』での父と息子の確執

『アブサロム』における「影の家族《シャドウ・ファミリー》」の関係の考察に入る前に、まずはサトペンとヘンリーの関係を明確化しておきたい。何よりも重要な点は、サトペンが自身の利己的な計画の達成のために妻や息子を利用する様相を描くこの小説では、彼を暴く役割がヘンリーに課されていることである。むろん、フォークナーが編集者への手紙のなかで、その小説が「誇りのために息子を持つことを望み、余分に持ちすぎて息子たちが父を滅ぼす物語」であるという説明をした時、彼はボンも息子たちのひとりに含めていたにちがいない (Faulkner [1977] 84)。小説の結末部におけるシュリーヴの発言——「チャールズ・ボンとその母がトム爺さんを亡き者にしたのだ」(Faulkner [1936] 302) ——にもあるように、ユーラリアに操られたボンの出現がサトペンの破滅の種になったことに疑いの余地はない。しかしながら、ボンは、父を暴く役割を果たす存在にしては、あまりに傍観者的、受動的に見える。

すなわち、『アブサロム』においてつねに前景化されているのは、白人の、父 (サトペン) と息子 (ヘンリー) の関係なのである。この両者がボンとジュディスの結婚をめぐって衝突する場面は二度ある。最初の衝突は一八六〇年のクリスマスの前夜のこと。サトペンは屋敷の書斎でジュディスとボンの結婚を禁ずる。すると、ヘンリーは父の命令に激怒して、家と生得権を放棄し、ボンとともに出奔する。物語序盤における次のような記述は、サトペンとボンの父子関係を打ち消し、サトペンとヘンリーのそれを読者の脳裏に強く残す効果をあげている――「……黒人たちの口から漏れてきた噂によると、クリスマスの前夜に、ボンとヘンリーの間でも、ボンとサトペンの間でもなく、他ならぬ息子と父の間で（between the son and the father）喧嘩が生じたのである……」（Faulkner [1936] 62、傍点は筆者）。ちなみに、この事件は不明確な点を多く残しており、「その日にいったい何が起こったのか？」という疑問は、複数の語り手たちによってあらゆる角度から繰り返し推測されている。

二度目の衝突は、南北戦争中（一八六五年）の野営地で起こっている。それは、サトペンがヘンリーを自分の幕舎に呼び出し、ボンに黒人の血が混じっているのを告げる時のことである。この場面において、サトペンはヘンリーをじっと見つめながら、「わが息子よ」（*My son*）と呼んでいる（Faulkner [1936] 282、傍点は原文イタリクス）。そこで示唆されているのは、肉親の血によるコミュニケーションである。それはボンが必死になって得ようとして得られなかったものである。ヘンリーは父に反発する振る舞いを見せつつも、結局は父の意志にしたがい、ボンとジュディスの結婚を阻止するため、ボンをサトペン農園の門の前で殺害することになるのである。

このように、『アブサロム』ではサトペンとヘンリーの父子関係が強く現れ出ている。その一方で、白人の父と黒人（混血）の息子の関係は、影のごとく、それについてまわっている感がある。作者の認識では、ボンもサトペンの息子のひとりであり、両者の間にも確執があったことが示唆されている。にもかかわらず、ボンとサトペンは公然と争わない。奇妙なことに、そのような場面がひとつも見られないのである。

サトペンとヘンリーの親子とサトペンとボンのそれが表裏の関係にあることは、『アブサロム』における物語の呈示の仕方と深く関わっている。よく言われるように、フォークナー小説においてはしばしば出来事の結果が先に描かれる。その原因の方は、サスペンスやスリルの効果を高めるために、ずっと後になって呈示されることが多い。仮にサトペンとヘンリーの物語が、この小説における結果の次元で展開されているとするなら、サトペンとボンのそれは、原因究明の過程のなかで造り出されたものであるという言い方もできるだろう。

マイケル・ミルゲイトは、早くも一九六〇年代に『アブサロム』の複雑きわまる構造が「認知、真実、幻滅の多くの決定的なモメントをめぐって組織化されている」と考え、それらの具体例として、書斎におけるヘンリーと彼の父の言い争い、ヘンリーによるボン射殺、サトペンの、ローザへのプロポーズ、ウォッシュによるサトペン殺害の四つを挙げ、その各々の場面が一種のタブローのように呈示され、あらゆる側面から検討されている点を指摘している（Millgate 164）。

『アブサロム』のこのようなタブローから抜け落ちているのが、サトペンとボンの衝突である。その代わりに書き添えられているのが、ミルゲイトも挙げている、異母兄弟の間での殺害に至る衝突である。まるでヘンリーは、サトペンの代行者であるかのように――つまり、父の意志のひそかな実行者であるかのように――ボンと真っ向からぶつかり合っている。

とはいえ、ヘンリーはサトペンと完全に一体化して行動しているわけではない。彼はボンを肉親のひとりとして、兄として認めることができているからである。彼は、サトペンがボンにたいし否定している血縁関係をここで主張していると考えてもいい。ところが、ボンが欲しているのは、異母弟からの認知ではなく、父からのそれであるため、彼の発言は問題の解決にはならないのである。

「父と息子」の先のクライマックスの場面において、バートは「ぼくはあなたの息子です」と主張するが、大佐は彼を「黒ん坊」扱いし、その主張を退けている。この両者の発言と振る舞いを考慮に入れると、ヘンリーとボンの関係がかなり痛烈なアイロニーで表現されていることが分かる。ヘンリーの方が「あなたは僕の兄です」（*You are my brother*）と言い、血の同一性を持ち出し、ボンが「いいや違う。ぼくはお前の妹と寝ようとしている黒ん坊なんだよ。もしお前が止めなければね、ヘンリー」と返答し、人種上の線を引いて分割を試みているからだ（Faulkner [1936] 286、傍点は原文イタリクス）。

かくして、『アブサロム』には異母兄弟の衝突がひとつの重要なモメントとして組み込まれている。その一方で、そこには「父と息子」のなかで見られたような、「影の家族《シャドウ・ファミリー》」の親子の衝突のモメントが欠落している。その理由を明らかにするためには、この小説におけるボン像の呈示の仕方の問題について検討しなくてはならない。

三　『アブサロム』におけるボン像

『アブサロム』の語り手たちのなかで、ボンの存在様態についてもっとも雄弁に語っている人物と言えば、コンプソン氏である。彼は、エレンがボンをまるで三つの無生物がひとつになったもの、あるいはサトペン家が三つの用途を一致して見出せる一個の無生物であるかのような調子で話していたと説明し、ボンが、ジュディスにとって「衣装」であり、エレンにとって「家具」であり、そしてヘンリーにとって「教師」かつ「手本」であった点を指摘している（Faulkner [1936] 59）。

さらに彼は、ミス・ローザがボンのイメージを、その名前を聞いただけで思い描いたのではないかと推測し、ボンがミス・ローザの想像の産物に他ならないことも明らかにしている。ウォッシュによって「あのフランス人野郎」と呼ばれるボン（Faulkner [1936] 106）。この人物は、コンプソン氏自身にとっても、興味をそそられる人物である。

コンプソン氏の語りについて注目すべきは、彼が、サトペン家の興亡の歴史をまるでギリシア悲劇のひとつであるかのように壮大なスケールで語るなかで、さまざまな比喩的表現を駆使してボンを描き出している点である[11]。その比喩表現の豊富さが示唆しているのは何か。それはボンの千変万化の性質、確たるアイデンティティの無さである。彼にとって、ボンは「わけの分からない影のような性格」の持ち主であり、「ひとりの人間としては存在せず、サトペンの血と性格から発散する臭気のようなもの」であるのだ（Faulkner [1936] 82）。

こうしたボン像において気になる点がある。それはボンがサトペンに表立って逆らおうとしない人物として表現されていることである――「彼は彼女〔ジュディス〕を誘惑してその貞操を奪おうとしなかったばかりか、彼女の父に反抗しようとさえしなかった」（Faulkner [1936] 95、傍点は筆者）。

ミス・ローザの描き出すボン像もコンプソン氏のそれとおおかた一致している。彼女の語りが明らかにしているのは、姪のフィアンセに当たる男の、生身の人間としての実体性の無さである――「……彼はエレンの家では、ひとつのかたち、ひとつの影にすぎず、ひとりの男でも、ひとつの存在でもなく、エレンが欲しがった秘密ありげな何かの家具——花瓶か椅子か机——みたいであった……」（Faulkner [1936] 120、傍点は原文イタリクス）。

ミス・ローザは、射殺され、棺のなかに納められたボンを「抽象的なもの」（*the abstraction*）という名詞で表現している（Faulkner [1936] 123、傍点は原文イタリクス）。それは、具体性を欠くボンたる人物のありさまを実に的確に表している。

実体性・具体性を欠くボン。登場人物間における、彼にたいする理解の程度の違いが、彼のミステリアスな存在様態を際立たせている。たとえば、ジュディスは彼がニューオリンズ生まれと思っており、彼の墓石にそのような記載を残している（実際、彼はハイチ出身である）。ミス・ローザは、写真以外にボンの顔を一度も見たことがなく、彼を想像で作り出したと言っているが、彼女は彼がヘンリーの異母兄であることも、彼の体内に黒人の血が混じっていることも知らない。この小説の語り手たちのなかで、ボンの混血性にまで想像がおよんでいるのは、クエンティンとシュリーヴだけである。

『アブサロム』の後半以降、クエンティンとシュリーヴによる協同の語りの作業によって、ボンについての誤解の修正と情報の追加が行われる。その結果、彼はミステリアスな存在からひとりの男として徐々に浮き上がってくるようになる。

この二人の若者の語り手によると、父の姿を一度も見たことのないボンは、ユーラリアと弁護士の間で創り出され、物心がついた頃から、赤ん坊の時でさえ、「不眠不休の陰謀団」（an unsleeping cabal）（Faulkner [1936] 251）であるその両者に取り囲まれて生きることを強いられている。

では、ユーラリアの陰謀とは何か。それはボンを自身の復讐の実行者として使うことである。彼女は、いつか必ず来ることが分かっている時――息子が父と顔を突き合わせることはなくても肩を並べて立ち、あとは運命、幸運、正義といったものに任せることができるモメント――のためにその子を訓練している。

「陰謀団」のもうひとりである弁護士の狙いは何か。それはボンを使ってサトペン家からできるかぎり多くのお金を巻き上げることである。ユーラリアが頼りきっているこの弁護士にとって、彼は金儲けのために必要な道具にすぎない。

すなわち、ユーラリアと弁護士はそれぞれ異なる目的を胸に秘めて、ボンに近づいているのだ。だが、自身の目的成就のために彼を最大限に利用しようとする点において、両者は共通している。

クエンティンとシュリーヴのヴィジョンによって造られるこのようなボン像が、『アブサロム』における最終的な真実とされる。しかしながら、多文化主義の現代に生きる読者の観点からすると、そのボン像にも少し不満が残るのではないだろうか。というのも、彼は依然として受動的で、状況依存的な態度を保持しているからである。

実際、ボンは父からの明確な返答（あるいは、ささいな合図）をただひたすら「待つ」だけで、彼には自力で状況を変えようとする主体的な行動力が欠けている。たとえば、父と思しき人物とはじめて対面する場面において、彼は「謙遜しているものの、自尊心は失わずに、完全に降伏し、身を委ねている表情」を浮かべているし（Faulkner [1936] 256）、「ぼくは少なくとも母の息子なんだ（*I am my mother's son, at least*）、ぼくは何を望んでいるのか自分でもよく分からないらしい」と思っている可能性さえ示唆されている（Faulkner [1936] 255、傍点は原文イタリクス）。彼は一〇日間も毎日顔を見ていながら、顔色ひとつ変えない男にたいし、直談判しようとせず、その男が彼を呼びに寄こすことを最後まで信じているのである。

結局、ボンは父が自分のことを認知する気がないと分かると、その現実を素直に受け入れている。彼は「そのつもりになれば、彼［サトペン］に無理矢理認めさせることもできる。彼のところに行って、無理強いすることだってできる」と考える（Faulkner [1936] 278、傍点は原文イタリクス）。だが、その考えが行動に移されることはない。彼は、ユーラリアが思い描いていたような、父との対面のモメントを得るものの、そこで自己主張をしなければ、父を暴くこともしないのである。つまり、その待望のモメントが、父と息子の衝突の契機にはならないのである。

どう見てもボンは父と張り合うことが道義的に正しいと考えるタイプの登場人物ではない。よって、彼は「父と息子」において、父の認知を積極的に、攻撃的に求めるバートと明らかな対照をなしている。第二節で詳細に触れたバートは、『障壁』で明らかにされているように、「ジョージア州でも、他のどこであっても、人は自分の息子を否認するべきではない」という強い信念を持っており（Hughes [2004] 87）、父に向かって息子としての権利を主張することを決して止めないからだ。

ジェイ・パリーニは、フォークナーが『響きと怒り』の場合と同様に、『アブサロム』においても小説内の白人男性について考えることを好み、黒人の主体性の探究を躊躇しているという旨の発言をしている（Parini 209）。たしかに、この小説のなかで黒人の登場人物たちは自分たちの物語を直接的に語る機会を与えられていない。彼らは沈黙を強いられている感じさえある。ボンの主体性も、その他の黒人の登場人物（たとえば、ユーラリアやクライティなど）のそれと同様に、深く探求されていない。

　サディアス・M・デイヴィスは、パンシア・リード・ブロートンの、ボンに関する適切な発言――「彼は単に彼ら［サトペン家］のファンタジーの究極的なかたちであり、ある抽象的特質の化身にすぎない」（Broughton 69）――に触れながら、以下のような解釈をしている――「ボンは、伝説の世界と語り手たちの世界の双方のなかで、登場人物たちと語り手たちの必要性を満たすために創り上げられた《抽象的なもの》かつ《ニグロ》となっているのである」（Davis 219-20）。この「抽象的なもの」（the abstraction）というのは、もちろん、ミス・ローザが使用している用語である。その用語でボンを理解するデイヴィスは、今日では軽蔑的な含みを持つ「ニグロ」という用語にあえて引用符をつけることで、それを「一般的な黒人」の意味ではなく、「白人男性が自身で創造したもの」（the white man's own creation）の意味で使用している（Davis 2）。

　なるほど、ボンという登場人物は、フォークナーというひとりの白人男性作家が、複数の白人の語り手の言説を通して芸術的に創造し得た、抽象性の擬人化であると理解することができるのである。ボンは紳士でありながらも女性的である。彼は一見主体的に行動しているかのように見えながらも実は完全に受動的である。このような矛盾した、複雑な事情は、彼の性格の捉え難さを表しているのだが、それは彼本来の抽象という特徴から生じていると考えていい。一般的に、抽象とは再現的なものではないので、リアリズムの次元に置きにくいものなのだ。

　要するに、ボンはバートと異なり、実体的な、具体的な一個人として造形されていないのである。別言すれば、彼はその他の登場人物たちの必要性に応えるような付随的なかたちでしか存在することが許されていないのである。したがって、彼らが、自分たちの各々の物語のなかで、彼とサトペンが表立って衝突する展開を必要としないかぎり、そのモメントは小説内で描き出されることがないのだ。

おわりに

一九二〇年代のアメリカにおいて、南部の田園と北部の大都市（ニューヨーク・シティ）という互いに質の異なる地域で生じたサザン・ルネッサンスとハーレム・ルネッサンス。この華々しい文芸開花の時代をそれぞれ代表する人物であるフォークナーとヒューズ。同時代の空気を吸って生きた彼らは、各々の民族集団の固有の歴史と文化を背負いつつ、互いに親交を結ぶことはなかったにせよ、同じ問題に着目し、独自の手法でそれを表現している。

表現の仕方が異なっているのは、両作家の、アメリカ社会において混血児として生きることにたいする受け止め方が同一でない点に起因している。フォークナーは『アブサロム』において、混血児を外国出身にし、自分ならざるものとして視野に入れ、人種上の規制のゆるいハイチやニューオーリンズの文化を背景に持つその「他者」に、故郷ミシシッピ州の厳格な人種コードの特殊性を浮き彫りにさせている。一方、ヒューズの場合、混血児の困難な存在様態はより個人的な、より喫緊の問題であり、それを白人読者に伝え、認めさせ、社会の変革を促す思いははるかに強かったように見える。この強い思いが、「父と息子」という悲劇の枠組みのなかで混血児の自我と矜持をうたいあげるひとつの原動力になり得たと考えられる。

繰り返しになるが、『アブサロム』の混血児の物語は、サトペンを家長に据える白人一家の錯綜した物語の背後で見え隠れするように呈示されている。前者の物語は、クエンティンとシュリーヴ——そして、彼らの後ろに想定される作者自身——が、後者の物語を解きほぐし、理解しようと努めるなかで到達したものにすぎない。すなわち、われわれは後者の物語のレンズを通さずに、前者の物語に触れることが、それに近づくことができないのである。

フィリップ・M・ワインスタインが正しく述べているように、「チャールズ・ボンはその小説のなかでもっとも過剰に再創造されている（reinvented）登場人物である」（Weinstein [1992] 55）。というのも、彼に関する事実は決して確定されることがなく、彼は奥深い、正体の知れない、だがエキゾチックな魅力あふれる存在として、その他の登場人物たちの想像力を掻き立てつづけているからである。トニ・モリスン（Toni Morrison, 1931-）のかの有名なアメリカ文学評論（1992）を意識して、彼は父の認知を求める自身の内面のドラマを「暗闇のなかで演じている（Playing in the Dark）」と言ったら言い過ぎであろうか。

ヒューズは「父と息子」においてその「暗闇のなか」での隠されたドラマにスポットを当てている。彼は、南部の「影の家族《シャドウ・ファミリー》」の父子関係の日常の物語を、よりはっきりと目に見える形式で、しかも「黒人の主体性」を強く感じさせる展開で描き出しているからだ（物語終盤におけるバートのピストル自殺でさえも、白人の追っ手からもはや逃げ切れないという彼自身の判断の結果であることは、あえて付け加えるまでもないだろう）。

光の当たる表舞台に立ち、決定と責任の一主体として、まさに決死の覚悟で父に挑んでいく混血の息子。そして、その息子と正面から向き合うことを余儀なくされる白人の父。ヒューズの短編における父なる人物は、白人世界の外から響いてくる、息子の情熱的な呼びかけにたいする応答の義務を課せられているかのようでさえある。

人種を異にする父子の衝突のモメント。それは、『アブサロム』の白人の語り手たちや作者の想像を超えるもの、彼らが創造しようとしないもの、あるいは彼らが無意識のうちに遠ざけているものであるように思われる。そのモメントが南部とは程遠い地域で花開いたハーレム・ルネッサンスの作家の短編のなかに劇的に書き込まれているというのは、大変興味深いことである。

【注】

（1）『アブサロム』のタイトルに関して、フォークナーはインタビューの席でこう述べている――「息子たちを持つことを望むが、息子たちによって滅ぼされてしまう男というアイデアを思いつくとすぐに、私はそのタイトルを思いつきました」（Faulkner [1995] 76）。なお、ディビッド・ポール・レーガンの注釈本によると、作者がそのタイトルの使用によって意図したのは「息子の喪失が父に悲嘆をもたらすテーマ」の導入である（Ragan 1）。ただし、レーガンも示唆しているように、サトペンがヘンリーを喪失しても「悲嘆」に暮れる様子を見せていないことには、フォークナーのアイロニーの働きが認められる。

（2）『響きと怒り』の続編として『アブサロム』を読むことの是非についてはかねておびただしい議論が行われてきたが、批評家たちの間で意見の一致は見られていない。たしかに、両者の独立したテクストとしての個性を軽んじ、それらを一対のものと決めつけて解釈することは慎まなければならない。しかしながら、後者の巻末の「系譜」（GENEALOGY）に（Faulkner [1936] 307-9）、前者のなかで暗示されている、クエンティンの死が一事実として書き記されていることを考慮に入れる時、われわれは間テクスト的な読解をまったく容認しない議論にも疑問を呈しないわけにはいかないだろう。

（3）他方、ボンはヨクナパトーファ郡のアウトサイダーという意味で、シュリーヴと重ねられる。とはいっても、この四者の関係はそれほど単純に整理できるものではない。なぜなら、小説の後半部分で、クエンティンとシュリーヴのどちらも、ヘンリーとなり、ボンとなっている、つまり、両者の複合体になっているからだ（Faulkner [1936] 280）。なお、ジョン・T・アーウィンは、ボンとヘンリーの両者とクエンティンが最終的に同一化していることから、『響きと怒り』のこの青年にとって、前者が妹キャンダスにたいする無意識に動機づけられた欲望、そして後者がその欲望にたいする意識的な抑圧あるいは処罰、を表現していると解釈している（Irwin 28）。

（4）特に注目すべきは、Muhlenfeld 180-83、および Krause と Scherer の各々の論文である。

（5）たとえば、フォークナーの主要テクストにおける父たる人物の系譜を鳥瞰的な視点から考察しているアンドレ・ブレイカスタンの論文と、「労働のトラウマ」という概念を使って『アブサロム』の斬新な読みを呈示し、その批評の地図を刷新させたリチャード・ゴドンの本。このいずれの研究もサトペンの目に映し出されるボンの存在を解明することに重点をおいている。ブレイカスタンは、ボンが「女性」と「黒人」の両方を想起させるだけでなく、サトペンが自身の人生から抹消しようとむなしい努力をした「もうひとつの時間」、つまり「過去」をも想起させ、その生き残りになっている点を指摘している（Bleikasten 141）。また、ゴドンの解釈では、ボンは単なる悲劇的混血児《トラジック・ムラトー》ではなく、白人主人が黒人奴隷に自身の生産や生活を依存しているという「逆説的な本質」を表す存在とされている（Godden 132）。

（6）混血の息子が父方の起源を探り求めるという観点からの、数少ない先行研究の一例としては、トニ・モリスンの『ジャズ』（*Jazz*, 1992）のなかにフォークナー（チャールズ・ボン）の声を聞き取る、フィリップ・M・ワインスタインの論考がある（Weinstein [1996] 145-55）。

（7）フォークナー小説における「悲劇的混血児《トラジック・ムラトー》」のテーマについて考える時、『八月の光』で可能的混血という存在様態に悩み、苦しむジョーの姿を思い浮かべる読者は少なくないはずだ。だが、彼は自身の存在根拠を絶対的なまでに父に求める人物として造形されていないため、議論の枠からはずしている。

（8）本稿は『アブサロム』と「父と息子」の相違点に目を向けているが、この両テクストが家父長的な物語を形成しているという意味において、明白な共通点を持っていることは指摘しておく。つまり、それらは人種的視点からすると異なって見えるものの、ジェンダー的視点からすれば、同じようなものとして理解されるにちがいない。

（9）加えて、アーサー・P・デイヴィスは、ヒューズがこのテーマに執着した点について、次のように述べている――「彼はそのテーマを扱うなかで、《拒絶された》息子として自身が感じていた失望と怒りの深い感情のようなものを書き出し、追い払う機会を見出したのである」（Davis 325）。念のために言っておくが、ヒューズの父は混血である。したがって、彼の伝記上の父子関係の物語は、本稿における白人の父と混血の息子という図式に直接当てはまるわけではない。だが、彼はアメリカの人種差別を逃れるために、母子を捨ててメキシコに移住した父と物理的に、かつ精神的に距離を取っており、「《拒絶された》息子」の意識を抱えていた可能性は充分にあり得る。

（10）ヒューズがこの決めゼリフを最初に使用したのは、本稿のエピグラフに掲げている詩「混血児」（"Mulatto," 1927）においてである。彼は四五行のその短い詩の冒頭と結末でそれを二度繰り返している。

（11）その代表的なものを挙げるなら、"phoenix-like," "Scythian," "a mere spectator," "a youthful Roman consul," "a Catholic of sorts," "a hero out of some adolescent Arabian Nights," "the esoteric, the almost baroque, the almost epicene objet d'art," "Lothario," "a myth, a phantom," "cerebral Don Juan," "the mentor," "the surgeon," "the guide," "the gambler," "the officer, the lieutenant," "the metropolitan gallant," "the fatalist" である。

（12）『アブサロム』にはそうした事情があるため、次のような、ポストコロニアル批評的視点からの厳しい意見が出てくるのである――「その語りの戦略は、歴史の《正当な》白い管理人たる、ローザ、クエンティン、コンプソン将軍、そしてシュリーヴを通して、すべての有色人種の登場人物を表現することによって、白人支配を支えることを求めているのだ」（Stanchich 608）。

(13) エドゥアール・グリッサンも言っているように、「フォークナーは公民権の活動家でも社会改革者でもなかった。彼の著述も社会改革のための場にはならなかった。彼は、その本性と職業からして、単なる反動家であるというよりも保守主義者であった」(Glissant 64)。これにたいし、「ヒューズは、文学が人種統合《インテグレーション》の大義をすすめるうえで重要な役割を演じられる、と信じていた」(Leach 143)。両作家のこうした特性の違いを重視する時、われわれは、後年のヒューズが、人種統合《インテグレーション》のような複雑な問題はゆっくりと時間をかけて解決するべきだと唱えるフォークナーの穏健で中立的なスタンスを痛烈に批判するようになるのは必然の成り行きであった、と言ってもよかろう。

【参考文献】

Bleikasten, André. "Fathers in Faulkner." *The Fictional Father: Lacanian Readings of the Text*. Ed. Robert Con Davis. Amherst: U of Massachusetts P, 1981. 115-46.

Broughton, Panthea Reid. *William Faulkner: The Abstract and the Actual*. Louisiana State UP: Baton Rouge, 1974.

Davis, Arthur P. "The Tragic Mulatto Theme in Six Works of Langston Hughes." *Interracialism: Black-White Intermarriage in American History, Literature, and Law*. Ed. Werner Sollors. Oxford: Oxford UP, 2000. 317-25.

Davis, Thadious M. *Faulkner's "Negro": Art and the Southern Context*. Louisiana State UP: Baton Rouge, 1983.

Faulkner, William. *Absalom, Absalom!* 1936. New York: Vintage International, 1990.

——. *Faulkner in the University*. Ed. Frederic L. Gwynn and Joseph L. Blotner. 1959. Charlottesville: UP of Virginia, 1995.

——. *Selected Letters of William Faulkner*. Ed. Joseph. L. Blotner. New York: Random House, 1977.

Glissant, Edouard. *Faulkner, Mississippi*. Originally published in French. 1996. Trans. Barbara Lewis and Thomas C. Spear. New York: Farrar, 1999.

Godden, Richard. *Fictions of Labor: William Faulkner and the South's Long Revolution*. Cambridge: Cambridge UP, 1997.

Hughes, Langston. *The Barrier.* 1950. *The Collected Works of Langston Hughes, Vol 6: Gospel Plays, Operas, and Later Dramatic Works.* Ed. and Intro. Leslie Catherine Sanders. Columbia: U of Missouri P, 2004. 67-101.

——. "Father and Son." *The Ways of White Folks*. 1934. New York: Vintage, 1990. 207-55.

——. "Mulatto." *Selected Poems of Langston Hughes.* New York: Vintage, 1990. 160-61.

Irwin, John. T. *Doubling and Incest / Repetition and Revenge: A Speculative Reading of Faulkner.* 1975. Expanded ed. Baltimore: Johns Hopkins UP, 1996.

King, Richard H. *A Southern Renaissance: The Cultural Awakening of the American South, 1930-1955*. Oxford: Oxford UP, 1980.

Krause, David. "Reading Bon's Letter and Faulkner's *Absalom, Absalom!*" *William Faulkner: Critical Assessments.* Ed. Henry Claridge. Vol.3. Robertsbridge: Helm Information, 1999. 382-408.

Leach, Laurie F. *Langston Hughes: A Biography.* Westport: Greenwood P, 2004.

Millgate, Michael. *The Achievement of William Faulkner*. New York: Random, 1966.

Muhlenfeld, Elisabeth. "'We Have Waited Long Enough': Judith Sutpen and Charles Bon." *William Faulkner's* Absalom, Absalom! *: A Critical Casebook*. New York: Garland, 1984. 173-88.

Parini, Jay. *One Matchless Time: A Life of William Faulkner.* 2004. New York: Harper Perennial, 2005.

Ragan, David Paul. *Annotations to William Faulkner's* Absalom, Absalom! New York: Garland, 1991.

Scherer, Olga. "A Polyphonic Insert: Charles's Letter to Judith." *Intertextuality in Faulkner.* Ed. Michel Gresset and Noel Polk. Jackson: UP of Mississippi, 1985. 168-77.

Stanchich, Maritza. "The Hidden Caribbean 'Other' in William Faulkner's *Absalom, Absalom!*: An Ideological Ancestry of U.S. Imperialism." *Mississippi Quarterly.* 49.3 (1996): 603-17.

Weinstein, Philip M. *Faulkner's Subject: A Cosmos No One Owns.* Cambridge: Cambridge UP, 1992.

——. *What Else But Love?: The Ordeal of Race in Faulkner and Morrison.* New York: Columbia UP, 1996.

シャーウッド・アンダソンとジーン・トゥーマー

——視線の暴力をめぐる、テクスト間の対話

中村　亨

はじめに

本稿は、シャーウッド・アンダソン（Sherwood Anderson）の『ワインズバーグ・オハイオ』（*Winesburg, Ohio*, 1919）とジーン・トゥーマー（Jean Toomer）の『砂糖きび』（*Cane*, 1923）、そして『砂糖きび』を読んだ後、アンダソンが書いた『暗い笑い』（*Dark Laughter*, 1925）という三つのテクストの関係を、二人の相互交渉の一環として読み解く試みである。

『暗い笑い』については単純な黒人礼賛の物語として失敗作の烙印が押され（Fanning 49）、小説自体がほとんど真剣には分析されてこなかった。一方『ワインズバーグ・オハイオ』（以下は『ワインズバーグ』と記す）と『砂糖きび』の関係はしばしば言及されてきた。トゥーマー本人が、『ワインズバーグ』が彼の作家としての「成長の素（elements of my growing）」の一つになったとアンダソンに書き送っているからである（*Letters* 101-102）。しかしながら、その言及の多くは主題と形式の共通性についての

一般論であり、産業化による伝統的文化の衰退や性のタブー視への反逆といった主題、あるいは「ショート・ストーリー・サイクル」と呼ばれる短編小説群の緩やかな結合といった形式上の共通性についての言及だった(1)。

二人の作家についてのこうした一般論的な比較とは一線を画するのがマーク・ウェイレンの研究である。彼は、共にアメリカの民衆文化を重視する二人が当時の民族誌学に感化されたと指摘する。その結果アンダソンは、特権的な観察者の視点からアメリカ南部の黒人達を一方的な観察と記述の対象とし、そうした視線の在り方が『暗い笑い』にも表れているという。対照的にトゥーマーは、民族誌学に由来する特権的な視線には批判的で、アウトサイダーである観察者が南部の黒人を理解するのがいかに困難かということ、そして観察者もまた南部の黒人同様に暴力的な人種差別の歴史に巻き込まれていることを『砂糖きび』で示したと論じる（Whalan 141-147）。

本稿はウェイレンの論を踏まえ、アンダソンとトゥーマーの関係をより広く、アフリカ系の血統を持つ者に向けられる視線という観点から検討する。そして両者のテクストを共通性と差異という静態的な図式で比較する従来の研究とは異なり、バーバラ・ジョンソンの理論に依拠して、テクストのダイナミックな相互作用を検証する。具体的には、『ワインズバーグ』で「グロテスク」な者達に向けられる視線へのトゥーマーの批判として『砂糖きび』が書かれ、さらにその『砂糖きび』へのアンダソンの応答として『暗い笑い』が書かれたことを浮き彫りにしたい。

一　「奇妙」な人物を監視する目――『ワインズバーグ・オハイオ』と『砂糖きび』

視線という観点からアンダソンとトゥーマーの関係を考察するにあたって第一に主張したいのは、『砂糖きび』の中心的な視点人物達をトゥーマーは、『ワインズバーグ』で提示される風変りな作中人物を下敷きにして作り出したに違いない、ということである。短編群の緩やかな結合体である『ワインズバーグ』では田舎町の共同体から疎外され、孤独な生活を送る一風変わった人物達が列挙されており、『ワインズバーグ』の冒頭を飾る「グロテスクの書」にちなんで、批評家たちはそうした作中人物達を「グロテスク」な者達と呼び習わしてきた。そうしたグロテスクな者達の一人エルマー・カウリーは、自分が周囲から「奇妙」と思われているに違いないと感じており、周囲の人々から自分に注がれる好奇の目を絶えず感じずにはいられない。この周囲の視線に苦しめられるエルマーを一つのモデルとして、『砂糖きび』において特に重要な位置を占める二人の視点人物、短編「ボーナとポール」の主人公と終章を飾る「キャブニス」の主人公は作り出されたと考えられる。

というのも、『ワインズバーグ』のエルマーは繰り返し自分が「奇妙」と思われていると作中で口にしているのに対し、『砂糖きび』のポールとキャブニスも、周囲から度々「奇妙な（queer）」な男と呼ばれているからである。『ワインズバーグ』でエルマーを主人公とする短編の題名自体が「奇妙（Queer）」と名付けられていることを考慮すると、トゥーマーがポールとキャブニスという人物を作り上げる際に、このアンダソンの短編を意識していなかったとは考えがたい。(2)

そして何より両作家が描く「奇妙」と見なされる主人公たちは、自分に注がれる他人の視線を絶えず敏感に感じ取り、自分を一方的に規定しようとする抑圧的な力としてその視線を意識する点で共通している。アンダソンの短編では、主人公エルマー・カウリーは、自分と父は町の皆から笑い者にされていると思い込んでいる。そして彼は店の客の一人に向かって、「俺たちは、奇妙と思われて皆からじろじろ見られたり、耳をそばだてられたりするのにはもううんざりだ」と叫ぶ（*Winesburg* 107）。一方トゥーマーの短編の主人公ポールは、シカゴの教員養成学校に通いながら周囲には自分にアフリカ系の血が流れている事実は伏せているが、その血統について疑惑と好奇の目で自分が見られているのを始終感じている。そして物語の山場となるナイトクラブの場面では、知り合いの白人の男女とともに店に入った瞬間、肌の色を見て彼の血統を詮索しようとする周囲の客達の視線が自分の体に突き刺さるのを感じる。

突然彼は、人々が彼の浅黒い肌の魅力ではなく、差異を見ているのだと分かった。彼らの凝視は、彼自身に彼を与え、彼の内部を何か長い空虚なもので満たし、そして彼の意識の中に生え始めた緑の葉身（**green blades**）のようだった（*Cane* 76 – 77）。

ポールを好奇と不審の目で見る人々の視線は、「葉」と「刃」という二重の意味を持つ "**blades**" という単語を使った比喩に現れているように、無数の刃となって彼に痛みを与え、その身体を突き通す。トゥーマーが描くもう一人の主人公キャブニスの場合には、周囲からの視線に晒されることは一層暴力的な意味合いを帯びる。アフリカ系の血統を持ち、また北部から来た異邦人として南部の小さな町で暮らし始めたキャブニスは、地域の共同体から好奇と不審の目で見られており、黒人に求められる規範を踏み外してリンチされる可能性に怯える。「北部の黒んぼ、お前はもう出て行くときだ」と書いた紙に包まれた石を家の中に投げ込まれてキャブニスは平静を失い、「奴らの目が砂糖きび畑から光っている」のを目撃したように感じてパニック状態に陥る（*Cane* 93）。脅迫状は彼を目障りに思う黒人の仕業で、言葉だけの脅しだと黒人の知人に言われても、彼は安堵することはできない。町の黒人と白人の双方の監視の目を脅迫として意識するキャブニスは、「奴らの目つきは言葉だ（their looks are words）」と漏らす（*Cane* 111）。

このように二つのテクストを比較検討してみると、トゥーマーは『ワインズバーグ』の短編群で列挙される「グロテスク」な者達の中でも特に町の人々の視線を圧迫と感じるエルマー・カウリーを下敷きにして、アンダソンのテクストよりもはるかに深刻なかたちで、血統とその肌の色ゆえに周囲の視線に苦しめられなければならない彼の主人公たちを創造したと言えるだろう。

ここでトゥーマーが問題にしている視線とは、ウェイレンが言うような民族誌学的な観察者の視線というよりはむしろ、地域社会内部の住民達の集合的な視線である。それは南部のスモールタウンで暮らす白人と黒人の双方、そしてさらには北部の大都市の白人達にも共通する視線であり、個人を「白人」か否かという二項対立的なカテゴリーで分類し、非白人には定められた規範を逸脱しないよう監視の目を光らせる脅迫的な視線とも言える。

アンダソンの短編「奇妙」の主人公も、トゥーマーが描く「奇妙」と呼ばれる主人公達も共に共同体の視線に晒され、一方的に観察されることに反発するが、大きな違いはアンダソンの短編ではその主人公の反発が真剣には扱われず、反発それ自体が「奇妙」な振る舞いとして戯画化されている点である。短編「奇妙」のエルマーは、じろじろ見られるのはうんざりだと客の一人に向かって唐突に叫ぶだけでなく、町の人々の眼を代表する存在と彼が考えるテクスト全体の視点人物ジョージ・ウィラードのもとを訪れて、自分が「奇妙」ではないのを説明しようとする。だが説明が上手くできないと苛立ち、結局ジョージを殴り倒して気絶させ、「俺が奇妙でないのを奴に示してやったと思う」と言い放つ（*Winesburg* 112）。一方、共同体から向けられる視線に対するトゥーマーの主人公達の反発は、戯画化からはほど遠く、極めて切実な反応として示されている。

ポールとキャブニスは『砂糖きび』の登場人物達の中でも、トゥーマー自身の伝記的な経歴に最も近い境遇の人物達であり、トゥーマーは『砂糖きび』執筆中に書いた手紙の中で「キャブニスは私だ」と宣言している（Grant 78）。この発言を信じるとすれば、トゥーマーは周囲から「奇妙」と見なされて視線に晒される者の位置、『ワインズバーグ』で提示される奇矯な人物と共通する立場に立って創作を行い、その立場から逆に、「奇妙」な者を見つめる周囲の人間達の視線の在り方そのものを批判的に提示したのだと考えられる。

このような『砂糖きび』の『ワインズバーグ』に対する関係は、アンダソンのテクストの翻案あるいは書き換えであり、バーバラ・ジョンソンの言い方に倣えば、先行テクストを作者の占有から解き放ち、その作者の権威ないしは権威の根拠を切り崩す「簒奪」とすら言えるように思う（Johnson 118）。というのも「奇妙」と見なされる者の立場から、その者を見つめる周囲の集団の視線を批判しようとしたトゥーマーの文学的企ては、彼が下敷きにしたアンダソンの物語、特にその語り方そのものへの挑戦、あるいは異議申し立てという面を持っていたと考えられるからである。そのことを示唆するのが、『砂糖きび』執筆中にトゥーマーがアンダソンの文学を揶揄して書いた手紙である。原稿修正の助言を受けていたウォルド・フランク（Waldo Frank）にトゥーマーは次のように書き送っている。

彼は読んでいて心地良い、それは確かです。心地良く、中年です。彼の甘美な語りの才能は、荷車を引く犬のように揺れ動き、中西部の道ばたの埃と花を嗅ぎ回るのです。その足は石やその下にある隆起を敏感に感じます。その目は孤立した農家が通過するのを記録します。その心は塗装のされていない羽目板と閉ざされたドアの悲劇を一瞥します。しかしその鼻は道の埃と花から決して離れず、その心臓は、道を軽やかに進みながら、規則正しく脈打つのです（*Lettersr 85*）。

このトゥーマーのアンダソンの文学への揶揄の言葉は、注目すべきことに、『ワインズバーグ』で列挙される奇矯な人物達の一人セス・リッチモンドが、新聞記者である視点人物について述べる次の言葉と完全に重なり合う。「興奮した犬のように、ジョージ・ウィラードはあちこちを走り回り、紙の束にノートを取り……一日中その束にちょっとした事実を書き記していた」（*Winesburg 72*）。つまりトゥーマーは『ワインズバーグ』で列挙される「グロテスク」な者達の立場に立って、手紙の中で表明しているように、アンダソンの物語の語り方を問題視したわけである。そしてその語りへの批判は、手紙の中の「記録」する「目」、悲劇を「一瞥する（glimpses）」という表現が示すように、対象を観察する視線の在り方への批判というかたちを取っている。

トゥーマーのアンダソンへの批判の第一点は、故郷である中西部のスモールタウンについて語るアンダソンが結局共同体の中に安住し、共同体に対する批判的な視座を欠いているということであろう。手紙の中の「心地よい」「甘美な語り」という皮肉めいた表現、そして何も考えずにただあたりを嗅ぎまわる「犬」という辛辣な比喩は、そうした批判的視座の欠落に対する揶揄として読める。スモールタウンの生活を活写するアンダソンは実際、トゥーマーとは違って共同体の異分子を観察し監視する集団の抑圧的な視線を問題視してはいない。彼は共同体に受け入れられた一員つまりインサイダーの立場から、共同体から疎外された「グロテスク」な人物達を観察している。そうした人物達を語り手は共感を込めて描きつつも自らとは一線を画し、峻別している。典型的な例を挙げると、語り手は「グロテスク」な者達の一人を紹介する際、「もしあなたが人生の初期にワインズバーグ・オハイオの村の一員だったなら」、醜く「グロテスク」で「怪物」のような猿を動物園で見て「ウォッシュ・ウィリアムズみたいだ」と言ったはずだ、と説明している（*Winesburg* 64）。「グロテスク」な者達は結局、インサイダーの視点から一方的に観察され、記述され、差異化される対象にとどまるのである。

トゥーマーの批判の第二点は、アンダソンの語り手は記述の対象との人間関係の中に巻き込まれてはおらず、超然たる傍観者の立場から対象を観察しているということである。アンダソンの語りを揶揄する手紙の中の「その目は孤立した農家が通り過ぎるのを記録します」という言葉はそうした批判を端的に示している。共同体から疎外され「閉ざされたドア」の背後で悲劇に耐える人物達を、その記録者は「心臓は規則正しく脈打つ」とトゥーマーが言っているように、心をかき乱されることも動揺することもなく記述し、平然と通り過ぎていく。

実際トゥーマーのこの指摘は的を得ており、『ワインズバーグ』の語り手は、視点人物ジョージ・ウィーラードが目にする風変わりな人物たちの、密かな悩みや隠された辛い過去を次々明らかにし列挙していくが、トゥーマーが言うようにその語りはまさに「一瞥」であり、語られる悲劇に拘泥することなく足早に次の人物の紹介へと移っていく。典型的なのは、町の人の目を避けて隠者のように暮らす男性について語る冒頭の短編「手」である。この短編では、男性がかつて別の町で教師をしていたときに男子生徒達を撫で回して親達から同性愛者だと思われ、リンチを受けて殺されそうになったことがあるという事実が、「手の物語を少し見てみよう（Let us look briefly into the story of the hands）」という言葉とともに明かされる（*Winesburg* 11）。

この短編「手」で隠された過去を明かされる男性は町の人々にとっての「謎（mystery）」であり（*Winesburg* 9）、その男性の秘密を「見てみよう」と読者に誘いかける語り手は、町の人々と視点人物ジョージが興味を抱きつつも理解することができない不可解な人物達に目を向け、彼らになり代わってその人物の正体を探る役割を果たしている。こうした語り手の視線の在り方は、『砂糖きび』の中のアフリカ系の血を引く「奇妙」な人物達に向けられた、周囲の人間達の好奇と不信の目と通じ合うとさえ言えるかもしれない。

アンダソンの『ワインズバーグ』を語りにおける視線の在り方という点から批判するトゥーマーは、彼自身が創作した『砂糖きび』においてはアンダソンとは対照的なかたちで視点人物を設定している。キャブニスもまた第一部に何度か登場する一人称の語り手も共に、南部の黒人共同体の中で一時的に暮らす北部出身者であり、地域の共同体に対してはアウトサイダーとならざるを得ない。しかしそれにもかかわらず周囲の人間達との濃密な関係の中に巻き込まれており、そこで暮らす黒人達の苦しみやあえぎに接して心を動かされずに平静さを保つことはできない。しかも皮肉なことには、そうした苦しみに心を揺り動かされたからといって、彼らの生活を十分に理解したことにはならないのである。

『ワインズバーグ』とは対照をなす『砂糖きび』の観察者と対象との複雑な関わりは、最終章「キャブニス」の最後で一時的に視点人物となる、北部出身の黒人ルイスと地元の黒人達との関係によく表れている。キャブニスと同様に地元の黒人達から「奇妙」な男と呼ばれているルイスは、その土地のタブーとなっているリンチ事件を調べるためにやって来た記者とおぼしき人物であり、キャブニスと同じように住人達から不信の目を向けられ監視の対象となっている。このルイスのことを地元の黒人が噂して言う「探り回っては何かノートに書き留めている（Pokin round an notin somethin）」という言葉は（*Cane* 91）、『ワインズバーグ』の視点人物ジョージを「犬」に喩えていた前述の「グロテスク」な者達の一人セスの言葉を思い起こさせるが、実際、『ワインズバーグ』で「グロテスク」な者達がジョージに対して試みたのと同じことを、何人かの黒人達はルイスに行おうとする。普段は他人に語らない自分達の苦しみをルイスに説明しようとするのだ。黒人が営む店の地下室で乱交めいた行為に耽るため密かに集まってきた、「グロテスクな動く影」（*Cane* 113）と形容される男女のうち一人の女性は、彼女の母親を白人が父から奪い取り、父は絶望して死んだことを語り、また店の主は黒人であるがゆえに白人達から「子供」のように扱われる憤懣をぶちまける（*Cane* 110）。つまり「グロテスク」な人々と彼らを好奇の目で見る共同体の人々を対極に置いていた『ワインズバーグ』とは異なり、

『砂糖きび』では人種差別によって歪められた共同体の成員自身の「グロテスク」な姿の一端が示される。そして観察者は対象との関係の中に巻き込まれ心を乱されながらも、対象を十分には理解できない。ルサンチマンに満ちた告白を次々に聞かされ、南部の黒人達の苦しみの一端を垣間見たルイスは、「彼らの痛みはあまりにも強烈すぎる。彼には耐えられない」と感じて、結局途中でその場から逃げだしてしまうのである（*Cane* 112）。

トゥーマーは、このように視点人物の設定という面で『ワインズバーグ』を批判的に書き換えていると言えるが、さらに広くテクストの語りの形式という面でも、アンダソンの語りに対抗するような語りの在り方を提示しているように思える。それはアンダソンを批判している彼の手紙の表現を用いるなら、「閉ざされたドアの悲劇」に向けられる「一瞥」すなわち隠された秘密の可視化を拒む語りであり、冷静に他人の悲劇をただ記録する傍観者の語りとは対照的な、観察者を巻き込む語りである。そのことを次に見ていきたい。

二　不透明で観察者を巻き込む『砂糖きび』の語り

ヘンリー・ルイス・ゲイツ・ジュニアは『砂糖きび』を評して、現実とその表象との間に想定される一対一の対応関係を妨害し、その表現の曖昧さゆえに多様な解釈を生み出してきた「不可視性（invisibility）」あるいは「目に見える闇（darkness visible）」を表すテクストと呼んでいる（Gates 200-15）。実際、不可解な人物達の隠された過去や他人に打ち明けられない心の悩みを明らかにする『ワインズバーグ』の語りとは対照的に、「カリンサ」や「ベッキー」、「カーマ」、「ファーン」、「アヴェイ」といった『砂糖きび』の多くの短編では、主人公の女性達が閉塞的な境遇に置かれているのは分かるものの、彼女達が何を考えているのかはまったくの謎にとどまる。またスクラグスは、『砂糖きび』の語り手がテクストの中で与えられた手がかりを基に謎を究明する「探偵」の役割を負いながらも、「見たものを十分に説明できない」あるいは「見たものの意味を理解できない」、恐怖に満ちた謎の「目撃者」とならざるを得ないと論じている（Scruggs, *Toomer* 135-58）。テクストにおける不明瞭なほのめかしの言葉によって断片的なかたちで暗示されるのは、南部の白人による黒人女性の性的搾取や、タブーを犯してできた混血の赤ん坊の、母による殺害などだが、その全貌は決して明かされることはない。

そしてトゥーマーがアンダソンを揶揄する手紙で批判していた、数々の悲劇を「記録」しながらも心をまったく乱されることのない超然たる観察者による語りとは正反対に、『砂糖きび』の語り手は目にする出来事の中に巻き込まれ、当惑させられ、動揺を経験させられる。第一部に何度か登場する一人称の語り手は、彼自身が共同体の監視の下にある状況で何人かの女性達の苦境に遭遇する。短編「ファーン」では語り手は物語の中心人物である女性ファーンとの交際を図るが、彼女を抱擁しようとしたとき突然彼女は錯乱状態に陥り、神への呼びかけと途切れ声の歌を歌いながら失神する。この事件の後、彼女を守ろうとする町の男達から語り手は不信の目を向けられ、「見張り（watch-out）」を続けられて、彼女のためには何もできないまま結局北部へと戻っていくのである（*Cane* 19）。また「ファーン」のように語り手が語られる対象の人物と直接的な関わり合いを持っていない別の短編においても、ネイサン・グラントが指摘するように、語り手は「傍観者」でしかいられない「無力さ」を痛感させられる（Grant 35-40）。

異人種混交のタブーを破って町の共同体から排除された白人女性に焦点を当てた短編「ベッキー」においても、一人称の語り手は女性の悲惨な状況を目にしながら何もできない、傍観者の無力さを味わう。冒頭のスケッチ風の作品「カリンサ」と詩の後に続く、実質的に最初の短編であるこの物語では、この傍観者の無力さが個人を超えて集団全体に共有される性格のものであることが強調されている。彼女を追放した白人の共同体と、追放された彼女を受け入れることができない黒人の共同体の双方の集団である。黒人の息子を生んでその父親が誰なのか決して明かさなかったベッキーは、白人と黒人の両方から「気が狂った」女と呼ばれ集団から排除されるが、見かねた一部の白人と黒人達の手で空地に建ててもらった小屋に住み続ける。町の住人達にとって彼女は目障りな存在であり、その小屋を通り過ぎる者は皆、目を背ける。家から外に出た姿を誰も目撃したことがない彼女はその生死すら判然としないものの、ある日、教会帰りの会衆とともに語り手が彼女の家の前をちょうど通ったとき、小屋は突然崩れ落ち、彼女を下敷きにする。そして会衆の中にいた説教師が不明瞭なつぶやきとともに瓦礫の山の上に聖書を投げ捨てると、皆はそのままその場から逃げ去っていくのだ。この逸話では中立的な観察者の立場はあり得ず、彼女に対して何もせずにただ傍観していることは、異人種混交をタブーとする社会の掟への暗黙の服従と加担を意味する。

彼女の小屋は線路と道路にはさまれた「目の形をした一角（eye-shaped piece）」に建てられていると書かれており、このことは、彼女の家が一方的に観察され記述される対象というよりむしろ、家そのものがいわば一つの大きな目となって観察者を見つめ返し、その観察者の側を対象化するものとなっていることを示唆している（*Cane* 7）。この彼女の家に対しては、ラカンの精神分析理論で用いられる「眼差し」という用語を適用することが可能であるように思える。ラカンは眼差しが「主体に訴えかけてくるもの」であることを強調しながら（ラカン　九三）、それ自体としては捕えどころのない対象であり、「去勢不安という構成的欠如」としてのみ我々の前に現れてくると説明している（ラカン　九六）。コプチェクはこのラカンが言う「眼差し」を解説して、それが「何かが表象から欠けているように見える地点」であって「記号内容の不在（the absence of a signified）」を印づけると述べているが（Copjec 34）、「ベッキー」における彼女の家も、それを見る者達の無力さとともに、物語で語り得ぬ空白を浮かび上がらせる場として機能している。

ずっと家の中にいて生死の分からないベッキーに関して語り手は「もし死んでいたら亡霊になっているかもしれない」と考えるが、第三部の「キャブニス」でも物語の舞台となっている南部はさらに、人種差別の無数の犠牲者達の亡霊から生者に向けられる眼差しが感じ取れる場として提示されている。リンチが横行する南部の地では「沈黙の中で動く多くの死者がいるに違いない」と考えるキャブニスは、夜に家の外で何かの気配を感じて、「そいつは俺をよく見ることができるし、俺にはそいつが見えない（it can get a good look at me and I cant see it）」と思う（*Cane* 86）。それらの死者達の一人の話としてキャブニスは、腹を切られて生きた胎児をひきずり出され、その胎児とともに白人に殺された黒人妊婦のリンチ事件を耳にするが、実話に基づくというこの衝撃的な逸話は（Foley 181-198）、語られることもなく闇に葬られていった無数の出来事の一つに過ぎない。黒人の一人が遠慮がちにごく短い言葉で打ち明けるこの話は、語られたそれらの言葉が氷山の一角でしかないことを示すものであり、「ベッキー」のようにその背後の語られない空白、そしてまったく語られることのない他の無数の事件という空白を浮かび上がらせる。キャブニスにはその空白は「見えない」が、その空白の存在は、まさに亡霊のように感知されるのだ。

この亡霊のごとき空白は、決して姿を見せないベッキーのように、対象を可視化し言葉で捉えようとする企てに抵抗すると同時に、完全に無視することも忘れ去ることもできないものであって、その存在あるいは不在を強く訴えかけてくる。『砂糖きび』の最後に置かれた「キャブニス」の結末は、このような語られぬ物語の空白を強調することで締めくくられている。キャブニスが働き始めた店の地下には、ほとんど人目に触れずにただ生きながらえている、元奴隷の老人がいることが最後に明かされるが、この老人は普段言葉をまったく発しない。その老人が結末では切れ切れで不明瞭な神託のような言葉を発し始め、「お前はもう死んでいるんだ」というキャブニスの罵声に制止されることもなく、「罪」というつぶやきを繰り返す。そしてやがて「凝り固まった罪……（Th sin whats fixed ...）」と言いよどみながらも、「……白人にくっついている（...upon th white folks）」と言葉をつなぐ。そして「ああ、白人が聖書に嘘をつかせたときに犯した罪」と言い終えると、完全に口をつぐんでしまう（*Cane* 116-117）。こうして最後に、語り尽くされず未だに終わってもいない奴隷制の罪という、歴史における巨大な闇の存在が指し示され、その謎は解明されず空白は言葉で埋められないまま物語は閉じられる。

この『砂糖きび』を一気に読み通したアンダソンはすぐさまトゥーマーに対して、彼が「亡霊のような空虚さ」を探究する「地獄めいた」文学を開拓していると書き送っているが、この言葉はアンダソンが『砂糖きび』で言及される亡霊達と、その不可視の存在が指し示す語られぬ空白に対して強く反応したことを表している。このアンダソンの反応の延長上に『暗い笑い』の創作があることを次に検証していきたい。

三 「亡霊のような空虚さ」と『暗い笑い』

出版されて間もない『砂糖きび』をクリスマスに手に入れて、一月初めに一息に読んだというアンダソンはその真価をいち早く認め(*Selected Letters* 52)、一九二四年一月十八日付のトゥーマー宛の手紙で次のように書いている。

あなたの問題は地獄めいたものとなるはずです。その地獄めいたものは、私達の時代のいかなる芸術家にも必ず到来するでしょうが、あなたは私達の誰よりもそれを開拓していると思います。神を否定する、亡霊のような空虚さです(The ungodly ghastly emptiness)。白人達は十一歳か十二歳くらいでしかなく、おそらくは白人の中の最良の者がそれくらいなのです。(*Selected Letters* 54)

アンダソンはこのように『砂糖きび』が問題として取り上げているのが「地獄めいた(hellish)」恐るべき事柄であり、その事柄が「亡霊のような空虚さ」というかたちで探求されていることを鋭く感じ取っていた。そして『砂糖きび』についてのこうした理解は、「白人達は十一歳か十二歳くらい」という言葉に現れているように、白人である負い目、そして彼の白人としての認識の限界を意識させるものであったと言うことができる。

この白人の認識の限界についての意識は、黒人をその内側から理解することはできないという諦念と、彼らの外面だけを観察の対象にするのだという開き直りとも言える姿勢につながってくる。アンダソンは「亡霊のような空虚さ」について語っている箇所のすぐ前の手紙の部分で、アメリカ南部を訪れた際に白人である彼には黒人の生活に近づくことができなかったこと、それゆえ絵のように純粋な視覚的対象としてのみ捉えることができたと説明している。

> 黒人の生活は私の外にあり、そして私の外であり続けなければなりませんでした。だから絵を描きたかったのかも知れません。思考はより少なく、そしてそこにはより多くの感情がありました。私は褐色の男女に、非常に非人格的な肌の色への愛を通して、そしてしどけなく寝そべる肉体に表現されている線への同種の愛を通して接近することができたのです。(*Selected Letters* 54)

見逃してはならないのは、アンダソンが手紙で表明しているこの黒人の絵画的な捉え方が、この手紙の数か月後に書き始められた『暗い笑い』において実践されているということである。アンダソンと民族誌学の関連を論じるマーク・ウェイレンが一方で、『暗い笑い』の表象は黒人を「絵画的なイメージ」に変容させていると適切にも指摘しているように(Whalen 112)、この小説に登場する黒人達は基本的に、主人公ブルースが目にする風景の一部として描かれている。南部への一人旅でブルースは歌い、踊り、笑い興じる黒人達を遠くから眺め、その中の一人の娘について次のように考える。「彼女はブルースが見ているのを知っている。それがどうしたというのか。彼は人が木々を見るように、牧草地で遊ぶ子馬達を見るのと同じように見ているのだ」(*Laughter* 79)。

ここで牧歌的風景の一部として捉えている南部の黒人を「木々」や「馬」に喩えているのは、自らの言葉を持たない人間ならざる存在とほとんど同等に彼らを扱おうとしていることを露呈させている。そしてウェイレンが論じるように黒人を絵画的イメージに変容させることは、複雑な社会的現実とりわけ南部における人種関係の残虐さを黒人表象から剥ぎ取る「脱歴史化」につながっている(Whalen 112-113)。アンダソンは自作と同じく南部の黒人を描いた『砂糖きび』から「地獄めいたもの」、語り得ぬ人種差別の暴虐を示唆する「亡霊のような空虚さ」を的確に読み取ったものの、その「地獄めいたもの」を彼のテクストは無視し、排除しようとしているのだ。

しかしながらアンダソンが自らのテクストからは排除しようとした「地獄めいたもの」は、彼自身が手紙の中で今日のいかなる作家にも「必ず到来する」と予言していた通り、他ならぬ彼自身のテクストの中に執拗に入り込んでくる。『暗い笑い』においては一方で、ほとんど強迫的とも思えるようなかたちで黒人の絵画的な描写が反復されるが、他方ではその絵画的な描写に伴うかたちで、アンダソンが『砂糖きび』から読み取ったような、「空虚さ」と結びついた無数の見えない亡霊達の存在が浮かび上がってくるのだ。主人公ブルースは、旅の後自分の生まれ故郷に戻り、自分がそこに置き去りにした今は亡き母の記憶が蘇ってくる中で、母と幼い頃に川を下る船から見た黒人達のことを思い出す。その回想の中でも眺められる黒人達はやはり遠くで歌い踊っているだけだが、この回想は彼が後年ミシシッピー川を一人ボートで下っているときに見た不可思議な光景を思い出させる。その光景とは「彼の眼の前で、人気のない川は亡霊達で満たされていた（An empty river filled with ghosts before his eyes）」というものであり、「亡霊達」がトゥーマーへの手紙とほぼ同じ“empty”という言葉と一組のものとして現れる（*Laughter* 108）。

そしてこの「亡霊達」で満たされた「空虚」を想起させる、子供時代の川下りについてのブルースの回想を通して、『砂糖きび』の中心的主題であった黒人への搾取と暴力の歴史、そして異人種混交のタブーの存在が意識に浮上してくる。母子の背後では船長が父に昔話を聞かせており、黒人が「馬」のように所有物だった時代には、黒人水夫が「陽気」になった場合には川に突き落として殺したものだったと自慢げに語る（*Laughter* 104-105）。これは白人、おそらくは特に女性の乗客に対して黒人が示すべき慎みが足りなかった場合の制裁という意味だろう。さらに「四分の一が黒人の血」で「十年前から気が狂っている」と船長が言う男が岸に立っているのを子供だったブルースは目撃し、「彼の肉体は土手の上に育つ死んだ木の幹のようだった」と感想を漏らす（*Laughterr* 111）。前述の黒人の娘に対しても用いられていた「木」の比喩は、ここではその暴力的とも言える含意を露わにする。すなわち、混血の男が人間ならざるもの、意志や思考を持たない無生物と同等の存在として捉えられているのが明白になるのである。

それだけではない。アンダソンが『砂糖きび』から読み取った「亡霊のような空虚さ」にまさに相当する、可視化と言語化を拒む空白が『暗い笑い』の中には生じており、テクストに裂け目を作り出している。故郷に戻ったブルースが人妻と深い仲になり始めると、物語の焦点は妻を奪われる夫フレッドの心情へと次第に移行してしくが、フレッドが妻と出会った頃の回想の中で、二人に激しい動揺と衝撃を与えた女性の思い出が語られる。パリにいた二人が知人達のパーティーで目撃したこの女性は、皆が見ている前で突然何かに取り憑かれたようにうわ言を口走り始め、「アフリカのダンスに加わっている黒んぼの女のように原始的な何か――とても奇妙な感情」を自分の中に感じると言って（*Laughter* 184）、「奇妙で（queer）甲高い神経質な笑い――暗い笑い」を発する（*Laughter* 176）。小説の題名にもなっている「暗い笑い（dark laughter）」の主であるこの女性の思い出はテクストの中ではまとまりのあるかたちでは提示されておらず、断片的なフラッシュバックとして頻繁に物語の中に挿入されている。現在時の物語の進行を中断させ、またその逸話自体も分断されたかたちで提示されるこの過去の回想は、テクストの中に読者を当惑させるような数多くの空白を生じさせるのである。

そして空白で縁取られたその断片的な回想においては、『砂糖きび』の結末で元奴隷の老人が発した「聖書を偽らせた」白人の「罪」への問いにちょうど呼応するかたちで、錯乱した女性は皆が見守る中で「牧師は嘘をついている、司祭は嘘をついている、司教、教皇、枢機卿は嘘をついている」と口走り、「その嘘を続けろ」、「殺し続けろ」と叫ぶ（Laughter 178）。さらに聖職者達が嘘をついている、というこの女性の叫びとは別の箇所に挿入され回想される言葉の断片では、聖職者の欺瞞と混血・異人種混交との結びつきが示される。その言葉は引用された詩や歌詞の抜粋のように余白と黒点に縁どられ、次のようなかたちでテクストに唐突に挿入されている。

・・・・・
必要なのは背の高い、細身の
褐色の肌の娘（brown-skin gal）
伝道者に聖書を手放させるために
・・・・・

（*Laughter* 182）

いつどこで誰が言った言葉かはまったく書かれていないものの、おそらくは錯乱した女性が口走ったと思われるこの言葉は、『砂糖きび』の元奴隷の言葉に呼応するものであると同時に、異人種混交のタブーを犯したベッキーの亡骸に説教師が聖書を投げ捨てる逸話を想起させる。『砂糖きび』のテクストから断片的なかたちで取り込まれたと考えられるこれらの言葉は、意味を確定できないまさに文字通りの空白を伴って、『暗い笑い』における陳述の連続性を断ち切り、テクストの統一性と完結性を妨げる。そしてその混乱状態の中で、『砂糖きび』の中心主題であった異人種混交の悲劇とそのタブーに伴う暴力の存在が、『砂糖きび』とちょうど同じように見ることも、そして語ることもできないものとして浮上するのだ。

バーバラ・ジョンソンは、テクストの中の余白や中断といった「空白」が、テクストの自己充足的な完結性を阻み、「テクスト間の浸透」が生じる場、「相互テクスト的な異種混交性」が内化される場となり得ることを論じている（Johnson 117-121）。このジョンソンの論を踏まえて言うと、アンダソンが「亡霊のような空虚さ」と呼んだ『砂糖きび』の中の語られぬ空白と『暗い笑い』に穿たれた空白はテクストを横断して浸透し合い、二つのテクストの共振を引き起こしていると考えることができるだろう。

そもそも『砂糖きび』の空白は最初に述べたように、『ワインズバーグ』の語りに体現されていた、一方的に対象を観察し規定する視線に対抗するものであった。この一方的視線に対抗する空白が、『砂糖きび』を読んでアンダソンが書いた『暗い笑い』の中に取り込まれ、黒人を視覚的イメージのみに還元しようとする視線に対しても抵抗するのである。

おわりに

本論全体を通して検討してきたように、『ワインズバーグ』と『砂糖きび』そして『暗い笑い』という三つのテクストは、差別的ともいえる視線をめぐってアンダソンとトゥーマーが交わした対話の過程として捉えることができる。トゥーマーは『ワインズバーグ』における「グロテスク」な者達を彼自身とアフリカ系の血統を持つ者達に重ね合わせ、「グロテスク」な者達とは一線を画した立場から彼らを一方的に規定する視線の在り方に反発した。そして『ワインズバーグ』の批判的な書き換えとして、語り手が対象との抜き差しならない関わりの中に巻き込まれながらもその対象が謎に留まる『砂糖きび』の独特の語りを生み出したと考えられる。一方『砂糖きび』に「亡霊のような空虚さ」を読み取ったアンダソンは、対象の可視化と言語化を拒むテクストの空白が孕む含意、語り得ぬ人種差別の禍々しさを鋭く感じ取ったと言える。その結果白人としての負い目を意識し、『暗い笑い』で南部の黒人を純粋な視覚的対象に還元しようとするものの、彼が『砂糖きび』に読み取った「亡霊のような空虚さ」は『暗い笑い』につきまとい、黒人を牧歌的風景の一部として描くそのテクストを攪乱する。このように三つのテクストの関係をアンダソンとトゥーマーの間で交わされた相互応答として捉えると、人種差別と切り離し難く結びついた視線の暴力性、そして二人の創作というかたちで実演される緊張に満ちた人種関係が浮き彫りになるのである。

【注】

（1）両作家の関係については、伝記的なアプローチでは詳細な研究がなされており、ターナーとヘルブリングは共に二人の往復書簡を中心に検討を行っている。一方、『ワインズバーグ』と『砂糖きび』の関係については、ダウが両作品を比較し、モダニストの形式的実験という共通性と、原始的過去への回帰願望の有無という点での相違を指摘している。またフィンケルは二作品に共通する、社会の近代化による人間疎外と小説の前衛的な形式との結びつきを論じ、ライト＝クリーヴランドは二作品の考察を通して、アフリカ系アメリカ人を原始的とみなすアンダソンと、トゥーマーとの人種観をめぐる対立を論じる。さらに『砂糖きび』の中の幾つかの特定の短編と『ワインズバーグ』の中の複数の短編との影響関係については、スクラッグスが論じている（Scruggs "Reluctant Witness."）。

（2）ポールとキャブニスがともに「奇妙（queer）」と呼ばれていることには批評家ソマーヴィルも注目し、クイア批評の観点から同性愛の主題を読み解こうとしている。（Somerville 131-165）

【参考文献】

Anderson, Sherwood. *Winesburg, Ohio*. 1919. Ed. Charles E. Modlin and Ray Lewis White. Norton Critical Edition. New York: Norton, 1996.

——. *Dark Laughter*. 1925. New York: Liveright, 1953.

——. *Sherwood Anderson: Selected Letters*. Ed. Charles E. Modlin. Knoxville: The University of Tennessee Press, 1984.

Copjec, Joan. *Read My Desire: Lacan against the Historicists*. Cambridge, Massachusetts: The MIT Press, 1995.

Dow, William. "Jean Toomer's *Cane* and *Winesburg, Ohio* :Literary Portraits from the "Grotesque Storm Center." *Q/W/E/R/T/Y: arts, littératures & civilisations du monde anglophone*. 7 (1997): 129-136.

Fanning, Michael. "Black Mystics, French Cynics, Sherwood Anderson." *Black American Literature Forum*. 11.2 (1977): 49-53.

Finkel, De Ann Clayton. "Telling Time: Time, Chronology and Change in Sherwood Anderson's *Winesburg Ohio* and Jean Toomer's *Cane*." Diss. University of Connecticut, 2004.

Foley, Barbara. "In the Land of Cotton: Economics and Violence in Jean Toomer's *Cane*." *African American Review*. 32 (1998): 181-98.

Gates, Henry Louis, Jr. *Figures in Black. Words, Signs, and the "Racial" Self*. New York: Oxford University Press, 1987.

Grant, Nathan. *Masculinist Impulses: Toomer, Hurston, Black Writing, and Modernity*. Columbia: University of Missouri Press, 2004.

Helbling, Mark. "Sherwood Anderson and Jean Toomer." *Negro American Literature Forum*. 9.2 (1975): 35-39.

Johnson, Barbara. *A World of Difference*. Baltimore: Johns Hopkins University Press, 1987.

Scruggs, Charles and Lee Vandermarr. *Jean Toomer and the Terrors of American History*. Philadelphia: University of Pennsylvania Press, 1998.

Scruggs, Charles. "The Reluctant Witness: What Jean Toomer Remembered from *Winesburg, Ohio*." *Studies in American Fiction* 28 (2000):77-100.

Somerville, Siobhan B. *Queering the Color Line: Race and the Invention of Homosexuality in American Culture*. Durham: Duke University Press, 2000.

Toomer, Jean. *Cane*. 1923. Ed. Darwin T. Turner. Norton Critical Edition. New York: Norton, 1988.

—. *The Letters of Jean Toomer: 1919-1924*. Ed. Mark Whalan. Knoxville: The University of Tennessee Press, 2006.

Turner, Darwin T. "An Intersection of Paths: Correspondence between Jean Toomer and Sherwood Anderson." *College Language Association Journal*. 17 (1974): 455-67.

Whalan, Mark. *Race, Manhood, and Modernism in America: The Short Story Cycles of Sherwood Anderson and Jean Toomer.* Knoxville: The University of Tennessee Press, 2007.

Wright-Cleveland, Margaret E. "Sherwood Anderson: Mentor of American Racial Identity." *Midamerica*. 37 (2010): 46-62.

ジャック・ラカン『精神分析の四基本概念』、ジャック＝アラン・ミレール編、小出浩之／新宮一成／鈴木國文／小川豊昭訳、岩波書店、二〇〇〇年。

危険なる仮装
――ネラ・ラーセンの「サンクチュアリ」と剽窃疑惑

西本　あづさ

はじめに

一九三〇年一月、ネラ・ラーセン（Nella Larsen 1891-1964）の「サンクチュアリ」（"Sanctuary"）が、『フォーラム』誌（*The Forum*）に掲載された。当時すでに『流砂』（*Quicksand*, 1928）と『パッシング』（*Passing*, 1929）の成功で人気作家となっていたラーセンにとって、この権威ある月刊誌への作品の掲載はさらなる飛躍につながるはずだった。だが、ほどなくこの掌編がイギリス人作家シーラ・ケイ＝スミス（Sheila Kaye-Smith 1887-1956）の短編「アディス夫人」（"Mrs. Adis," 1922）に酷似している、との剽窃疑惑が持ち上がる。騒ぎは、編集部が作家の無実を認める公式見解を出すに至って、収束するかに見えた。しかしこの醜聞《スキャンダル》の後、ラーセンはハーレムの文壇から消えていく。「サンクチュアリ」は、結果的に作家の生命を奪うきっかけとなった。(1)

一九八〇年代以降のラーセン再評価の牽引役となったデボラ・マクドウェルは、この剽窃疑惑の経緯に手短かに触れて、「一体なぜこれほど幸先よく始まったキャリアがこれほど不幸な終り方をしたのか、ハーレム・ルネッサンス研究者たちは当惑し続けてきた」と述べている（Mcdowell x）。実際、今日までラーセンの伝記作家や批評家のほとんどがこの剽窃疑惑に当惑し続け、「サンクチュアリ」に本格的な分析を加えることに消極的であった。というのも、『フォーラム』誌がラーセンを無罪放免としたにもかかわらず、彼らは、同短編と「アディス夫人」との明らかな類似を、遺憾ながら認めざるをえなかったのだ。さらに、たとえそれが故意の盗作ではなかったとしても、シェリル・ウォールの「せいぜい言えることとは、それが失敗した実験だということ」（Wall 133）という言葉に代表されるように、この小品は作家のキャリアの最後を飾るにはあまりにも異質でお粗末な出来だと評され続けてきた。「サンクチュアリ」の積極的分析と評価は、少数の批評家によって始められたばかりである。

果たして、この剽窃疑惑はどのような環境で持ち上ったのか。また、ラーセンが犯したとされる剽窃はいかなる質のもので、そこで彼女はいかなる「実験」を試み、それはなぜ「失敗」と見なされたのか。本稿では、剽窃疑惑を生んだ社会的・文化的背景を作家自身と同時代の人々の言説、さらに再評価後の批評家の反応の中に探った上で、テクストを再読し、ラーセン最後の作品の新たな解釈と位置づけを試みたい。

一　「サンクチュアリ」と剽窃疑惑

まず、二つのテクストの内容と剽窃疑惑の経緯を辿っていこう。

「サンクチュアリ」は、奴隷制時代の大農園《プランテーション》が荒廃した姿をさらす合衆国南部沿岸州を舞台に、黒人男性ジム・ハンマーが闇夜に紛れて逃亡する場面で幕を開ける。追手をかわすべく彼が助けを求めてころがり込むのは、友人の母アニー・プールの小屋である。盗みの現場を見咎められて白人を殺してしまったと告白するジムを軽蔑しながらも、アニーは「白人は所詮白人なのだから」（16）と理由づけ、しぶしぶ匿ってやった。ほどなく、白人の保安官が小屋を訪ねてくる。予想に反して、彼の来訪は殺人犯の捜索のためではなく、アニーに息子の亡骸を届けるためであった。ジムが撃ち殺したのは、白人ではなく黒人の親友だったのだ。身を隠したまま「この新たな災難」（17）を漏れ聞いたジムは、息子の死の報せに驚き悲しむ母親が自分の身柄を引き渡すものと想像して怯えあがる。だが、結局、アニーが白人の保安官に息子を殺した犯人の居場所を明かすことはなかった。保安官が去ったあと、アニーが怒りに震える声で「イエス様がその黒い顔をくださったことを感謝し続けることだね」（18）とジムに言い放つ場面で、物語は幕を閉じている。

一方、ラーセンが剽窃したとされるのはどんな作品だったのか。ラーセンより四歳年上の作者ケイ＝スミスは、イースト・サセックスへの郷土愛とキリスト教信仰をめぐる主題を特徴とするイギリスの地方作家である。寡作なラーセンとは対照的に、半世紀にわたって三一作もの小説を発表した彼女は、一九二二年の『ジョアンナ・ゴッデン』(*Joanna Godden*)や翌二三年の『アラード家の終焉』(*The End of the House of Alard*)などによって、二〇年代半ばには英米で一定の知名度を得ていた。問題の「アディス夫人」は、「アメリカ文学の発展に重要な役割を果たした」(Mott 480 qtd in K. A. Larson 84)『センチュリー』誌(*The Century*)に二二年に発表され、二六年には短編集に再録されている。[2] ちなみに、二二年から二三年といえば、ハーレムに移り住んだラーセンが、司書の資格を取るべく学校に通い、国内外の最新の小説や詩についての講演等に出席して、猛勉強していた時期に当たる。さらにラーセンは、二六年に最初の二つの短編を発表するまでのまさにこの時期、自ら創作に手を染めるようになった。K・A・ラーソンの指摘通り、元来読書家であったラーセンが二〇年代前半にとりわけ意識的に文学修業をしていたことを考えれば、ケイ=スミスの短編を目にしなかったというほうがむしろ不自然だろう(K. A. Larson 84)。

「アディス夫人」は、スコットニー城領地内で密猟現場を狩場番人に見つかり、銃の引き金を引いてしまった下層労働者階級の若者ピーター・クラウチが、夜道を逃亡する描写で始まる。彼が助けを求めて親友の母親アディス夫人の小屋を訪れるという設定から、夫人が逡巡の末に彼を匿ってやる経緯や、彼が殺したのが狩場番人ではなく夫人の息子の親友だったと判明する展開、さらに、息子の死を悲しみつつも夫人が最終的に追手に犯人を引き渡さない選択をする結末まで、ラーセンとケイ=スミスのテクストはことごとく一致していた。舞台となる土地と使われている方言を除けば、両者の最大の違いは、アニーが人種的連帯から罪人を庇ったのに対して、アディス夫人の場合は、貧しさゆえ密猟を犯した若者への階級的共感とキリスト教的慈愛が動機になっている点だと思われた。

「サンクチュアリ」が『フォーラム』の一九三〇年一月号に掲載された直後から、ラーセンの剽窃を疑う投書が編集部に届き始める。『センチュリー』と『フォーラム』が共通の富裕な知識層の読者をターゲットとしていたことを考えれば、こうした指摘が出ること自体、避けがたい成り行きだった。アン・ダグラスは、この剽窃疑惑を「黒人と白人の作家が受ける不平等な扱いが露呈した事件」と評しているが、もしケイ＝スミスとラーセンの人種が逆転していたなら、両者の類似が黒人の原始的素材に霊感《インスピレーション》を得た白人モダニストの実験として許容された可能性は否定できまい。確かに、「知的・独創的能力における黒人の劣等性」が自明のこととされた時代に、「白人は罰を受けることなく黒人から借りることができたが、白人的素材を黒人が利用すれば常に疑いをかけられる」危険があった。（Douglas 85-86）

だが、ラーセンに疑いの目を向けたのは、『フォーラム』の白人編集者や読者ばかりではなかった。すでに一月の時点で、ハーレムの知識人たちの間でもラーセンの醜聞《スキャンダル》が囁かれ始めていた。黒人社交界のゴシップ通ハロルド・ジャックマン（Harold Jackman 1901-1961）の一連の私信は、当時の雰囲気を伝えている。

文学的醜行だ——ネラ・ラーセン・アイムズが今月の『フォーラム』に「サンクチュアリ」なる短編を載せている。これまでわかったところでは……ケイ＝スミスの「アディス夫人」という短編をまるごと下敷きにしているらしい。唯一の違いは、ネラが［ケイ＝スミス］の物語から人種的な物語を仕立て上げたことだ……。

ジャックマンによれば、三月上旬までには「哀れで悲しい」「小娘のネル」が働いたこの「盗み」は「ハーレム文壇で周知のこと」となっていた。[3] 確かに、黒人の知性や独創性そのものが疑われている社会では、一黒人作家が白人の有名誌で白人の作品を剽窃したとなれば、ハーレムの芸術家全体の信用と評価の低下につながりかねない大問題であった。ただし、ジャックマンの性差別的響きすら漂う口調は、それ以上の感情的な攻撃を含んでいるようだ。

黒人の文化や芸術への主流社会の関心と資金援助が萎み始めていた当時、「成功を収め維持することが難しくなっていた」ニュー・ニグロの芸術家の間には、お互いに対する「ますます批判的な風潮」が生まれていたという（Davis 346）。「サンクチュアリ」の発表当時、ジョージ・ハッチンソンが「お伽話」（344）と形容したラーセンの人生は、まさに成功の頂点にあった。身寄りのない看護師だったラーセンは、物理学者エルマー・サミュエル・アイムズ（Elmer Samuel Imes 1883-1941）との結婚を機に黒人エリートの世界との接点を得て、わずか一〇年ほどのうちに華やかなパーティの知的で美しいホステスとして、新進の作家として、その名を知られるようになっていた。二八年の『流砂』でハーモン財団賞銅賞《ブロンズ・メダル》を受けた彼女は、翌年の『パッシング』でも同賞にノミネートされ、そして今回、一流誌『フォーラム』に黒人として初めて作品を掲載されたのだ。剽窃疑惑が持ち上がってもなお、黒人文化の支援者として絶大な影響力を持ったカール・ヴァン・ヴェクテン（Carl Van Vechten 1880-1964）は彼女を弁護しようと努めていたし、黒人女性作家として初のグッゲンハイム奨学金も授与されている。ラーセンへの妬みや悪意が、この醜聞《スキャンダル》をより大きく致命的にした可能性を示唆する批評家は少なくない。（C. Larson 96, Douglass 85, Wall 134, Hutchinson 351, Hoeller 425-426）

　ラーセンは、ただちにこの不名誉な噂の火消しに奔走した。『フォーラム』の四月号に掲載された「著者の説明」によれば、作品の下敷きになったのは、看護師時代に黒人の患者から聞いた話である。白人が医師や管理職を占める病院で黒人の看護師が互いに告げ口をして足を引っ張り合う状況を嘆いたその老女は、「黒人種が一枚岩になれば、いつか今とは違った地点に辿りつける」、「白人が私たちについて知らないことは、私たちに損害を与えないのだから」というのが持論だった。ある日彼女は、夫を殺した黒人の犯人を同胞ゆえに白人に引き渡さなかった、という身の上話をする。彼女曰く、「あとで『白人』から干渉を受けることなく、自分で男を始末するつもり」だった——。このような創作秘話を披露したラーセンは、のちにこの話が「殆どフォークロア」と言えるほど黒人の間でよく知られたものだったと知り、「ある社会学者から実際は何百ものヴァージョンがあると聞いた」と打ち明けている。さらに、当初はこの短編をハーレムを舞台にハーレム住人の言葉遣いで書くつもりだったが、その老いた黒人女性の姿が「あまりにも生き生きと目に浮かんだので、記憶の中にあるとおりの彼女を描こうとした」のだと述べ、もし類似した作品の存在を知っていたなら別な書き方をしたことだろう、と身の潔白を主張した（“Explanation” XLI-XLII）。

　この釈明と草稿の提出を受けた『フォーラム』誌編集部は、最終的に「偶然の一致は確かに驚くべきものだが、歴史を振り返れば同様の類似が認められたケースは数多くある」との判断を下す（“Editor's Note” XLI）。つまり、ヴェクテンも編集部も、この件に関与した白人たちはラーセンの言い分を認め無罪とした。それにもかかわらず、ハーレムでの彼女の名誉が回復することも、彼女が次作を出版することもなかったのだ。ラーセンは、残りの人生を看護師として過ごし、一九六四年にひっそりと生涯を閉じている。

二　批評家たちの戸惑い
――ラーセン再評価と「サンクチュアリ」

「サンクチュアリ」とその剽窃疑惑は、作家や同時代の人々ばかりではなく、再評価後のラーセン研究者にとっても衝撃であった。「アディス夫人」との否定しがたい類似に加えて彼らを悩ませたのは、この短編が他のラーセン作品とはあまりにも異質に見えることだった。

ラーセンが唯一黒人方言を多用して書いたこの短編は、南部農村地帯の貧しい黒人民衆の人種的連帯を称揚するテクストとして、従来読まれてきた(4)。ラーセンといえば、都市を主な舞台とし、コスモポリタンな感性と洗練された心理描写を駆使して、エリート混血女性の複雑なアイデンティティを探求したことで評価が高い。多くのニュー・ニグロが「黒人の本質的特性」を表現する「自画像」を探求しようと腐心していた時代に(Locke XXV)、ラーセンは既存の社会が定める人種、階級、セクシュアリティの境界を不穏に侵犯するヒロインたちを描いた。同時代のラングストン・ヒューズ(Langston Hughes 1902-1967)やゾラ・ニール・ハーストン(Zora Neale Hurston 1891-1960)らが、南部の黒人民衆の文化に芸術的想像力の源泉を求めたのとは対照的に、デンマーク系移民の母を持ちシカゴの白人労働者階級の家庭で育った混血の作家ラーセンは、南部や黒人民衆に容易には自己同一化できないことを隠さなかった。『流砂』の終盤で描かれたアラバマの黒人共同体は、知的で個性溢れるヒロインの人生の可能性を閉ざす、閉塞した前近代的な空間として表象されていたはずだ。牧師の妻として黒人民衆との「真に精神的な合一」を望んだはずの彼女は、やがて盲目的な信仰心を支えに貧困と人種差別を耐え忍ぶ人々に幻滅し、嫌悪と憎しみすら覚えるようになる。『流砂』は、度重なる出産で心身衰弱したヒロインが、もはや叶わぬ「逃亡」を夢見る場面で、幕を閉じていた(5)（*Quicksand* 118, 135）。批評家たちが「サンクチュアリ」に違和感を覚えたのも、無理はない。

「サンクチュアリ」を語る際、長らく批評家たちは、剽窃という言葉が示唆する芸術家の独創性《オリジナリティ》への恥ずべき侵害行為の告発からラーセンを救い出したいという願望と、彼女ほどの作家がなぜ剽窃まがいの稚拙な作品を書くに至ったのかという疑問の間で、引き裂かれてきた。『フォーラム』誌同様に偶然の一致を支持する説（Lewis 250）から、ラーセンがケイ＝スミス作品を無意識に借用してしまったとする説（C. Larson 98, Wall 134）、さらには混血児ラーセンが白人の生母や夫の愛人に抱くパラノイアが白人女性作家から盗みを働かせたとする説（Haviland 307）まで、多様な説明には彼らの戸惑いぶりがよく表れている。

一方、より示唆に富んでいるのは、ラーセンが「アディス夫人」を意識的に借りて何らかの実験をしようとした、とする議論だろう。サディアス・M・デイビスは、作家に転身しようとしていた時期のラーセンが一六世紀末のスペインのピカレスク小説を黒人版に書き換えるというアイデアに言及したエピソードや、当時のニューヨークの人種分離された劇場で白人作品を黒人向けに翻案上演することが流行していたことに触れ、ラーセンが「白人の登場人物を扱ったある種の作品を『黒人の』題材に置き換えること」に関心があったのではないかと推測している[6]（Davis 351）。一九二〇年代のマンハッタンで異人種間の「盗用とパロディ」によって生成されつつあった雑種的文化を活写するアン・ダグラスは、「もう少し手を加えていれば、ラーセンもまた……横領し翻訳し変形する手法を用いただけだと主張できただろう」と惜しむ（Douglas 76, 86）。ハッチンソンはさらに、ラーセンが「『イギリス人の』物語を『黒人の』物語に書き換えることによって……一種の人種的差異の脱構築を試み……（前二作の）『混血児』や『パッシング』の小説からもっと純粋な『黒人』小説へと転換することで、真正な民衆小説を求める時代の要請に応えつつ、そうした文学的区分の人為性を示唆した」とまで述べている。（Hutchinson 344）

だが残念なことに批評家たちは、最終的には「サンクチュアリ」を剽窃すれすれの失敗作と断じて、それ以上のテクスト分析を断念してしまった。彼らにとりわけ不評だったのは、ラーセンの黒人民衆の表象の仕方である。前作までの「自伝的小説から脱却しようと」「よく知らない主題に悲惨にも転じた」（Hutchinson 344）ラーセンが、「あまりにも南部黒人の現実や心理を理解していなかったために、信用に足る描写ができず」（Wall 133）、彼女の「黒人方言は実際の話し方よりも（白人の）文学的伝統に忠実で」（Davis 348）「必ずしも本物らしく聞こえない」（Hutchinson 344）というのが大方の評価だった。つまり、批評家たちにとって問題だったのは、単にラーセンが剽窃したかもしれないということだけではなく、南部の黒人民衆の苦難の経験や豊かなフォークロアを十分知らない彼女が、黒人民衆に素材を求めるニュー・ニグロの文学潮流に乗り、白人の作品を下手に真似て不適切に人種的連帯の物語を書いてみせたのではないか、ということだった。一体なぜ、「サンクチュアリ」とその剽窃疑惑は、これほどに時代を越えて、作家のいわば身内的な集団の不快感を煽るのか――それこそが本論全体の根底にある問いである。

振り返れば、ラーセンという作家はその短い創作活動を通じて、アイデンティティの非本質性を探求し、個人の存在を規定しようとする社会と、仮装してその支配を免れ自己の運命の決定権を握ろうとする個人とが交わす、スリルと不安に満ちた駆け引きを描き続けた。その探求は、既存のアメリカ社会で帰属できる共同体も継承できる文化伝統も見出せなかった規格外の混血児ラーセン自身の、実人生での探求とも重なる。

ラーセンは、一九世紀末のシカゴの赤線地帯で、移民間もない両親が白人女性と黒人男性の異人種混交というアメリカのタブーを犯した結果生を受け、白人の母が白人男性と再婚して築いた家庭で、唯一の混血児として疎外感を感じながら成長した。彼女が家族を離れ黒人として生きる訓練を始めるのは、一五歳の時である。興味深いことにラーセンは、一九二六年の最初の二つの短編を人種的要素を含まない心理劇として仕上げ、結婚後の姓名を逆から綴ったアレン・セミ（Allen Semi）という男性名で発表している。ここで彼女は、白人男性とも受け取れる仮面を被り、白人上流階級とも受け取れる舞台設定を選ぶことによって、「混血の黒人女性」という制約に縛られずに書く自由を手にしようとした。ちなみに、この時彼女が犯したパッシングに関して、よく知らない主題について本物らしくない言語で書いた、という類いの批評がなされていないことは大いに注目に値しよう。黒人方言を使って南部の黒人民衆を描いた「サンクチュアリ」の時のみ、「本物らしさ」や「信憑性」は問題となったのだ。

作家としての出発時に見られた隠蔽や自己演出とパッシングの衝動は、ラーセンと彼女が創るヒロインたちに、その後もつきまとい続ける。彼女たちは、既存のアメリカ社会が与えてくれない真正で、それゆえ安全なアイデンティティをほしがりつつ、疑い揶揄して、仮面を被り社会の境界線をまたいで移動を繰り返しながら、自らの境涯を超えた人生の可能性を切り拓こうとした。

では、ラーセンにとってニュー・ニグロの作家となることは、いかなる問題を孕んでいたのか。ラーセンは、ガートルード・スタイン（Gertrude Stein 1874-1946）の『三人の女』（*Three Lives*, 1909）やヴェクテンの『ニガー・ヘブン』（*Nigger Heaven*, 1926）などの白人作家による黒人表象を絶賛したというが、それは彼女自身が置かれていた立場と無関係ではあるまい。確かに、黒人にこそ本物の黒人が描けるとする白人出版界の神話は褐色の肌の彼女に追い風に働いたが、同時にそれは、黒人文化の中で育たなかった彼女の黒人作家としての真正さを脅かしもした。その意味で、二九年春のインタビューでのラーセンの言葉は、きわめて興味深い。

［白人編集者たち］は私たちに、仲間内で見える（appear）通りの自分たちの姿を世間に対して見せる（show）機会を与えたがっているんです。かつて雑誌の文芸作品の中に登場した（appeared）みたいな、永遠のミンストレル・ショーを上演する黒塗りのコメディアンの奇妙な集団としてじゃなくってね。（qtd in Hutchinson 323）

この作家独特の玉虫色の口調は、一見、黒人が「仲間内」でだけ見せる本物の姿をより広い社会に向かって表現するチャンスが到来したことを喜んでいる、とも受け取れる。だが、ここで「ミンストレル・ショー」という言葉とともに使われている「見える」「見せる」「上演する」といった言葉遣いは、黒人が「仲間内」で見せる素顔もまた、いや自己表象そのものが、相変わらず彼女にとって仮装し演ずるものであることを否定していない。この後半年以内にラーセンは「サンクチュアリ」を執筆するのだが、そこで彼女が南部民衆を描くより真正な黒人作家の仮面を被るに当たって、イギリス人作家の作品を翻案したとしても、そこにはラーセンという作家が辿った軌跡との十分な整合性と特有の風刺的意味が見出せるのだ。

三　危険なる仮装
――不適切な「形式の習得」と「習得の変形」(7)

アメリカで文化戦争の嵐がピークへと向かう一九八〇年代後半に、ヒューストン・A・ベイカー・ジュニアは、ハーレム・ルネサンスを再評価する著作でアメリカ黒人の伝統的文化表現の戦略を論じて、「形式の習得(mastery of form)」と「習得の変形(deformation of mastery)」という用語を使った。彼によれば、アメリカ黒人は自らの「音」を発するためにまず――たとえばブッカー・T・ワシントン(Booker T. Washington 1856-1915)のように――白人が生み出したステレオタイプな黒人像を演じつつ嘲笑う「ミンストレル・ショーの仮面の形式」を習得しなければならなかった。だが、彼らはその「形式」を共同体の輪郭を顕示する民族の「音」へと創造的に「変形」していったという。その「変形」

は、「エリートと民衆が一体となって」、南部民衆が生んだ「固有の言語表現（the vernacular）」を媒介に、「アフリカ起源の音を呼び戻す」試みであった（Baker 15, 17, 71, 92, 93）。

では、仮にベイカーの議論を「サンクチュアリ」に当てはめるとどうなるだろうか。もし従来の解釈通りこのテクストが白人の文学伝統に忠実な黒人方言を使って黒人民衆の連帯の物語を紡ごうとしていたのなら、一体なぜラーセンはワシントン同様、黒人の「音」を奏でるために「ミンストレル・ショーの仮面」を被っただけだと——八〇年代以降の批評家たちにすら——擁護されなかったのだろうか。それともラーセンが見せたこの手のこんだミンストレル・ショーには、何か不適切な「習得の変形」が施されていて、それゆえ民族共同体の輪郭を示す「音」を正しく響かせる代わりに、どこか調子外れで癇に障る音を立てていたとでもいうのだろうか。

これまで批評家たちは、剽窃を意識するあまりラーセンとケイ＝スミスのテクストの類似ばかりに目を奪われて、両者の細部の違いにほとんど無関心であった。だが、二つのテクストを詳細に検討すれば、仮にラーセンが「アディス夫人」を下敷きにしたのだとしても、「サンクチュアリ」でいくつか非常に重要な書き換えを行っていたことが判明する。第一に、同時代の自動車文化を書き込んでいること、第二に、民衆共同体の存在を消していること、そして第三に、結末部の殺人者の心理がまったく異なる可能性を暗示していることだ。そして、それらの違いを意識しながらテクストを再読し、さらに前掲のラーセンの剽窃疑惑への釈明の内容を考え合わせる時、「サンクチュアリ」というテクストは、従来の解釈とはまったく異なる意味を帯び始める。順に検討していこう。

第一の自動車文化をラーセンが書き込んでいると思われるのは、テクストでは二か所である。一つは冒頭で、ジムが逃亡するのは「州が新しいハイウェイを建設し」「荷馬車よりも自動車が多くなったために」「殆ど使われなくなった」（一五）旧道だった、という描写が書き加えられている。二つ目は、「アディス夫人」のピーターが兎を密漁しようとしたとされるのに対して、ジムが盗もうとしたのは「タイヤ」（一七）だとされている部分である。細部に高い象徴的意味を含ませることで定評のあるラーセンが、ここで南部民衆の連帯を描くテクストには不似合いと思われる「ハイウェイ」と「タイヤ」をそっと描きこんだことは、十分注意に値しよう。もしミンストレル・ショーの伝統に正しく従うなら、田園風景の中でスイカ泥棒や鶏泥棒を描いたほうがはるかによかったはずなのだ。では、当時まだ目新しかったこの自動車文化への言及は、一体何を意味するのだろうか。

一九世紀末に道路整備を求める運動が始まった合衆国では、第一次世界大戦期の欧州向け物資輸送の急増に伴い、ハイウェイ建設が加速していく。(8) 車の普及に貢献したフォード社のモデルTの発売は一九〇八年だが、一九一〇年代から台頭してきた白人中産階級層の間に車の所有が広がるのは、大量生産が可能になり、価格が大幅に下がった二〇年代のことである。キャスリーン・フランツによれば、郊外へと延びていったハイウェイを「都市生活の堕落を招く影響からの脱出」を可能にする「個人の自由の象徴」と見なし、車を所有すれば誰もが加入できるハイウェイ上の新たな共同体がアメリカ人の間の階級的・地理的分断を緩和する民主主義的効果をもたらすと謳う当時の主流社会のレトリックは、白人ばかりではなく黒人中産階級の夢をもかき立てた。しかし、当時少しずつ成長しつつあった黒人中産階級は、白人中産階級との教育や収入の格差、ハイウェイの周辺に敷かれた人種隔離制度、黒人の科学技術分野における無能を喧伝する主流社会の偏見等によって、この「テクノロジーに

よる民主主義」への参加を阻まれてしまう。(Franz 133-136)
容易に手が届かないからこそ、二〇年代の黒人中産階級にとって「車を所有し休暇で旅することは人種の地位向上の物理的指標」となり、きわめて少数の選ばれた者だけが手にすることのできる「中産階級的ライフスタイル達成の証拠」となった(Franz 132, 133)。「サンクチュアリ」の出版と同じ一九三〇年に、ジョージ・スカイラー(George Schuyler 1895-1977)は「資力がある黒人は皆、不便と差別と人種隔離と侮辱から自由になるためにできるだけ早く車を買うのだ」(qtd in Franz 134)と書いたが、実際にそれが可能だったのはごく一部の富裕なエリート層にすぎなかったから、車の所有は「アフリカ系アメリカ人の間に階級的分断を増大させた」(Franz 141)。しかも興味深いことに、ケヴィン・ゲインズの指摘によれば、白人同様、黒人中産階級にとっても、車による都市脱出の願望は、大移住《グレート・マイグレーション》で押し寄せた貧しい「南部農村地帯からの移住者で溢れる都市への嫌悪」と結びついていたという(Gains 70)。
こうした自動車文化をめぐる当時の黒人中産階級の反応を考え合せた時、「サンクチュアリ」にラーセンがあえて書き込んだハイウェイやタイヤ泥棒という要素は、従来の「黒人民衆の人種的連帯を称揚するテクスト」という解釈とも、ベイカーが言うところの「エリートと民衆が一体となって」民族的共同体の「音」を創造するという時代のプロジェクトともそぐわないと言わざるをえないだろう。むしろここでこの短編が当初はハーレムを舞台に構想されていたという前掲の「著者の説明」を思い出すなら、ラーセンが同時代の潮流に倣って南部の黒人民衆を描く真正なニュー・ニグロ作家の仮面を被りつつ、実は、ハーレムのエリートたちが密かに抱く個人的自由への欲望、中産階級志向、民衆への違和感などを風刺する寓話を書いていたのではないかと思えてくる。

　そうした観点から検討すると、第二の共同体の扱いや第三の殺人者の心理についても、テクストは同様の不穏なメッセージを放ち始める。「アディス夫人」では、ピーターの逃亡時に「犬の吠え声」が聞こえたとされ、息子を亡くした母親を気遣う狩場番人が夫人に近所の女を差し向けようと申し出る台詞が挟まれるなど、しっかりとした地元の共同体の存在が暗示されていた（"Mrs. Adis" 117, 126）。一方、「サンクチュアリ」でラーセンは、アニーの家に続く道は長年誰も通った形跡がないとして、ジムとアニーと遺体となった息子以外の黒人や互助的な黒人民衆の共同体の気配を示す要素を一切描いていない。代わりにラーセンは、白人保安官がアニーに同情して「私にできることがあれば知らせてくれ」と言う台詞を書き込んで、当時の南部の人種関係の現実にはそぐわないとウォールの顰蹙《ひんしゅく》を買ってしまった（Wall 133）。しかし、この共同体の不在や黒人女性と白人保安官の関係は、たとえばハーレムの黒人文壇内部の不協和音やラーセンとヴェクテンのようなニュー・ニグロの芸術家と白人支援者の関係と重ねて読めば、にわかに違和感がなくなるだろう。

　さらに、「アディス夫人」の終わりでケイ＝スミスは、息子を殺した犯人を赦そうとする夫人の慈悲に触れたピーターが、「夫人と顔を合わせるくらいなら縛り首になった方がまし」（"Mrs. Adis" 126）と悔悛する描写を入れている。それをラーセンは、ジムが「[白人の保安官が]自分を連行してくれたら」（18）と半ば願った、と書き換えた。もちろん、ここでジムもまた罪を悔いて裁きを受けようとしていると解釈できなくはない。だが、「著者の説明」で引かれていた老女の『白人』から干渉を受けることなく自分で男を始末するつもり」という物騒な台詞を思い出せば、ジムにとって白人の法より黒人のアニーの復讐のほうがより恐ろしかった可能性は十分にある。K・A・ラーソンが指摘する通り、当時黒人同士の殺人に白人社会が厳正な処罰をすることを期待できなかった以上、ジムは息子を失った母親の手に落ちるより白人の法に逃げ込む方がましと踏んで保身に走ろうとした、という解釈も成り立つのだ（K. A. Larson 94）。ここでも、南部の民衆を描くテクストの背後に透かし見えるのは、ニュー・ニグロが民族として一枚岩になれない現実と彼らがお互いや白人の支援者と結んでいる打算と裏切りに満ちた関係を戯画化する作家の密やかな目論見である。そういえば、物語の初めに黒人のアニーが黒人のジムを匿ったのも、皮肉なことに「純白のシーツ」（16）の下だとされていたではないか。

「サンクチュアリ」に隠蔽された個人の移動の自由や階級的上昇への欲望、エリートと民衆の遊離、共同体の不在といった主題は、初期短編から『流砂』『パッシング』へと至るラーセン作品の系譜に正確につながる。さらに、仮装しアイデンティティを演出して境界を侵犯し、既存の秩序の中に自らの居場所を求めつつ、その秩序そのものを茶化すテクストの運動は、まさにラーセンという作家の持ち味そのものだ。もしラーセンが、稚拙な剽窃と見紛うほど巧妙にイギリス人作家の作品を下敷きにして、黒人民衆の連帯の物語を仕立てたとすれば、彼女が放ったこのパロディはより強烈な皮肉を帯びるだろう。単に失敗した実験として葬り去るには、「サンクチュアリ」はあまりにも不穏な音に溢れている。

終わりに

「サンクチュアリ」は、非常に複雑で危険なミンストレル・ショーであった。そこでラーセンは、白人の文学的伝統の形式を習得し、あるいは白人作家の作品を翻案さえして、黒人について無知な『フォーラム』の白人読者のステレオタイプをくすぐりながら、南部黒人民衆の人種的連帯という時流に沿った「音」を奏でるふりをする。だがそのさらに深層で彼女は、ベイカー流の言い方を借りれば、その習得した「形式」を不適切に「変形」し、人種的連帯の物語を裏切る個人の欲望の在りかを示唆して、エリートが「民衆の精神」に「芸術的自己表現」を与える（Locke XXV）というニュー・ニグロのプロジェクトそのものを疑い、揶揄してみせた。そこには、カラーラインを厳然と敷かれた時代にどこにも真正な所属場所を与えられず、黒人作家が南部黒人民衆の文化に民族的想像力／創造力の源泉を求めた時代に、社会学者に教わらなければ南部黒人のフォークロアに接続できなかった「混血の黒人作家」ラーセンの、密やかだが切実な抗議が込められている。

だが、それればかりではない。「サンクチュアリ」でラーセンが行ったこの危険なる仮装は、ラーセン再評価以降の批評に携わる私たちにも、アフリカ系アメリカ文学というジャンルそのものの境界は一体どこにあるのか、という根源的問いを突き付けてくる。ラーセンが作家活動をした一九二〇年代も彼女の再評価が進んだ八〇年代以降も、合衆国で黒人の「音」が意識的に探究され、主流社会の差別的な圧力に抗して真正な黒人の「音」を響かせるための壮絶な戦いが繰り広げられた時代であった。

その戦いの中で、恐らくはその戦いの壮絶さゆえに、ニュー・ニグロ文学の正典にパッシングする身振りを見せつつ、それをパロディ化したこのテクストの「信憑性」と「本物らしさ」に欠ける黒人民衆の表象は、作家と同時代の黒人文壇ばかりではなくラーセンを弁護したい批評家たちにすら、不快と当惑を与えてしまった。それが、真剣な批評の対象とするに値しない剽窃すれすれの稚拙な作品という評価を助長した可能性は否定できまい。「サンクチュアリ」がラーセンの作家生命を奪うきっかけになったという事実の意味は、きわめて深いのだ。

＊本稿は、『黒人研究』、第八二号、黒人研究の会、二〇一三年、一一―二二頁掲載の同タイトルの論文に加筆修正したものである。

【注】

(1) ラーセンの伝記的事項と剽窃疑惑の経緯は、ハッチンソンを中心にデイビス、C・R・ラーソン、ウォールフラー他を参照。
(2) ケイ=スミスの伝記については *Oxford Dictionary of National Biography* および K. A. Larson 83-84 を参照。
(3) Jackman to Cullen, 27 January 1930; 10 February 1930 ; 13 March 1930, all qtd in Hutchison 345.
(4) C.R.Larson 95; Davis 348; Wall 133; Hutchinson 343. 筆者自身も、二〇〇五年時点では、この点で従来の批評に同意していた。西本二四九頁。
(5) ラーセンの初期短編や『流砂』をめぐる詳しい議論は二〇〇五年の拙論も参照。ただし、デイビスの伝記に基づいていた同論には、執筆後にハッチンソンによって翻された内容が含まれている。
(6) 当時の白人演劇の黒人版への翻案と上演についてはWall 222、K. A. Larson 85-86 も参照。
(7) Baker 15. ベイカーの引用に当たり、小林憲二氏訳(『モダニズムとハーレム・ルネッサンス――黒人文化とアメリカ』未來社、二〇〇六年）を参考にさせていただいた。

（8）初期の合衆国での道路整備の経緯については John Williamson, *Federal Aid to Roads and Highways since the 18th Century: A Legislative History*, 4-6. を参照。

【参考文献】

Baker, Houston A., Jr. *Modernism and the Harlem Renaissance*. Chicago: U of Chicago P, 1987.

Congressional Research Service. *Federal Aid to Roads and Highways Since the 18th Cencury: A Legislative History*. By John Williamson. January 6, 2012. <http://www.fas.org/sgp/crs/misc/R42140.pdf>.

Davis, Thadious M. *Nella Larsen Novelist of the Harlem Renaissance: A Woman's Life Unveiled*. Baton Rouge: Louisiana State UP, 1994.

Douglas, Ann. *Terrible Honesty: Mongrel Manhattan in the 1920s*. 1995. New York: Noonday Press, 1996.

Editor's Note. *Forum* 83 (April 1930) : xli.

Franz, Kathleen. "'The Open Road': Automobility and Racial Uplift in the Interwar Years." *Technology and the African-American Experience: Needs and Opportunities for Study*. Ed. Bruce Sinclair. Cambridge: MIT P, 2004. 131-153.

Gains, Kevin. *Uplifting the Race: Black Leadership, Politics, and Culture in the Twentieth Century*. Chapel Hill: U of North Carolina P, 1996.

Haviland, Beverly. "Passing from Paranoia to Plagiarisms: The Abject Authorship of Nella Larsen." *Modern Fiction Studies* 43.2(1997). 295-318.

Hoeller, Hildegard. "Race, Modernism, and Plagiarism: The Case of Nella Larsen's 'Sanctuary.'" *African American Review* 40.3 (2006) : 421-437.

Hutchinson, George. *In Search of Nella Larsen: A Biography of the Color Line*. Cambridge: Belknap Press of Harvard UP, 2006.

Larsen, Nella. "The Author's Explanation." *Forum* 83 (April 1930) : xli-xlii.

——. "Sanctuary." *Forum* 83(January 1930) : 15-18.

——. *Quicksand and Passing*. Ed. Deborah E. McDowell. 1928 and 1929. New Brunswick: Rutgers UP, 1986.

Larson, Charles R. *Invisible Darkness: Jean Toomer and Nella Larsen*. Iowa City: U of Iowa P, 1993.

Larson, Kelli A. "Surviving the Taint of Plagiarism: Nella Larsen's 'Sanctuary' and Sheila Kaye-Smith's 'Mrs. Adis.'" *Journal of Modern Literature*. 30.4 (Summer 2007) : 82-104.

Lewis, David Levering. *When Harlem Was in Vogue*. 1981. New York: Penguin, 1997.

Locke, Alain ed. *The New Negro*. 1925. New York: Touchstone, 1997.

McDowell, Deborah E. Introduction. Larsen, *Quicksand and Passing* ix-xxxvii.

Mott, Frank Luther. *A History of American Magazines*. Vol.3. Cambridge: Harvard UP, 1938.

Schuyler, George. "Traveling Jim Crow." *American Mercury*, August 1930. 423-432.

Smith, Peter D. "Smith,（Emily）Sheila Kaye-." *Oxford Dictionary of National Biography*. 2004-12. Oxford UP.

Smith, Sheila Kaye-."Mrs. Adis." *Joanna Godden Married and Other Stories*. 1922. London: Cassell and Company, 1926. 117-127.

Wall, Cheryl A. *Women of the Harlem Renaissance*. Bloomington: Indiana UP, 1995.

西本あづさ「眼差しとパフォーマンス――ネラ・ラーセン作品における流動するアイデンティティ」吉田廸子編『他者・眼差し・語り――アメリカ文学再読』南雲堂フェニックス、二〇〇五年、二二三―二五一頁。

「黒い」主人、「白い」奴隷

――「ベニト・セレノ」における反乱の意味

米山　正文

はじめに

ハーマン・メルヴィル（Herman Melville）の中編小説「ベニト・セレノ」（"Benito Cereno," 1855）の結末は不可解である。制圧された奴隷反乱の首謀者バボウ（Babo）は処刑され、その首は広場で晒しものになる。しかし、その目は白人の視線を「物怖じすることなく」見返し、さらに奴隷所有者アランダ（Aranda）の骨が安置された教会と、奴隷船長セレノ（Cereno）のそれがある修道院を凝視する（Melville [1969] 116-117）。このバボウの最後の姿はセレノが衰弱死していくのと対照的である。「ベニト・セレノ」の結末は、死者となったバボウ（の視線）がなお生き続け、反乱が終わっていないかのような印象を読者に与える。

バボウの奴隷反乱について、批評家の評価は時代とともに変化してきた。一九五〇年代以降、公民権運動などの影響で、それまでの、バボウを「悪」の権化と見なすアレゴリー的解釈は減少し、民族の自由を求める闘士として肯定的に再評価する解釈が現れる（Sale 147）。しかし、一九九〇年代以降は、そうした再評価に批判的な立場が主流となり、バボウによる反乱は何ら新しい体制をもたらさず、それ以前のスペイン人による体制をただ反復しているだけだという議論が支配的になる。すなわち、アフリカ人は支配者となり、スペイン人を「奴隷化」し虐待するという、植民地列強による奴隷制をただ繰り返しているだけだとする議論である。

たとえば、レナード・キャストはサン・ドミニック号上の反乱後、以前の奴隷が主人となり、以前の主人が奴隷になるという逆転が起こるが、白人が黒人に対して以前そうしていたように、黒人は白人をただ「物化」（objectification）しているにすぎない、白人がバボウの首を晒しものにしているように黒人はアランダの骨を晒しものにしている、すなわち人間の身体を物として扱うという、旧体制の悪徳が繰り返されていると主張している（Cassuto 204, 211-212）。モーリス・リーも「ベニト・セレノ」では「革命があらたな圧政をもたらした」だけであるとし、「メルヴィルは肌の色による優越という考えをくつがえすことで人種関係に挑戦してはいるが、階層意識は大部分そのままとなっている」と述べ、主人と奴隷という階層関係がただ再生産されているのみだと解釈している（Lee 504）。

また、ヘレン・ロックは、白人と黒人の立場の逆転がもたらしたものは「以前行なわれていたことが鏡に映った姿」であると論じ、「暴力によって管理された奴隷は、支配権をとるとその暴力を永続化」し、かつての主人を奴隷化するし、奴隷となった主人は生存のためにかつて奴隷が行なっていたように「従順さの仮面」を被る、つまり、反乱はただ役割演技の逆転をもたらしただけだと主張している[1]（Lock 56, 59-60）。

バボウの反乱を植民地帝国の奴隷制の反復にすぎないとする、こうした解釈にはある程度の説得力がある。反乱後、スペイン人は暴力を恐れ、バボウの命令に従い、常にアフリカ人の監視の下で生活するというように、奴隷のように振る舞うからである。だが、バボウの「模倣」を、それ以前の体制の焼き直しとして批判するという立場に、別の視点を導入することも可能である。ポスト植民地主義批評の論者ホミ・バーバは、被支配者による支配者の模倣は、体制にとって有効な抵抗になりえると指摘しているからである。じっさい、このバーバの理論を応用し、バボウの「模倣」の意味を解釈し直した批評も出ている。

ジェイソン・リチャーズは、白人の作り上げたミンストレス・ショーを利用し、バボウは黒人の仮面を被る白人俳優をまねて、白人の仮面を被り、デラノには愚鈍な黒人奴隷の役割を、セレノには「しゃれ男」（dandy）の役割を演じさせていると解釈し、ミンストレル・ショーの人種関係をパロディ化し、白人権力を切り崩していると興味深い主張をしている（Richards 75-90）。この小論では、奴隷体験記を参照しながら、一見「模倣」と見える、バボウの奴隷制の反復の意味を分析する。バボウが旧体制のどの側面をどのように模倣しているのかが重要なのであり、本稿ではその取り込みの方法をあらためて吟味し、それがどのような抵抗になっているのかを考察する。

一　芝居としての奴隷制

「ベニト・セレノ」の主要部分——セレノの宣誓供述書が挿入される前の部分——において、バボウの支配体制、とりわけセレノへの支配において最も特徴的なのは、暴力というよりも監視であり、演技をさせることとである。この演技は、反乱の事実を知られないため、バボウの台本に従ってセレノが決められた台詞をデラノ（Delano）に語るということを意味する。宣誓供述書でセレノは、デラノがサン・ドミニック号に乗り込む前、セレノの行為や話す内容についてバボウが事細かに指示をし、ほんの少しでもその指示と違うことをすれば即座に殺すと脅されていたこと、従順な召使いを装いながら片時もセレノを一人にせず、その行為と言葉をずっと監視し続けていたことを何度も繰り返し強調している（Melville [1969] 109-110）。

また、小説の最後で、デラノとの打ち解けた会話をする場面でも、セレノが強調するのはその芝居についてであり、「バボウによって強制された役割を演じることがいかに困難であったか、何度も繰り返し語ら」れ、当時デラノの足の下には「蜂の巣状に張り巡らされた、爆発物のための坑道」があったとセレノは言い、真実について「わずかにでも仄めかしたりしたら」二人とも「爆死」していたであろうと当時の緊迫した状況を伝えている（Melville [1969] 114-115）。

バボウが「奴隷制」を再生産していると論じる批評家たちはしばしば、反乱後の暴力性や残虐性のみを問題としてきたが、セレノの供述に読み取られる、「奴隷」に演技を強いるという方法こそ、当時の南部奴隷制において重要な一部分であった。奴隷制において、奴隷は自らの身を守るために「奴隷らしく」振る舞わなければならない。それは予め決められた筋書きを演じることを意味する。フレデリック・ダグラス（Frederick Douglass）は『自らの手で書かれた、アメリカ人奴隷フレデリック・ダグラスの生涯の物語』（*Narrative of the Life of Frederick Douglass, An American Slave, Written by Himself,* 1845）において、奴隷の「ほんのわずかな目つきや言葉、身振り」までが「無礼」と見なされることがあり、たとえ無実でも自己弁護や弁解は一切許されなかった奴隷時代の状況を回想している（Douglass 23）。

ダグラスによれば、どんなに不当でも奴隷主人に何か文句を言われたら、決して口答えしてはならず、ただ「立って、聞いて、震えていなければならない」という（Dougalss 21）。また、奴隷主人が奴隷の中にスパイを送り込むことが知られているため、自分の状況や主人の性格などについて聞かれた場合、ほぼすべての奴隷が「自分たちは満足しているし、主人はやさしい人だ」と答えるという（Douglass 21-22）。奴隷は「真実を語ったために起こる結果を引き受けるよりは、真実を押し殺す。そうすることで自分が人間社会の一員であることを証明する」のである（Douglass 22）。こうしたダグラスの体験談は、奴隷たちは常に主人や監督の監視下にあるため、予め決められた作法や台詞を（たとえ嘘でも）守らなければならなかったこと、それによってはじめて社会的存在として認められたことを示している。

「ベニート・セレノ」の主要部分において、何度も繰り返されるパターンがある。一つはデラノがセレノの素姓をめぐって信と不信で揺れ動く場面（セレノは実は海賊ではないかという疑いのため）であり、もう一つは、デラノとの会話でセレノが沈黙したり言いよどんだりする場面である。両者は密接に関連しており、後者がデラノの不信を引き起こしている。セレノが発話できなくなる場面は繰り返し現れ、たとえば、最初にデラノにそれまでの数々の災難を語っている途中で咳き込んだり、友人アランダの死に触れたあと急に言葉が途切れたり、反抗的な奴隷アチュファル（Atufal）の鎖を解くための鍵に注目されて声がつかえたり、ホーン岬沖で強風に出会ったと以前デラノに語りながらそれを忘れ、デラノに驚かれて一瞬言葉が止まったりしている。さらに、船長室での昼食時にサン・ドミニック号で起こったという壊血病や熱病について詳しく聞かれると途切れ途切れに発話したり、デラノに健康を気遣われ別の部屋へ行くよう勧められてもただ沈黙したり、船長室の外に立つアチュファルについて聞かれると何も答えずただ身を縮めたり、デラノの船に招かれても黙ったままであったり、立ち去っていくデラノの手を握ったまま何も話せなかったりなど、枚挙にいとまがない（Melville [1969] 55, 60, 62-63, 81, 90-91, 93-94, 95, 97）。こうした一連の言語障害ともいえる様子は、セレノが「奴隷」として「主人」の台本通りにうまく台詞が言えない状況を、また台本に従うこと（嘘を語り続けること）に抵抗を感じている状況を示していると考えられる。

そして、台本通りにセレノが演技できない瞬間には必ずバボウが芝居を立て直そうとする様子も繰り返される。たとえば、船長室の外にアチュファルが立っていたことをデラノに知らされ、セレノの命令によるものかと尋ねられると、おそらくそれを知らなかったためセレノは答えられずにいる。デラノは奇妙に思うが、その瞬間バボウが「主人の前に歩み出て、その座布団を直した」ため、セレノは「礼儀が必要だと思い起こし」、自分の命令通りに奴隷たちは持ち場に着くのだと完璧な答えをする（Melville [1969] 93）。この場面では、デラノに疑いをもたれないようにバボウがさりげない仕草できちんと芝居を続けるようにと、セレノに合図したことが読み取れる。デラノの視点から語られているため読者を惑わせるが、セレノが思い起こしたのは「礼儀」ではなく、台本に従う「演技」なのである。

有名な「ひげ剃り」の場面も、こうした文脈から解釈することができる。この場面は批評家たちによってしばしば、バボウの「サディズム」や「復讐心」を表すものとして解釈されてきた（Levine

208; Richards 88; Schaub 51; Sundquist 158)。しかし、先述したようにセレノがうまく台本に従えていないという状況を考慮すると、より正確に芝居をさせるためにバボウが考え出した苦肉の策だったと考えられる。バボウがセレノにひげ剃りの時間だと告げたのが、セレノが演技上重大な失敗を犯した直後だったことは重要である。すなわち、ホーン岬で強風にあったと(バボウの台本通り)以前にデラノに語っていながら、その強風のことをデラノにあらためて尋ねられ「ホーン岬ですって？ だれがホーン岬のことなど話しましたか？」と聞き返し、仰天したデラノに「あなた自身ではないですか」と二度も尋ねられる場面である(Melville [1969] 81)。

セレノは一瞬何も答えられなくなるが、時を告げる白人の伝令係が通るやいなや、バボウは主人の袖の汚れを擦り取る仕事を突然止め、ひげ剃りの時間だと唐突に告げる。このひげ剃りはあらかじめバボウの台本にあったものではなく、セレノのミスによってデラノに真実を見破られる危険を察知したバボウが、即興で考えついたものである可能性が高い。そして、バボウはわざわざデラノを船室に招き、いざひげ剃りの時になると、カミソリをセレノの喉にあて「さあ、ご主人様」と言い、さらに「さあ、アマサ様、強風についてのお話をお続けになって下さい。その他もろもろのことなども。ご主人様はお聞きになれますすし、時折はお答えもできましょう」とデラノに促している(Melville [1969] 85)。

つまり、セレノが台本上言い間違いをした、強風の話題にわざわざ戻り、デラノの疑いを晴らすため、いわば芝居の「仕切り直し」をしているのである(「さあ、ご主人様」というのは、今度は間違えずにしっかり芝居をしろという合図にほかならない)。しかし、強風の間にあったという凪ぎの話が信じがたいとデラノに言われると、またもセレノは答えられず「意図しない表情」が浮かんだ瞬間、おそらく真実が明らかになる危険を察知したためバボウはカミソリを使ってセレノを傷つける（Melville [1969] 86）。

戦慄したセレノに対し、バボウは「アマサ様にお答え下さい、お願いです。ご主人様」と促し、セレノは以前語った話をもう一度デラノに繰り返す（rehearsing）のである（Melville [1969] 86）。この"rehearsing"という言葉は芝居のイメージを喚起するが、セレノが恐怖の下、再び台本どおり台詞を言うようになったことを暗示している。バボウのカミソリによる脅しは、個人的な資質や憎悪の発露というよりも、セレノを再び台本に従わせるための強硬手段だったと解釈することができる。

サン・ドミニック号上での芝居を企画し台本を作り上げ、その台本に白人と黒人を従わせ、自らも完璧な演技をしたバボウであったが、小説の最後で、デラノの腕力に抑えられ、他の黒人たちも白人の圧倒的な武力によって征服されると、抵抗もせず、完全に沈黙するようになる。反乱がすべて失敗したことを悟ると、バボウは「いっさい声を発しなくなり、強制的にそうさせようとしてもできなかった」と語られている（Melville [1969] 116）。それまでバボウが台本による支配を確立してきたことを考慮すると、この断固とした沈黙は、バボウが白人の台本に従うことを一切拒否していることを示している。

白人と黒人の立場がいまや逆転し、再び「奴隷」にされたバボウにとって、台本を作る権力は白人に移っていることは明白である。白人との会話に入ることは、その台本に従うことにしかならない。ダグラスも自伝の中で、北部への逃亡計画が発覚し捕えられると、奴隷主や奴隷商人たちの罵倒や嘲りに対して、一切何も答えなかった自分たちの体験を語っている（Douglass 60-61）。バボウは武力によって再び「奴隷」にされたが、台本によって管理される「奴隷」になることは拒否することで、わずかな自由と矜持を保とうとしているのである。

二　変形される奴隷制

ホミ・バーバは、おそらくジャック・デリダの差延や散種、反復可能性といった概念を独自に活用しながら、植民地において被支配者が、支配者の文化を自分のものとする（バーバの論述では「擬態」「反復」「二重化」「異化」「領有」などの様々な言葉で表されている）ときは、その文化に服従するように見える一方で、実は支配者の権威を骨抜きにする可能性を持っていると論じる。バーバによれば、そうした領有は、原型のものと必ずずれるものを生み出し、多様な変形物をもたらすという。

たとえば、英領インドにおいて、植民地権力の象徴である「イギリス語の（イギリスの）書物（the English book）」（聖書）は「翻訳され、誤読され、転移される（displaced）」、すなわち、現地語に翻訳された聖書は、現地人によって「新奇な物」また「家庭の守護神」として畏敬されたり、その中のいくらかの言葉は崇拝されたりするが、それを普及させようとするイギリス人やヨーロッパ、原語のイギリス語、イギリス人宣教師の教えとは疎遠なものとして受容される。（挙げ句の果てには、ただ珍奇なもの、市場で安く売れるもの、紙くずとして使用されるものにまでなる）（Bhabha 102, 113-114, 116-119, 122）。バーバによれば、聖書は「その現前（presence）は保ちながらも、もはやその本質（essence）を再現することはなく、いまや権威の部分的な現前、……権威の一つの付属品」に過ぎなくなっているという（Bhabha 114-115）。

植民地では、こうした「インド化された聖書」のような、変形され歪曲されたもの、異種混淆的なものが多様に生み出され、そうした「変形物」は支配者にとって認知のルールから外れるものとなり、自らの文化的権威の真正性（自分こそが原物で本物だということ）を脅かし、自己／他者の二項対立を崩すものとなる。そして、被支配者にとっては抵抗や市民的不服従の契機になるというのである（Bhabha 110-113, 120-121）。

バーバの論では、異種混淆的なものを生み出す要素は主に、植民地での文化的差異とされているが、この論を拡大解釈し、特定の社会的状況もそうした要素の一つになりうると考えたい。「ベニト・セレノ」において、バボウの支配体制は、原型（スペイン人の支配体制）とまったく同じとは言いがたい。なぜなら、バボウらアフリカ人は反乱後、元の支配者スペイン人とまったく同じ立場になったとはいえないからである。これまで見たように、バボウの「台本」による支配に奴隷制の模倣が見られるが、それはアメリカ人船長デラノとの遭遇という予期せぬ出来事によって引き起こされたものであり、そうした特殊な状況下で奴隷制の一側面が極端な形で反復されたものと考えることができる。

また、バボウらは白人を一時的に「奴隷化」してはいるが、かつての彼らのように完全な自由を手に入れているわけではない。サン・ドミニック号の運行技術や海図の知識を握っているのは白人たちである。目的地のセネガルに到着できる保証もなく、他の船舶に発見される可能性もあり（実際にアメリカのアザラシ猟船に見つかる）、十分な武力も有しているわけではない（最後は圧倒的な武力で制圧される）。セレノらと異なり、バボウらは法的な権利を一切持てず（宣誓供述書で明らかなように法廷で証言されることは許されず、多くのアフリカ人は名前も記述されていない）、現在は船上で支配権力を握っているとしても、法律上の身分は動産のままであり、なお反乱状態が続いていると判断できる。それゆえ、支配者と役割が逆転したといえども、同じ立場になったのではなく、スペイン人の「裏切り」や他の可能性から常に失敗して生命を失う危険のある、不安定な支配体制（疑似奴隷制）になっているといえるのである。

こうした差し迫った状況にあるため、バボウには特別な方策が必要となる。アランダの殺害とその骸骨の船首への配置も、こうした文脈から考えることができる。セレノの宣誓供述書によれば、アランダの殺害の動機について、バボウは「そうしないと自分も仲間も自分たちの自由を確信できない」と言い（アランダは大部分の奴隷たちの所有主だった）、また、「[スペイン人] 水夫たちを従わせておくため、反抗したらどのような結果になるかを指し示す「警告」を用意したい、その警告は「アランダの死」によってもっとも好ましい形でなされるとセレノに伝えたという（Melville [1969] 106）。この後半の「警告」の意味が後日明らかとなる。その場面は宣誓供述書では以下のように語られている。

……夜明けに供述者［セレノ］が甲板に出ると、黒人バボウは彼に一体の骸骨を見せた。その骸骨は、その船の正規の船首像である、新世界の発見者クリストファー・コロンの像に取って代えられていた。黒人バボウはセレノに、この骸骨は誰のものだ、その白さからして白人のものだと思わないかと尋ねた。セレノが顔を覆うと、黒人バボウは近寄り、船首を指差しながら、次のような趣旨のことを言った。「ここからセネガルまで黒人たちとの誓約を守るのだ。さもないと、おまえは肉体と同じく魂においても、おまえの先導者に続くことになるぞ」。＊＊＊同じ日の朝、黒人バボウはスペイン人一人一人を次々に連れて来て、あれは誰の骸骨だ、その白さからして白人のものとは思わないかと尋ね、スペイン人たちはみな顔を覆った。そして黒人バボウは最初に供述者に言ったのと同じ言葉を一人一人に繰り返した（Melville [1969] 107）。

この後、スペイン人たちは集められ、彼らが何か黒人たちに敵対するようなことを口にしたり計画したりするのを目撃されたら、アランダの後に続くことになると、バボウは演説を行なう。そして、この「脅迫」はその後「毎日行なわれた」という（Melville [1969] 108）。アランダの死を警告に使うと言ったバボウの真意がここで明らかになり、スペイン人たちを従属させておくために、彼らに恐怖を植え付ける儀式の道具として骸骨が利用されたことが分かる。

このバボウの脅迫のやり方を「サディズム」や「テロリズム」と見なす批評が登場するのも理解できる。(2) また、ジェオフリー・サンボーンは、アランダの骸骨は人肉嗜食を暗示しているとして、「アフリカ人の野蛮さ」を演出し、スペイン人の恐怖を高める効果があると興味深い解釈をしている（Sanborn 185）。しかし、それでも二つの疑問が残る。一つは、バボウが骸骨を配置するのになぜわざわざ船首像を選んだのかということである。もう一つは、人肉嗜食を示すのなら他にいくつも方法があった（実演など）はずであり、なぜ骸骨を使ったのか、また、なぜ骸骨の白さを強調しているのかということである。

バボウがコロンブス像をアランダの骸骨に置換したことについて、エリック・サンドクィストは「コロンブス神話――ヨーロッパ系アメリカ人の視点から語られた新世界の物語全体――こそが、その装いをはぎ取られ、自らの屍という本質を露にされている。すなわち、自らが自分自身の残虐な権力体制の犠牲となることで、主人［アランダ］はその体制の象徴となっているのである」と述べ、自らの残虐性が自らに跳ね返ってくるという皮肉と、ヨーロッパ系による新世界の神話が脱神話化されているという興味深い見解を示している（Sundquist 170）。

この場面を、バーバの理論を援用しながら再考すると、サンドクィストの洞察を少し異なる観点から精緻化することができる。バーバは、英領インドでの翻訳された聖書について、それがイギリスの国家的権威の象徴（symbol）という元来の意味内容から疎遠にされ、それ自身の差異の記号（sign）として再定義されるようになったと指摘している（Bhabha 113-114）。この「差異」が何を指すのかバーバは具体的に示していないが、ジャック・ラカンの論を援用している箇所から、「インド化」によって聖書がそれ自身（その意味内容）から疎外され、部分的に元来の意味内容を保ちながら別の様々な意味内容も持つという、自己分裂に陥っていることを暗示していると考えられる。そして、こうした文化的権威の自らの「アイデンティティ」からの疎外は、新しい知、新しい差異、新しい権力関係を生み出す契機になるとしている（Bhabha 119-120）。

船首に先導者の像を配置するというやり方において、バボウは明らかにスペイン人の方法をそのまま真似ている。この模倣は、その像の下にもともとあった「先導者に続け」（follow your leader）という文字を、バボウがあらためてなぞったという事実からも読み取れる（Melville [1969] 112）。しかし、船首像にアランダの骸骨を貼付ける行為は、コロンブス像の意味するものに新たな意味を付け加える行為でもある。すなわち、植民地事業の文化的意味付け――アメリカ大陸に「文明」をもたらし、新世界の「起源」となる――に、「野蛮」や「死」という意味合いが付け加えられることになる。これによって、「先導者」の意味は自己分裂を起こし、植民地事業の先導であると同時に、起源になりえない死の世界への先導をも意味することになる。そして、コロンブス像の持っていた象徴的な権威は、その効力を失うのである。(3)

さらに、バボウがアランダの骸骨（skeleton）を提示していることも重要である。骸骨を観察し分析するという方法は、当時の学問分野であった「自然史」（Natural History）を想起させる。そして、奴隷制擁護のために自然史学者たちが、黒人と白人の骸骨を比較し、黒人の劣等性を主張したという当時の状況に注意しなければならない。たとえば、南部の医師であったジョサイア・ノット（Josiah C. Nott）は「白人種と黒人種の自然史に関する二つの講演」（1844）および「人類の自然史に関する小論――黒人奴隷制との関連で」（1851）において、黒人と白人の骸骨（skeleton）を細かく比較し、黒人の骸骨は類人猿のものと似ていること、黒人の頭蓋骨は白人のものより小さく、それは知性の劣等をもたらしていること、種（species）の特性は自然界の法則ゆえ環境では変わらず、劣等な黒人は奴隷状態に置いておくことがいちばん適切であることを主張している（Nott[1844] 23-24, 33-35, 40-41; Nott[1851] 17-20）。こうした見方は「ベニト・セレノ」では、デラノの意識にも如実に見られるもので、バボウを含む黒人たちが「野蛮」や「自然」の象徴とか、動物と同等な存在とか、また知性が劣る「種」（species）とか見なされたり、「純血」の黒人と「ムラート」とが序列化されたりする様子に、繰り返し表れている（Melville [1969] 50-51, 67, 73, 75, 81, 83-84, 88-89, 100）。

先に引用した脅迫の場面で、バボウは骸骨の白さから、それが白人のものであると思わないかとスペイン人に問うていたが、この骸骨と人種を結びつけるという方法は、ノットの自然史と重なっていることが分かる。この「白人の自然史」は二つの効果があると考えられる。まず、皮膚の白さをただ単に、骨の白さから出て来たものとすることで、優越の印だった「白い皮膚」は著しく矮小化される。さらに、骸骨と結びつけられているため、白い皮膚には知性や文明ではなく、死の記号という新しい意味内容が付される。バボウは自然史という白人の方法を模倣しながら、その内容はすり替え、「白さ」の価値を無化し、生命をも持ち得ない「死」を意味するものとして、セレノたちに繰り返し教え込もうとしていることが分かる。この死は、バボウが魂の死滅をも暗示していることから、「天国」行きであるはずはない。バボウによる「白さ」の再定義には、先と同じく、植民地支配を合理化するための文化（肌の色によるヒエラルキー）を書き換え、無効化しようという戦略も読み取れるのである。

しかしながら、バボウの「白人の自然史」は奇異にも感じられる。骨の白さと肌の白さを結びつけるのは、読者によっては馬鹿馬鹿しい理屈だと思われる可能性が高い。しかも、同じ自然史ではあるが、ノットは骨の形状を人種と結びつけたのに対し、バボウは骨の色をそれと結びつけているという違いがある。こうした骨と自然史との関係について、『白鯨』（*Moby-Dick, or The Whale*, 1851）で語り手イシュメール（Ishmael）が自然史の真似事をする興味深い部分がある。イシュメールは鯨の頭蓋骨、潮吹き口、顎、歯、尾、額、鰭などを順に調査していき、第一〇三章「鯨の骸骨（skeleton）の測定」で最後に骸骨を調べている。そして、鯨の巨大な体躯に対し骸骨があまりにも卑小であることに気づき、「死してやせ細った骸骨」を観察するだけで鯨を正しく理解することは「無益で愚かな」行為であり、生きて海洋を動き回っている鯨を対象としなければ、それを真に理解することはできないという結論に至るのである（Melville [1988] 453-454）。

このイシュメールの結論に即せば、その形であれ色であれ、骸骨の観察から生きた肉体を理解しようという試み自体がまったく無意味だということになる。つまり、ノットの自然史もバボウのそれも共に愚かな考えとなる。その愚かさが、バボウの自然史によって読者に印象づけられていることは重要である。バボウの自然史は、ノットの自然史を歪曲し異化する機能、つまりパロディ化する機能を持っている。この異化は、そもそも骸骨と肉体を結びつけることに無理があるのではないかという疑問を喚起し、ノットの自然史も実は馬鹿馬鹿しい理屈ではないかと読者に再考させる効果がある。結果として、頭蓋骨の自然史による人種優越論や奴隷制擁護はその根拠を失う危険に陥るのである。

三　奴隷化する支配者

バボウが完全な「支配者」になっていないのと同様に、セレノらは「奴隷化」されているといえども、完全に「奴隷」となっているわけではない。鎖につながれて船倉に押し込められているわけでも、家畜のような動産になったわけでもない。最終的には同じ植民地列強のアメリカの船に助けられ、圧倒的な武力で反乱奴隷たちを制圧でき、法廷で証言もできている。しかし、強迫された芝居や、歴史や肌の色に関する教化など、セレノが経験した「部分的」奴隷体験は、セレノのその後の人生に決定的な影響を与えている。おそらく元々はデラノと同じような黒人像を持っていたと考えられるが、最後のデラノとの語らいで、自分に「影を落としているもの」は「黒人」（バボウを指すと考えられるが、黒人一般という解釈もありうる）だと陰鬱に答え、バボウに対しては自分の視界に入ることさえ拒むほど恐怖を露にしている（Melville [1969] 100, 116）。バボウ（および黒人）はもはや、分かりやすく御しやすい従僕ではなく、自分の参照枠では認知不可能な、ただ自分の命を狙うだけという、歪んだ像に変化していることが分かる。(4)

さらにセレノは、「白さ」と骸骨を結びつけたバボウに「洗脳」されたかのように、穏やかな貿易風が心を癒してくれるはずだと言うデラノに対し、その風はただ「やさしく私を墓場へと送ってくれる」だけだと答え、黒人が心に影を落とすと述べると「まるでそれが棺衣であるかのように」ゆっくりとマントをまとうなど、「死」と一体化したかのようになる（Melville [1969] 116）。さらに、法廷での証言後三か月経って、教会に安置されているアランダの骨のように、セレノも「先導者［アランダ］に続いて」、修道院に安置される骨となるのである（Melville [1969] 117）。

このことは、アランダの骸骨の下になぞり書きされた、バボウの「先導者に従え」という言葉に、つまり、バボウの書いた「台本」に、セレノが従ったことを意味している。セレノは反乱鎮圧後、物理的には解放され自由になったが、精神的には奴隷化したのである。ダグラスは「黒人の飼いならし上手」（negro-breaker）という評判を持つ奴隷監督によって精神的に「飼いならされ」た時の経験について、「肉体、魂、気概において飼いならされた（broken）。生来の回復力は押しつぶされ、知力は衰え、文字を読みたいという気持ちも消え失せ、まだ目に残っていた明るい輝きも死んだ。……このようにして人間（man）が獣（brute）に変えられてしまうのだ！」と述べている（Douglass 42, 45）。ダグラスが奴隷監督の狙いどおり「家畜」にされたのと同様に、セレノも「主人」の狙い通り、「骸骨」＝「死の記号」にされたのである。

心身ともに衰弱していくセレノとは対照的に、デラノは楽天的であり、奴隷反乱から何か学んでいるようには見えない。「過去のことは過去のこと」ゆえ忘れるようにセレノを促し、セレノの言葉を咀嚼することはない（Melville [1969] 116）。セレノは、デラノが自分と一日中ずっと一緒にいながら、最後に飛び降りて来たセレノを海賊と思って捕えたことを悲しそうに回顧し、それほどバボウの数々の策略がうまく働いていたのだろうと述べ、最良の人でさえ相手の状況がよく分かっていないと、その人の行為を見誤るのだろうと述懐している（Melville [1969] 115）。セレノの意図に関わりなく、この言葉にはデラノへの皮肉が読み取れる。「奴隷」セレノがただ台本に従って演じた行為を、その内面に気づくことなくデラノは曲解していた。このことは、奴隷黒人の振る舞いを見て、ただ「陽気さ」と「満足」を見いだしているデラノの愚鈍さをも揶揄するものとなっている（Melville [1969] 83-84）。また、セレノの演技性を見破れなかったことは、デラノもバボウの台本に踊らされていたことを示しており、その意味でセレノと同様に「奴隷」だったのである。

自らの「奴隷化」にも気づいていないデラノは、反乱を非日常的な一過性のものと見なし、元の秩序に戻ったことに満足するだけで、バボウの反乱の意味を反芻することもない。自らは黒人を、忠実な「ニューファンドランド犬」のように愛玩しているが、デラノのイメージの中のニューファンドランド犬は愛玩動物ゆえ、野生の犬ではない（Melville [1969] 84）。主人の「しつけ」を受け、「文明化」

された、異種混淆的な犬である。同様に、スペイン人の中で数年を過ごしたバボウのように、「文明化」された黒人が白人の方法を模倣し変形し歪曲し、その体制を切り崩す可能性を持っていることに気づいていない。セレノはその可能性を身を以て体験し、その現実に耐えられなかったことを最後に伝えているのである。しかし、デラノの目は幾重にも曇っている。最後の場面でのいちばんの皮肉は、芝居が終わった後でさえ、セレノの状況を何も理解できていないデラノの「陽気さ」と自己「満足」なのである。

おわりに

反乱後のバボウの支配体制は、確かにスペイン人を「奴隷化」したといえる。それは、彼らを監視下に置き、正しい演技をさせるという側面にもっともよく表れている。それゆえ、バボウが白人の旧体制をただ反復し再生産しているのみとする批評にも一定の説得力がある。しかし、バボウの模倣の方法を吟味すると、物理的に権力を握ったとしてもなお不安定な疑似奴隷制の中で、この首謀者が白人の植民地主義文化に「反乱」し続けていることが分かる。つまり、文化的神聖化（コロンブス像）や疑似科学（自然史）を取り入れながらも異化し、その意味内容――コロンブス神話や白さの優位性など――を混乱させ無効化しようと試みているのである。それは単純に旧体制の焼き直しといえないことは明らかである。最終的にバボウの試みは物理的な力（武力）によって押しつぶされるが、その威力は、権力を回復したはずのセレノの精神的優位性を崩し、デラノの無知を暴き出しているのである。

小説の結末で、死者となったバボウの視線は白人の視線を「物怖じせず」に直視し、その支配を拒み続ける（Melville [1969] 116）。その視線は、「見せしめになった奴隷」という彼らの認知の仕方を認めず、逆に、教会や修道院で骨となった支配者たちを見届けようとするものである。アメリカ船の武力やスペイン帝国の法の力はこの反乱者を殺すことはできたが、反乱を殺すことは出来ていない。つまり、デラノが満悦しているように旧体制が回復されたとはいえず、むしろその権威の脆弱さが暴露される結末になっている。その意味で「ベニト・セレノ」は奴隷制擁護の正当性に疑問を投げかけるテクストなのである。

【注】

（1）他に以下のものも参照。Andrews 93-94; Hole 238-239; Levine 208, 211, 219-221; Schaub 53. なお、スペイン人船長セレノが旧世界の植民地支配者と同時に、米国南部奴隷主人をも体現しているという解釈はいまや定説といえる。それゆえ、奴隷制の状況に関して米国の奴隷体験記を参照することとする。Sundquist 148; Yellin 218, 221-223.

（2）Levine 219; Sundquist 170.

（3）「新世界」の「文明化」や「起源」といった、一九世紀当時のコロンブスに関する支配的言説については、以下のものを参照。Irving 687-688; Koch 32, 34; Wilford 253-254.

（4）バーバによれば、支配者にとって、自らを模倣した他者（歪められた自らの分身）は、自らの権威や優位を認めてくれるナルシズムの対象であることを止め、パラノイア（被害妄想）の対象になるという。Bhabha 98, 100, 113.

【参考文献】

Andrews, David. "'Benito Cereno': No Charity on Earth, Not Even at Sea." *Leviathan*. 2. 1. (2000) : 83-103.

Bhabha, Homi K. *The Location of Culture*. London: Routledge, 1994.

Cassuto, Leonard. *The Inhuman Race: The Racial Grotesque in American Literature*. New York: Columbia University Press, 1997.

Douglass, Frederick. *Narrative of the Life of Frederick Douglass, An American Slave, Written by Himself*. New York: W.W. Norton & Company, 1997.

Hole, Jeffrey. "Enforcement on a Grand Scale: Fugitive Intelligence and the Literary Tactics of Douglass and Melville." *American Literature*. 85. 2 (2013) : 217-246.

Irving, Washington. *The Life and Voyages of Christopher Columbus*. Hertfordshire: Wordsworth Editions Limited, 2008. [1828]

Koch, Cynthia M. "Teaching Patriotism: Private Virtue for the Public Good in the Early Republic." in John Bodnar, ed. *Bonds of Affection: Americans Define Their Patriotism*. Princeton: Princeton University Press, 1996. 19-52.

Lee, Maurice S. "Melville's Subversive Political Philosophy: 'Benito Cereno' and the Fate of Speech." *American Literature*. 72. 3 (2000) : 495-519.

Levine, Robert S. *Conspiracy and Romance: Studies in Brockden Brown, Cooper, Hawthorne, and Melville*. New York: Cambridge University Press, 1989.

Lock, Helen. "The Paradox of Slave Mutiny in Herman Melville, Charles Johnson, and Frederick Douglass" *College Literature*. 30. 4 (2003) : 54-70.

Melville, Herman. *Moby-Dick*; *or*, *The Whale*. Eds. Harrison Hayford, Hershel Parker, and G. Thomas Tanselle. Evanston and Chicago: Northwestern University Press and The Newberry Library, 1988.

—. *The Piazza Tales and Other Prose Pieces 1839-1860*. Eds. Harrison Hayford, Alma A. MacDougall, G. Thomas

Tanselle. Evanston and Chicago: Northwestern University Press and The Newberry Library, 1969.

Nott, Josiah C. *An Essay on the Natural History of Mankind, Viewed in Connection with Negro Slavery*. Mobile: Dade & Thompson, 1851.

——. *Two Lectures on the Natural History of the Caucasian and Negro Races*. Mobile: Dade & Thompson, 1844.

Richards, Jason. "Melville's (Inter) national Burlesque: Whiteface, Blackface, and 'Benito Cereno.'"*American Transcendental Qurterly*. 21. 1 (2007) : 73-94.

Sale, Maggie Montesinos. *The Slumbering Volcano: American Slave Ship Revolts and the Production of Rebellious Masculinity*. Durham and London: Duke University Press, 1997.

Sanborn, Geoffrey. *The Sign of the Cannibal: Melville and the Making of a Postcolonial Reader*. Durham and London: Duke University Press, 1998.

Schaub, Diana J. "Master and Man in Melville's 'Benito Cereno.'" in Joseph M. Knippenberg and Peter Augustine Lawler, eds. *Poets, Princes, and Private Citizens: Literary Alternatives to Postmodern Politics*. Lanham: Rowman & Littlefield, 1995. 41-62.

Sundquist, Eric J. *To Wake the Nations: Race in the Making of American Literature*. Cambridge: The Belknap Press of Harvard University Press, 1993.

Wilford, John Noble. *The Mysterious History of Columbus: An Exploration of the Man, the Myth, the Legacy*. New York: Alfred A. Knopf, 1991.

Yellin, Jean Fagan. *The Intricate Knot: Black Figures in American Literature 1776-1863*. New York: New York University Press, 1972.

戦争・哀悼・国家
――アメリカ再考の物語としてのウィリアム・フォークナーの『寓話』とトニ・モリスンの『ホーム』

平塚　博子

はじめに

南部の白人男性作家ウィリアム・フォークナーとアフリカ系アメリカ人女性作家トニ・モリスンの影響関係や関連性は、多くの批評家たちによってこれまでしばしば取り上げられてきた。トニ・モリスン自身も修士論文でヴァージニア・ウルフとフォークナー作品における自殺について取り上げ、さらにフォークナー作品からの影響に関して次のように発言している。「フォークナー作品の主題に興味を持ち深く心動かされた理由は、この国に関する何かを発見したいという思い、さらに歴史においては見いだせないこの国の過去の表現方法を見つけ出したいという私の願望と関係があると思われます」("Faulkner and Women" 296)。モリスン自身のこの言葉は、モリスンが時代も立場も背景も異なるフォークナーの作品に、アメリカという国と歴史の表にはあらわれない過去への関心という点で共通性[1]

をみいだしていたことを示している。

この二人の作家が、冷戦期とポスト九・一一というアメリカがグローバルなコンテクストの中で国家としての在り方を問われた時期に、それぞれ戦争をテーマにした小説を執筆したことは興味深い。フォークナーは、第一次世界大戦を扱った小説『寓話』（*A Fable* 一九五四年）において、モリスンは冷戦の口火を切る朝鮮戦争を扱った小説『ホーム』（*Home* 二〇一二年）において、戦時の哀悼を掘り下げることで「歴史の表にはあらわれない過去」を暴きながら、国家の在り方を問い直す作品を書いているのである。さらに、それぞれの作家のノーベル賞受賞後に書かれたこれらの二つの作品は、受賞によって二人の作家と国家との間に生まれた新たな関係をも示す作品だといえる。

本稿では、フォークナーの『寓話』とモリスンの『ホーム』を取り上げ、その中の戦争と哀悼を分析する。そうすることで、この二人の作家がそれぞれの小説で、戦争や国家というイデオロギーの中で抹殺される声に耳をかたむける一方で、国家を代表する芸術家としての視点から、アメリカの在り方を問うていることを確認しながら、二つの小説を「アメリカ再考」の物語として読み解いてみたい。

一　『寓話』の誕生と執筆時におけるフォークナー

まず、フォークナーの『寓話』についてだが、この小説の戦争と哀悼の表象について考える上で、この小説執筆のきっかけ、さらにこの小説が執筆された時期のフォークナー自身と彼をとりまく状況をおさえておくことは重要だと考えられる。戦争と哀悼について具体的に見ていく前に、まずこの点についてみてみたい。

この小説は第一次世界大戦中の西部戦線戦における反乱を描いた物語である。一九一八年の五月に長引く戦争に反対した一人の伍長に率いられた兵卒三〇〇〇人は、攻撃命令がでても従わず塹壕から出ようとしなかった。しかし平和を願う伍長と彼に賛同する兵士たちの行動は、戦争を遂行しようとする連合国総司令官である老元帥らの勢力によって阻まれる。その結果として、反乱を率いた伍長は処刑され、国家権力を体現し、かつ伍長の実の父親でもある老元帥と、戦争による犠牲を正当化する無名兵士の国葬の場面で物語は終わるのだ。この小説はそもそも、無名兵士の墓に葬られた身元不明の兵士とは実はキリストだったというストーリーの映画の脚本という形から始まった。さらに、章を表す数字の代わりに各章につけられた曜日がほぼ受難週に対応していること、そして伍長の存在やプロットがイエス・キリストの受難を彷彿とさせることなどを見てみても、多くの批評家が指摘しているように、この小説と聖書との関連は明らかである。

しかし、第一次世界大戦を扱い、かつ聖書を強く意識した作品であると同時に、この小説が第二次世界大戦そして冷戦の影響を色濃く受けた作品であることは間違いない。第二次世界大戦のただなかにあった一九四三年の執筆開始から約一一年の歳月をかけて完成されたこの小説は、始まりから戦争と深く関係していた。

一九四三年八月、フォークナーはヘンリー・ハサウェイとプロデューサーのウィリアム・バッカーから、小説『寓話』へとつながるある独立映画の製作に誘われる。それは無名兵士の墓にかかわる謎を扱ったもので、そこに葬られた身元不明の兵士とはキリストだったというストーリーになるはずだった。この時期フォークナーは、経済的な理由から半ばいやいやながらハリウッドで脚本の仕事をしており、時節柄フォークナーも『ド・ゴール物語』や『バトル・クライ』といったいくつかの戦争映画の脚本に関わるものの、その企画が立て続けにとん挫していた。その後この脚本の映画化の計画は立ち消えになるが、フォークナーは小説としてその執筆をつづけた。そこには、フォークナーの第二次世界大戦への強い思いがあったと考えられる。一九四四年一月八日ハロルド・オーバー宛の手紙のなかで、フォークナーは「主題はあの戦争の最中にキリスト（人類の中に存在する戦争を永遠に止めようと願う衝動）がまた再び現れ、再び十字架にかけられるということだ。我々は繰り返しているんだ」と述べている（*SL* 180）。この手紙には、戦争告発や平和への希求といった当時のフォークナーの意図がうかがえる。

平和を願う一方で、フォークナーは積極的に戦時の国家に協力する姿勢を示していた。すでに壮年期に達し実際に戦闘に参加することはできないものの、フォークナーは志願の意志を示していたし、国家に対する責任と自身の役割について強く意識していた。例えば、義理の息子のマルコム・フランクリンに宛てた四二年一二月五日の手紙の中で、フォークナーは次のように述べている。

この戦争の後、あの無関心主義が再び現れないようにしなければならない。そのためには、我々はすでに持っているだけの自由を守らねばならない。我々はまず、戦場で自由を確かなものにしなければならないのだ。それをするのは若者たちだ。たぶんその後に、年配の者たちの出番が来るだろう。私のように国家のなかで物を言えるものたち、兵士になるには歳を取り過ぎているが、人に耳を傾けさせるほど長い間声を出し続け、年齢を重ねてきているが、二五年や五〇年も前のことばかりかたくなに見つめている老いぼれたちの仲間にはまだなっていないものたちの出番が。

（*SL* 165-166）

ここには平和を願いながらアメリカの国家体制を維持し続けるためであれば、戦争を容認し協力する愛国的なフォークナー像が伺える。『寓話』は、戦時という社会状況とフォークナーの戦争そして国家に対する強い社会的意識の中から生まれ、書きすすめられた作品だといえる。

戦争が終わると、世界およびフォークナー自身を取り巻く状況は大きく変わった。そしてそうした変化は『寓話』へも大きな影響を及ぼしていると考えられる。世界情勢としては、第二次世界大戦の終結後、世界は核戦争への不安、東西関係の緊張化などの問題を抱えつつ冷戦へと突入し、アメリカは西側のトップとして自由主義を先導して推し進める役割担っていた。こうした世界の流れの中で、五〇年にノーベル賞、翌五一年にはフランスのレジオン・ドヌール勲章も受賞し、国際的に知名度が高まったフォークナーは、アメリカを代表する文化人として国内の様々な場で意見が求められるだけでなく、アメリカ的な価値観の広告塔としてアメリカ政府の目に留まるようになる。

例えば、五四年には国務省の要請で文化使節としてブラジルなどの南米諸国、五五年には日本を訪問している。五六年にはアイゼンハウアー大統領からの要請で、鉄のカーテンの向こう側にいる人々にアメリカの良さを伝える作家グループの活動「ピープル・トゥー・ピープル・プログラム」の責任者を依頼され承諾する。国家の代表としてのこうした活動を通じて、ノエル・ポークやキャサリン・

コダットが指摘するように、フォークナーは冷戦構造のなかでアメリカの国家としてのイデオロギーを普及する役割を、意識的にせよそうでなにせよ担っていたのである。(2)

二　『寓話』における戦争・冷戦・哀悼
――冷戦期の国家としてのアメリカ再考の物語としての『寓話』

『寓話』には、こうした平和への強い願いを抱きつつ、冷戦後ますます強大化するアメリカの国家権力を目の当たりにしながら、その一翼を担いつつ冷戦イデオロギーを生きたフォークナーの複雑な心境が映し出しだされている。ポークは、「『寓話』は、ブルジョワ神話を永続、維持させる確立された権力、さらにそうした神話によって自らが利益を得るだけでなく、大衆も利益をうけていると信じさせることのできる人々についての物語」だとして、多くのフォークナー作品が弱者の視点から書かれている中でのこの作品の特異性を指摘している（Polk 269）。

平和と正義を求めたために国家権力の犠牲になる伍長、そうした伍長らの反乱の真意を理解しない群衆、戦争と国家の欺瞞に気づいて自殺するレヴィン、最後の老元帥の埋葬を妨害しようとして取り押さえられる連絡兵などの描写を考慮すれば、ポークが示すようにこのテクストは、老元帥に体現される国家権力の絶大さやその矛盾についての小説であることは間違いなかろう。

しかし、個人を押しつぶし、大衆を取り込む国家権力の大きさを描く一方で、この小説の最後の老元帥と無名兵士の埋葬の場面で、フォークナーはそうした国家権力を撹乱する力をも同時に描いている。まず、未曽有の犠牲者を出した戦争の正当化とナショナリズムの確立のため、第一次世界大戦以降に国家事業として各国で始まった無名兵士の墓を戯画化することで、フォークナーはその欺瞞を暴いている。この場面はヴェルダンの戦いから三年後、第一次世界大戦終結から一年後の一九一九年に設定されている。

パリから一人の軍曹と一二人の兵卒が、「無名兵士の墓」に葬るための、フランス人で「名前・階級・連隊が特定されていない/できない完全な遺体」を入手するためにヴェルダンに派遣される(1045)。軍曹はずっと軍服を着ているものの、一度も兵士になったことのない軍人というよりはむしろ官僚のような男であり、一二人の兵士たちといえば、関心は特別支給された酒ばかりで、愛国心や責任感とは無縁の輩である。任務の途中、彼らはサン・ミエルの駅で一人の老婆に出会う。老婆は息子のテオドールはヴェルダンで行方不明となっているため、息子を探すために自分も連れて行ってくれるように軍曹に頼むが、取り合ってもらえない。一三人はその後ヴェルダンの要塞の地下から埋葬用の一体の「完全な遺体」を手に入れる。その後、サン・ミエルの駅で先ほどの老婆が遺体を一目見せてほしいと頼んだ時、彼らは酒代と交換条件で老婆に遺体を見せる。老婆はその遺体が自分の息子だと信じ込み、兵士たちが飲んだくれている間にその遺体を持ちかえってしまう。

酔いから醒めて埋葬用の遺体が盗まれたことに気がついた兵士たちは、駅前の食堂で出会った男と取引し、郊外にある男の農場に放置されていた遺体を手に入れる。この遺体とは、実はこの小説の中心人物である伍長のものであり、かくして国家の歴史から抹殺された反逆者が、国家の英雄として葬られるというアイロニーがこの物語の最後には用意されているのである。

ここでフォークナーは、国家のイデオロギーを正当化するためだけの空虚な哀悼の対極に、母親の真の哀悼を対置することで、「無名兵士の墓」の制度の欺瞞を明らかにしつつ、国家権力を撹乱する。このエピソードにおいて老婆は、もはや人間とも呼べないようになった遺体のかつて顔であったところに手を置いて、わずかに残った髪の毛をなでながら、「テオドールです。私の息子です」と主張する（1053）。金澤哲が指摘するように、この母親の悲しみの現実性は、「無名兵士の墓」という「母国による息子探し」の抽象性と対極にあるものであり、その欺瞞を暴くものであろう（金澤 352–353）。

同時にこのテオドールの母の死んだ息子への愛情は、死んだ伍長に対する姉マルタの愛を想起させる。弟である伍長を母親のように育てたマルタは、処刑された伍長を、もう一人の姉マリアや伍長の妻のマグダラのマリアらとともに故郷サン・ミエルに連れ帰り畑に埋葬する。ポークは『寓話』における女性と「女性的なるもの」の重要性を指摘したが（Polk 198）、戦争を美化し、国のイデオロギーを確立する最後の場面の国葬を図らずも茶番にさせるのは、母親の現実の悲しみなのである。このテクストにおいて、「哀悼する母」は愛国的に戦死する息子を生みだす国家のイデオロギー装置として機能する代わりに、転覆はしないまでも、それを撹乱する力として機能しているのだ。

国葬の場面では、「哀悼する母たち」に加えて、イギリス人の連絡兵が乱入して荘厳な国葬の雰囲気を一瞬かき乱す。連絡兵は、伍長に共感して武装放棄に協力するものの砲撃に遭い、体の半分が傷で覆われる大怪我を負い「もはや人間とは言えない傷の塊」となっている。葬儀に乱入した連絡兵はすぐに警官に取り押さえられ脇道の溝へと追いやられてしまう。しかし、そこで彼は不敵な笑い声をあげながら「震え上がるがいい。俺は死なないぞ。絶対に」という言葉を発し、その姿をかつて老将軍の忠実な部下であった主計総監が、涙ながらに見つめるところで物語は終わるのだ（1072）。バーバラ・ラッドは半分人間で半分傷になってしまったこの連絡兵に、クレオール的な撹乱の力を見出している（Ladd 46–47）。

戦争や国家といった男らしさや体制を想起させるものを撹乱する力として、フォークナーがテオドールの母やマルタといった女性、さらには抑圧されても決して沈黙しない連絡兵といった周縁的な存在を設定したことは興味深い。ここには戦時から冷戦期を生きるなかで国家という権力の強大さを認識し、冷戦イデオロギーにとりこまれないまでも加担したフォークナーとは別の側面が見え隠れする。

『寓話』が執筆された期間のアメリカ国内に目をむけてみると、この時期はまさに公民権運動が活発化し始める時期であり、フォークナー自身も人種問題に関して積極的に発言をしていた。例えば、五〇年には三人のアフリカ系の子供を殺した白人男性に死刑判決が下されなかったことへの抗議の手紙を、さらには五一年に白人女性をレイプした容疑で逮捕されたアフリカ系男性の死刑に反対する手紙を新聞社に送っている。『寓話』の国葬の場面の「哀悼する母」と沈黙され得ない周縁としての連絡兵は、戦後顕在化し始めた国内そしておそらく国外の抑圧された声と読むこともできよう[3]。テイラー・ハゴッドはこの小説が中心から周縁へ常に行きつ戻りしていると指摘しているが（Hagood 197）、ハゴッドが指摘するように、『寓話』のテクストは戦時の哀悼において、権力や体制とそれを撹乱する声との間を行き来する。国葬の場面は、冷戦体制のなかで平和と民主主義体制維持のためには強大な国家権力の必要性を認めつつも、国内外から沸き起こり始めた新たな声を含めた国家の在り方を模索するフォークナーの姿勢の両方が見え隠れする。さらにはノーベル賞作家フォークナーと国家との間に働く複雑な関係も示唆している。

三　五〇年代再考の物語としてのトニ・モリスン『ホーム』

フォークナーが冷戦期に戦争小説を書いた一方で、トニ・モリスンは一〇作目の小説にあたる『ホーム』(*Home* 2012) において冷戦期に起こった朝鮮戦争を扱っている。五〇年代という時代を舞台に選んだことについて、モリスンは「一般的にとても快適で幸せな五〇年代という時代についたかさぶたをとってみようと思ったのです」と述べている(4)。

バレリー・スミスは、モリスンがこの作品において、「公民権を奪われたアフリカ系アメリカ人が経験したであろう複雑な形を考察するためにこの時代に再度目を向けており」、さらに「様々な視点から家／故郷を検証することによって、五〇年代を家／故郷という概念が攻撃にさらされた時代として提示している」と指摘する (Smith 132)。モリスン自身とスミスが指摘しているように、『ホーム』は、一九五〇年代を舞台に朝鮮戦争の帰還兵とその妹の故郷喪失と発見の物語を通して、これまで比較的表に出ることの少なかった五〇年代の複雑さを、アフリカ系アメリカ人作家としての視点から描きだしている。『ホーム』における朝鮮戦争と哀悼を見ていくまえに、まずはモリスンの五〇年代についての洞察として、このテクストを踏まえていく。

まずこの小説の主人公であるフランクは、人種差別が横行するアメリカ社会を生きるアフリカ系アメリカ人として、幼いころから安住の地も機会も奪われ、故郷喪失を繰り返し体験している。フランクが最初に故郷を失うのは四歳の時である。この時彼の家族は、当時暮らしていたテキサスから銃をもった白人によって二四時間以内の強制的な立ち退きを命じられる。この時、彼の家族を含めた一五世帯が取るものもとりあえず州境まで逃げるのだが、あまりに理不尽な要求に立ち退きを拒んだ隣人は、白人によって残忍に殺され、その遺体は目がくりぬかれた状態で彼が大切にしていた木につるされた。

その後一家は、フランクの祖父を頼ってジョージア州のロータスに移るのだが、そこはフランクにとって「未来も目的もない戦場にも劣る場所」だった（103）。フランク一家は祖父母の家に住まわせてもらうのだが、両親は仕事で常に不在なうえに、祖父セイラムの再婚相手レオノアは、突然押しかけてきたフランク一家に生活環境を乱されたことが許せず、その怒りをフランクと妹のイシードラ（シー）に向ける。ロータスでの暮らしに耐えられなくなったフランクは、朝鮮戦争に出征するのだが、そこで一緒に出征した幼馴染達が戦死してしまう。戦争から戻って一年、フランクは戦地で受けた心の傷を癒すことができずに、故郷のジョージアに戻れずにいる。さらに戦争から戻ったフランクを待っていたのは、人種隔離が続くアメリカの激しい人種差別である。ようやく安らぎを見いだした恋人リリーとの関係もやがて壊れ、シーの危篤の知らせをうけてフランクはロータスへと戻ることになるのだ。

フランクの妹シーは、この時代を生きるアフリカ系アメリカ人女性として故郷喪失を経験する。仕事で常に不在の両親、意地悪な祖母、無関心な祖父という厳しい家庭環境にあって、シーが唯一安心できる場所は彼女を常に守ってくれた兄フランクの存在だった。しかしフランクが出征すると、居場所を求めるあまりつまらない男を信じて一四歳の若さで結婚する。その男についてアトランタに行くもののあっさり捨てられ、一人になったシーは生活のためにボーリガード・スコットという医師のアシスタントとして働き始める。しかしそこでシーは、この時代に犠牲になった多くのアフリカ系アメリカ人女性同様に、医師によって優生学研究の実験台として使われ[5]、命の危険にさらされるばかりでなく、子供が産めない体にされてしまうのだ。

さらにモリスンは、スコット家の物語を通じて、五〇年代の理想の家・家庭像の矛盾を明らかにしながら「家／故郷」の意味を考察している。郊外の大きな家に住む中産階級の核家族というシーの勤め先のスコット家はまさに、五〇年代のテレビや映画に出てくる理想像であり、当時の庶民があこがれたアメリカンドリームを体現していると言えるだろう。しかしそこには、住宅の美しさとは裏腹の家庭が存在しているのである。美しい邸宅の中では、優生学の研究と称した恐ろしい人体実験が行われ、その家に住む妻は夫の行動を知らないか無関心であり、障害を抱えた二人の娘が世間から隔絶されて暮らしている。

モリスンは、スコット夫人と五〇年代ホームドラマが描く理想の家庭像の背後にある人種差別意識についても浮き彫りにしている。スコット夫人は、当時人気のホームドラマ『アイラブ・ルーシー』は、ルーシーの夫役の「リッキー・リカードが嫌いで見なかった」(71)。デイビッド・ハルバースタムは、五〇年代のホームドラマが、少数民族の登場もまれな、経済危機も、階級間の断絶や怨嗟も、民族間の緊張も存在しない「理想化された無傷のアメリカの、理想化された無菌状態の素晴らしき家庭の姿」を描いていると述べている。そのうえで、キューバ出身のデジ・アナーズが、キューバ生まれという設定のリッキー・リカード役を演じることが当時のホームドラマのキャスティングとしては例外的であったことを指摘している（『フィフティーズ』121）。スコット夫人が嫌いなリッキー・リカードは、ホームドラマを通じて理想化される「無傷のアメリカの無菌の家庭像」に亀裂をいれつつ、夫人と五〇年代のメディアが描く理想の家庭像に潜む人種的排他性を映し出す。ホミ・バーハは「故郷を喪失することは家がないということと同義ではない」と述べたが（Bhabha 13）、モリスンは登場人物たちの故郷喪失を通じて、文字通りの家庭や故郷が必ずしも安らげる居場所ならないことを示しつつ、五〇年代のアメリカの歴史を掘り下げている。

安らげる居場所として機能しない文字通りの家庭や故郷に対するオルタナティブとして、モリスンはロータスの女性たちの共同体というより柔軟な家／故郷像を『ホーム』において提示している。ロータスの女たちは、協力して瀕死のシーの治療にあたるばかりでなく、シーを一人の女性として成長させ、帰属すべき居場所を与える。エヴェリン・ジェフ・シュレイバーは、「モリスンの小説において、登場人物たちが人種差別で負ったトラウマを乗り越えるのに、物理的な家／故郷と同様に精神的な家／故郷を拠り所とする」と指摘している（Schreiber 1）。こうした女性の連帯と互助に支えられた精神的な拠り所としての共同体としての家／故郷像は、一九九七年に発表されたエッセイ「ホーム」や、『パラダイス』（一九九七年）における女たちの修道院など、小説のなかでもたびたびモリスンが示してきた考えである（"Home" 9）。

四　『ホーム』における朝鮮戦争と哀悼
――アメリカの故郷喪失と発見の物語としての『ホーム』

過去の作品との連続性の中で「家／故郷」像を提示しつつ、モリスンは『ホーム』において朝鮮戦争を扱うことで、グローバルな視点からこの問題を探究している。『ホーム』のテクストは、戦争やナショナリズム、そして人種差別という枠組みのなかでかき消されていった声なき他者の死を劇化し、フランクの故郷発見の中心に他者たちへの哀悼を据えることで、新たな「家／故郷」のあり方を模索しているのだ。さらにこのテクストが提示する戦争、ナショナリズム、故郷喪失といった問題は九・一一以降のアメリカが直面する問題を想起させる。このような意味で『ホーム』は五〇年代を扱いつつも、アメリカという国家が故郷となりうるか、そしてグローバルなコンテクストの中でアメリカ故郷を見つけられるかといった問題を考察しつつ、ポスト九・一一のアメリカの国家としての在り方を問い直すテクストともなっている。ここでは朝鮮戦争と哀悼に着目しながら、このテクストを見てゆく。

まずこの作品の舞台である朝鮮戦争についてだが、この戦争は四万人を超える米兵が犠牲になったにも関わらず、開戦当初は戦争とさえ呼ばれないアメリカの歴史上「忘れられた戦争」といわれる戦争である。『ホーム』を描くにあたって、モリスンは朝鮮戦争をテーマにしたハルバースタムのノンフィクション『ザ・コールデスト・ウインター』（二〇〇七年）の中で描かれる強烈な寒さとの戦いに、インスピレーションを受けたという(6)。

この作品の朝鮮戦争の描写には、韓国のすさまじい寒さや激しい戦闘とともに、モリスンのアフリカ系アメリカ人の視点が盛り込まれている。例えば、フランクが朝鮮から帰還して除隊する地であるフォートロートンは、第二次世界大戦から朝鮮戦争にかけて、アジアに向けて兵士たちが出征していった主要基地であると同時に、大戦中イタリア人捕虜殺害を巡って、アフリカ系の兵士たちが冤罪を着せられた地でもある。さらに戦場におけるフランク、マイク、スタッフの三人組とジョージア出身の貧乏白人レッドの友情は、朝鮮戦争が一九四八年に軍の人種統合を布告する大統領令が出された後の最初の戦争であることを示唆している。こうした戦争表象は、アフリカ系アメリカ人としての視点から「忘れられた戦争」を語り直すモリスンの試みと言えるだろう。

こうした歴史に加えてこの戦争についてモリスンが描くのは、フランクの記憶の中ですり替えられ忘れられた暴力と死である。フランクが自分の本来の姿と帰るべき居場所を見つけるためには、この記憶の中に封印された死を思い起こし、それと向き合わねばならない。スミスは、『ホーム』が、「他の多くのモリスン作品と同様に、歴史に記されなかった人々の視点からアメリカの過去の一時期を再度呼び起こし、語り直すことにかかわっている」作品であり、「記憶と忘却のもつ力を考察した小説である」と述べている（Smith 131）。哀悼を巡るフランクの戦時の記憶と忘却を劇化することで、『ホーム』のテクストはフランク個人の物語を描くと同時に、哀悼と排他的なナショナリズムの密接な関係を前景化してゆく。

幼馴染たちの壮絶で悲劇的な最後とともに、朝鮮戦争から帰還したフランクの心にトラウマとして残っているのは、彼が戦時中に殺してしまった韓国人少女の存在である。妹のシーを思わせるその少女を性的に搾取してしまったという羞恥心を隠すために、フランクはとっさに少女の頭を撃ち抜いてしまう。フランクは、「自分の中にあったなんて自分でもわからなかった場所に俺を連れて行ったあの子」を生かしておくことができなかったのだ（174）。フランクにとって、韓国人の少女の存在は、馬を見に行った日に偶然恐ろしい埋葬の場面に出くわし、おびえる妹を慰め蛇や白人の男たちから守った「英雄的で強くて善良な」フランクを帳消しにする存在なのだ（134）。そしてそのおぞましくて恥ずかしい記憶を、彼は戦死した幼馴染を悼むことによって、自らの記憶から消し去ろうとする。フランクは、「友達の死を悼むと誇らしく感じた。どんなにあいつらを好きだったか。死を悼む気持ちがとても深かったので、自分の恥を完全に覆い隠すことができた」と述べている（173）。友を悼むことで、フランクは羞恥心から逃れることができるのだ。

恥から解放してくれるだけでなく、戦友の死を悼む行為はフランクに「誇らしく」感じさせ、愛国的で英雄的な兵士としてのアイデンティティを与えてくれるものだ。フランクの叔父が戦死したときに、祖母レオノアが星条旗の半旗を掲げ哀悼のジェスチャーを示すことで瞬時に「愛国的な母親」の様相を手に入れたように、戦時の哀悼はフランクの犯罪者としての一面を隠し、愛国的な兵士へと生まれ変わらせる。戦友に対するフランクの哀悼と記憶のすり替えによってモリスンが劇化するのは、まさに戦時の哀悼による他者の抹殺と、愛国的な国民としてのアイデンティティ形成の間に働く力学である。

こうした問題は、ジュディス・バトラーが指摘するポスト九・一一のアメリカにおける対テロ戦争、さらにアカデミズムやジャーナリズムの世界を含めた自己検閲を伴う極端なナショナリズム的な転回の中で起こった「悲しみの階層化」と呼ばれる問題を想起させる。バトラーは次のように述べている。

ある種の悲しみが国家をあげて承認増幅される一方で、他の喪失は考えられることも、悲しまれることもないのはなぜだろうか？　ナショナルな鬱病状態がある種の否認をはらんだ喪として機能し、その原因として、アメリカ合衆国が殺してきた名前やイメージや物語の公的な場における表象の抹殺がある。自身が失ったものは、公的な哀悼をとおして、聖なるものとされ、それが国民構築の一環をなす。人命の喪失に悲しむべきものと、それに値しないものがあるのだ。どのような人間が哀悼されるべきで、どんな人間なら悲しみの対象になってはならないのか。その違いを決めるのはだれが人間の規範に入るのかという排除の力学であって、そうした観念が作り出され維持されることで、このような差異による人命の振り分けがなされているのだ。（Butler XIV–XV）

こう指摘したうえでバトラーは、自己の他者に対する傷つきやすさという観点から、ナショナリズムによる哀悼の占有を批判し、民主的な国際関係構築に向けてアメリカに姿なき他者を含めた喪の必要性を訴えている。

哀悼することで真実から逃げるフランクを変え、故郷発見の道へと至らせるのは、生まれる前に命を奪われた赤ん坊、さらには子供を生む能力を喪失した自分に対するシーの哀悼である。医師の実験によって子供が生めない体になったシーを、フランクは「泣かないで」といって慰めようとする（170）。そのようなフランクに対して、シーは悲しむことで真実に向き合おうとする。「どうして泣いちゃだめなの？　そうしたければ、みじめになったっていいのよ。無理してなかったことにしようとする必要なんかないわ。なかったことになんてするべきじゃないの。悲しいのは当然だし、自分が傷つくからって本当のことから隠れるつもりなんてないわ」（170）。

バトラーは喪について、「人が喪に服するのには、喪失によって自分が、たぶん永久に変わってしまったことを受け入れるときなのではないか。変化の結末のすべてを人はあらかじめ知ることができないのだが、おそらく喪は、ある変化を経るのに同意することと関係がある」と述べている（Butler 21）。声なき他者の存在を認め、その死を悼み、その喪失による変化を受け入れるシーの哀悼こそ、フランクの故郷発見の鍵であり、ポスト九・一一のアメリカ社会に蔓延する排他的でナショナリスティックな哀悼へのオルタナティブとして、この作品においてモリスンが提示するものである。悲しむことで事実と向き合い、変化を受け入れている妹の姿を目の当たりにすることによって、フランクは韓国で少女を殺した過去に向き合うことができるのだ。

シーの哀悼は、フランクを記憶の奥底にしまわれたもう一つの死への哀悼へと向かわせる。幼いころ馬を見に出かけたフランクとシーは、人種差別がもたらす暴力によって殺された男が乱暴に埋葬される場面を目撃する。その後フランクの記憶の中でこの埋葬の記憶は忘れ去られ、その時みた美しい馬と兄として妹を守ったという記憶だけが残る。しかし物語の最後でフランクは、再びこの死と向き合いシーとともに男を丁寧に埋葬し直すことで、ようやく故郷発見の途へと向かうのだ。モリスンはここで、グローバルなレベルの声なき他者への哀悼の問題をローカルなそれと交差させながら提示しているのである。

『ホーム』の最後では、「声なき他者」を悼んだフランクの故郷発見と再生が示唆されている。一方で『ホーム』のテクストは、フランクの変化は示唆するものの、その具体的な形は示さないオープンエンディングの形で終わっている。こうしたアンダーステートメントはこの小説の短さと合わせて、批評家に否定的に見られがちである。(7) しかしこのオープンエンディングは、黒人教会や音楽におけるコールアンドリスポンスのように、小説に読者の参加を求めるモリスンからの問いかけともとれるのではないか。『ホーム』のテクストは、「声／姿なき他者」への哀悼の向こうにある、アメリカ自身が故郷となり、同時に故郷を見出しうるまだ見ぬ世界とはいかなるものかについて、読者に問いかけているともいえる。一九八八年に書かれたエッセイのなかで、モリスンは「芸術は取り返しがつかないほど美しく、申し分なく政治的なもの」であると述べている（"Rootedness" 64）。『ホーム』は一九五〇年代の歴史を描きながら、芸術を通じて現代の社会にコミットし続けるモリスンの姿勢が貫かれている作品といえよう。

さらに、『ホーム』は、ノーベル賞受賞後、より顕著になるモリスンの世界に向けた眼差しを示す作品だといえる。『ヴァニティ』誌に掲載された九・一一の死者に対する追悼文において、モリスンは死者たちに対して、「アジア、アフリカ、ヨーロッパ、南北アメリカ、オーストラリアという地球上のあらゆる大陸で生まれた先祖らの子たち」と呼びかけている（"The Dead" 153）。また二〇〇六年には、ルーブル美術館が主催し様々な国籍の様々なジャンルの芸術家が参加した『よそ者たちの家／

故郷』エキシビションにおいて、キュレーターを務めている。『ホーム』は、故郷喪失の問題をグローバルなレベルで多様性の中でとらえようとする近年のモリスンの関心を示している。それと同時に、アメリカ代表する作家として、国際社会の中でアメリカの在り方を模索するという、ノーベル賞作家トニ・モリスンに課せられた課題をも示しているといえよう。

おわりに

モリスンは、フォークナーの「執筆において目をそらすことを拒む姿勢」こそ作家として称賛すべき点だと述べている（"Faulkner and Women" 297）。『寓話』と『ホーム』における戦争と哀悼の表象は、アメリカの過去を奥底まで凝視しようというフォークナーとモリスンという二人の作家の姿勢を表している。

同時にこの二つのテクストは、ノーベル賞受賞によって国家を代表する芸術家となり、時に国家という重圧を背負いつつ、そこから目をそらすことも逃げることもせずに、アメリカの在り方を模索した二人の作家とその真摯な姿勢を表しているといえるだろう。

【注】

（1）フォークナーとモリスンの作品に共通して見られる個人の過去、個人の歴史意識への関心については、平石貴樹一五三－一七一参照。

（2）Polk 二四二―二七二頁、Kodat 八二―九七頁参照。
（3）『寓話』の出版直後からフォークナーは、冷戦構造のなかでアメリカの民主主義を広める文化人として各国特に第三世界を回りながら、植民地主義のもたらす矛盾について理解を深めていったと言われている。マシューズは、冷戦とその根底にある植民地主義についての理解の深まりによって、五〇年代のフォークナーが、世界情勢への関心と南部人的視点を併せ持つ「双眼鏡的視点」を手に入れたと指摘する。Matthews 二六六頁を参照。
（4）Brocks 参照。
（5）シーの体を使った優生学実験は、『エル』誌でのモリスンのインタビューに呼応する。五〇年代という時代ついて、モリスンは次のように答えている。
「私たちは五〇年代を戦後のドリス・デイ的時代と結び付けて考えますが、実はそんな時代ではなかったのです。警察行動と呼ばれ、戦争とさえ呼ばれなかった朝鮮戦争で四万人のアメリカ人兵士が亡くなり、マッカーシーによる聴聞会が開かれ、黒人女性を犠牲にして行われた優生学実験や黒人男性に対する梅毒裁判などたくさんの医療アパルトヘイトが行われました。人種問題という意味では、五〇年代は非常に暴力的な時代でした。エメット・ティルが殺されたのは一九五五年のことです。同じような事件がたくさんありました。六〇年代と七〇年代の種がこの時代にすでに蒔かれていたのです。」Shea 参照。
（6）Meisel 参照。
（7）例として The Guardian の書評 "Home by Toni Morrison", Telegraph の書評 "Home by Toni Morrison" などがあげられる。

【引用文献】

Bhabha, Homi K. *The Location of Culture*. 1994. New York: Routledge, 2004.
Blotner, Joseph, eds. *Selected Letters of William Faulkner*. New York: Random House, 1977.

Brocks,Emma."I Want To Feel What I Feel,Even If Its Not Happiness" *The Gardian* 13 2012.Web.20 February 2014.

Butler, Judith. *Precariousness Life: The Powers of Mourning and Violence*. New York:Verso, 2004.

Churchwell,Sarah."Home By Toni Morrison! Does Toni Morrison's Latest Novel Stand Up To Her Best?"*The Gardian*, 27 April 2012. Web20 February 2014.

Daniel,Lucy."Home By Toni Morrison" *The Telegraph*, 24 May 2012.Web.20 February 2014.

Denard, Carolyn C. ed. Toni Morrison: *What Moves at the Margin Selected Nonfiction*. Jackson: UP of Mississippi, 2008.

Faulkner, William. *Faulkner : Novels 1942-1950*. The Library of Americal, 1994.

Fowler, Dreen and Ann J. Abadie, eds. *Faulkner and Women, Faulkner and Yoknapatawpha 1985*. Jackson: UP of Mississippi, 1986.

Hagood, Taylor. Faulkner's *Imperialism: Space, Place, and the Materiality of Myth*. Baton Rouge: Louisiana State UP, 2008.

Hamblin, Robert W. and Ann J. Abadie. *Faulkner in the Twenty-First Century.* Jackson: UP of Mississippi, 2003.

Kodat, Catherine Gunter. "Writing A Fable for America" Urgo and Abadie. *Faulkner in America.* 82-97.

Ladd, Babara. "Faulkner, Glissant, and Creole" Hamblin and Abadie eds. *Faulkner in the Twenty-First Century* .

Matthews, John T. William *Faulkner: Seeing Through the South*. Chichester: JohnWiley & Sons. Ltd, 2009.

Meisel,Abigail."Words and War: Toni Morrison at West Point" *The New York Times*, 22 March 2013. Web.20 February 2014.

Morrison, Toni. "Faulkner and Women" Fowler and Abadie, *Faulkner and Women*.295-302.

—, *Home.* New York: Large Print Random House, 2012.

—, "Home." *The House That Race Built*. Ed. Wahneema Lubiano.New York: Vintage, 1998. 3-12.

—, *Paradise.* 1997. New York: Penguin, 1999.

—, "Rootedness: The Ancestor as Foundation" Denard, Carolyn C. ed. *Toni Morrison: What Moves at the Margin*

Selected Nonfiction. Jackson: UP of Mississippi, 2008.
——, "The Dead of September 11" Denard, Carolyn C. ed. *Toni Morrison: What Moves at the Margin Selected Nonfiction.* Jackson: UP of Mississippi, 2008.
Polk, Noel. *Children of the Dark House* : Text and Context in Faulkner. Jackson: University Press of Mississippi, 1996.
Schreiber, Evelyn Jaffe. *Race, Trauma, and Home.* Baton Rouge: Louisiana State UP, 2010.
Smith, Valerie. *Toni Morrison: Writhing the Moral Imagination.* Chichester:Wiley-Blackwell,2012.
Shea, Lisa. "Toni Morrison on Home" *Elle.*17 May 2012.Web.20 February 2014.
Urgo, Joseph R . and Ann J. Abadie, eds. Faulkner in America. Jackson: UP of Mississippi, 2001.
金澤哲『フォークナーの『寓話』無名兵士の遺したもの』アポロン社、二〇〇七年。
ハルバースタム・デイヴィッド『ザ・フィフティーズ（上下）』金子宣子訳、新潮社、一九九七年。
——,『ザ・コールデスト・ウインター　朝鮮戦争（上下）』山田耕介・山田侑平訳　文芸春秋、二〇〇九年。
平石貴樹『小説における作者のふるまい――フォークナー的方法の研究』松柏社、二〇〇三年。

アイデンティティと階級の相克を越えて
――チャンネ・リーの『ネイティヴ・スピーカー』はネオリベラル小説か

村山　瑞穂

アイデンティティと階級

一九九五年、若干二十八歳のチャンネ・リーは『ネイティヴ・スピーカー』により、アメリカ小説に斬新な声を響かせる若手作家として鮮烈なデビューを果たした。その後も着実に書き続け、日本でも、海外の小説、ノンフィクションを紹介するシリーズで取り上げられ、第二作目、三作目の小説が、それぞれ『最後の部屋で』、『空高く』というタイトルで翻訳されている。リーはその後も『降伏せし者』を世に問い、健筆ぶりを示しているが、これまでのところ、一番よく読まれ、議論されている小説は第一作目の『ネイティヴ・スピーカー』である。

チャンネ・リーは韓国系アメリカ人の「一・五」世代にあたる。つまり、「新移民法が発効した七〇年代以降に米国に移り住んできたコリア系新移民のうち、幼児として親に連れられてきた後、九〇年代に成人となった」（小林、八六）世代である。あるインタビューに応えて、彼自身は「アジア系アメリカ人作家だと規定はしないが、アジア系アメリカ人の経験をインスピレーションにしてきた」と述べているように、アジア系アメリカ人、とくに韓国系アメリカ人としての経験が、濃淡の差はあれ、彼のどの小説にも反映されている。なかでも三十代半ばの韓国系アメリカ人一・五世代の男性を語り手とする『ネイティヴ・スピーカー』は、それが最も直裁にあらわれている小説といえる。

二〇一一年出版の『ケンブリッジ版アメリカ文学史・小説編』には『ネイティヴ・スピーカー』に言及したウォルター・ベン・マイケルズの論考が収められている。「モデル・マイノリティとマイノリティ・モデル――ネオリベラル小説」と題された論評は、アイデンティティの問題を前景化することによって階級の問題を隠蔽し、結果的に貧富の差を増大させたネオリベラリズムに加担する小説の典型として『ネイティヴ・スピーカー』を批判している。マイケルズは同様の理由で批判されるべき小説としてトニ・モリスンの『ビラヴド』、レスリー・マーモン・シルコーの『死者の暦』、デメトリア・マルチネズの『母語』、バラティ・ムカジの『ミドルマン』などを挙げている。

マイノリティのアイデンティティを問題化することが階級問題の隠蔽に繋がるというマイケルズの批判は「階級闘争か、ポストモダニズムか？　ええ、いただきます！」で展開されるスラヴォイ・ジジェクの主張を反復するものでもあるが、それに対してエルネスト・ラクラウが次のように応答している。

彼は階級闘争とポストモダニズムをきっぱりと対立させ、この対立を中心に言説を構成している――前者は生産関係と、より一般的には資本主義に関わり、後者は現代政治におけるさまざまなマイノリティ認知に関係している。タイトルの「ええ、いただきます！」にもかかわらず、ジジェクは明らかに後者に対して批判的で、ポストモダニズムは愚かにも階級闘争を捨て去っていると考えている。私の答えの基本テーゼは次の二つ。まず第一にジジェクと違って、わたしはこの二種類の闘争が異なるものだとは思わない。第二に、ジジェクの言説の中心にある存在――階級、階級闘争、資本主義――は、およそ厳密な意味を欠いたフェティッシュという感が強い。（二六九）

ここでのラクラウのジジェク批判は、マイケルズの論考の基本姿勢に対しても当てはまるだろう。マイケルズは、『ネイティヴ・スピーカー』が「黄色人（yellow）であること、アメリカ人であること」の意味、つまり主人公にして語り手であるアジア系アメリカ人の「文化的位置取り」を問題にするばかりで、彼が纏う経済的豊かさ、「経済的位置取り」に全く関心を払っていないと難論する。その場合、奇妙なことに、マイケルズはアイデンティティを人種にのみに限定して論じている。しかし、彼が批判するポストモダン期を席巻するマイノリティ文学の特徴は、アイデンティティの構成要素を人種だけでなく、ジェンダー、セクシャリティ等の多様な差異の複合体ととらえ、さらにそこに階級という項目も含み、それらの複雑な相関関係を描き出していることだ。逆に言えば、これらの小説に階級のみに特化した議論を期待することは、階級闘争をフェティッシュ化する時代錯誤にも思える。

『ネイティヴ・スピーカー』に、人種的アイデンティティだけでなく階級の問題を読み込むことは可能である。そしてそれらは、ジェンダーやセクシュアリティの問題とも深く結びついている。本論では、マイケルズの論考に批判的に応答する形で、『ネイティヴ・スピーカー』を再読する。(1)一九九〇年代中期のニューヨークを中心に据えた小説を、アイデンティティに固執して階級を隠蔽し、経済的不平等を拡大させたネオリベラル小説としてではなく、当時も猛威を振るうネオリベラリズムがもたらす弊害を意識しつつ、対抗姿勢を示す反ネオリベラル小説として読み解いてみたい。

ヘンリー・パーク——自己批判するモデル・マイノリティ

『ネイティヴ・スピーカー』はすでに述べたように、一・五世代の韓国系アメリカ人男性を語り手とし、彼の視点を中心に展開する物語である。その冒頭、韓国系アメリカ人ヘンリー・パークは試し別居中の白人アメリカ人の妻リーリアの旅立ちを飛行場で見送る際、彼女からあるメモを手渡される。そこには「あなたはこそこそしている」に始まり、「人生の評価はB＋」、「不法在留外人」、「感情のない外人」、「異人」、「ベッドでは最高」、「追随者」、「反逆者」、「父ちゃんのお気に入り」、「イエロー・ペリル」、「新アメリカ人」など一七におよぶ項目がリストアップされていた(5)。マイケルズが指摘するように、これらの多くはアジア系アメリカ人男性への人種的偏見を表す「侮蔑語」ととれる(1017)。しかし、「ベッドでは最高」、「反逆者」といった表現は、性的魅力に欠ける従順なアジア系アメリカ人男性という従来のステレオタイプとは異なるものである。また、ここには物語上の真実も含まれている。例えば、リストの最後を締めくくる言葉「スパイ」とは、アジア系アメリカ人への不信感と偏見を露にする表現だが、実はヘンリーが妻には秘密にしてきた彼自身の職業でもある。これらの言葉は、夫に不信感を募らせた妻が彼を人種的に他者化し、投げつけている侮蔑語というだけではない。何よりヘンリー自身がこれらを身にまとい演じて生きてきたのだ。『ネイティヴ・スピーカー』は、スパイ小説の形式をパロディ的に使用している。本当の身分を隠して仕事をするスパイは、主流社会への同化を余儀なくされるアウトサイダーとしてのマイノリティのメタファーでもある。リストを手渡されたことをきっかけにヘンリーは、この後、あらためて自分自身のアイデンティティ探しを始めることになる。

ヘンリーは自らの過去を内省的に語り出す。しかし、小説は単純な自己探求の物語には収束しない。回想とともに、ヘンリーは依然スパイとして働き続ける日々を同時並行的に語っていく。ヘンリーが働くグリマー社とは、一九七〇年代半ばに設立された諜報会社である。社員は様々な人種で構成されており、「依頼人は多国籍企業、外国の政府事務局、資産とコネを持つ個人」であり、「彼らの既得権に反して動く人々についての情報を提供している」(18)。グローバル化が加速するなか、ネオリベラリズムへの転換期に立ち上がり、その勃興に乗じて利益を上げてきた会社である。エリート大学を卒業後、韓国系アメリカ人であることを買われてリクルートされ、高給の仕事を続けてきたヘンリー・パークは、マイケルズが指摘するように、アメリカのネオリベラリズムの流れに乗って成功したモデル・マイノリティであり、そこに階級問題が入り込む余地はなさそうにみえる。

モデル・マイノリティとは自助努力で成功を収めたアジア系アメリカ人を人種的マイノリティの「モデル(模範)」として称揚するネオリベラリズムとも親和的な言説である。マイケルズは、これを制度化された人種差別に意義を唱えるアフリカ系アメリカ人への牽制を込めて主流社会が作り上げた「神話」とみなすフランク・H・ウーらアジア系アメリカ研究者の考えを否定し、これこそが白人に同化し、中産階級の位置を確保したアジア系アメリカ人の実態であり、『ネイティヴ・スピーカー』

はまさにそれを描いている小説だと主張する。しかし、物語の流れとして重要な点は、最終的にヘンリーはグリマー社のスパイの仕事を辞めてしまうことだ。彼がモデル・マイノリティ的生き方から降りることに意味がある。ヘンリーは、アメリカ社会で文化的立ち位置を模索する韓国系アメリカ人の苦悩を語るだけではなく、アメリカ社会のなかでモデル・マイノリティとして生きる韓国系アメリカ人の文化・階級的位置取りを自己批判する二重の身ぶりを示しているのである。この複雑に擬装する主体をティナ・チェンは「二重スパイ」(double agency)と呼んでいる。

ヘンリーがスパイを辞める直接的契機となる事件も見逃せない。ヘンリーはニューヨーク市長選に立候補した市議会議員、韓国系アメリカ人ジョン・クワンの情報を探る任務を負い、ボランティア・スタッフとして彼の選挙事務所に送り込まれる。選挙戦は、クワンが移民や人種的マイノリティの支持を得て、現職の白人市長デ・ルースに挑む構図になっている。その過程で、クワンの選挙事務所が爆破され、貧しいながらも優秀なインターンのドミニカ出身の青年、エデュアルド・フェルミンとその場に居合わせた掃除婦が犠牲になる。クワンは、韓国人移民が始めた互助的金融クラブを他人種の不法移民にも広め、秘密裏に運営していたが、信頼していたエデュアルドがこの情報を漏らそうとしていると知り、裏から手をまわしてこれを阻もうとしたのだった。事件後、罪の意識から酒と女に溺れるクワンは、飲酒運転の末、同乗していたバー・ホステス、未成年の韓国人不法移民を死なせてしまう。このスキャンダルによってクワンは選挙戦から脱落し、韓国に強制送還される。一方、マネークラブの名簿はヘンリーと同僚によってグリマー社に、さらには移民管理局に渡り、会員だった不法移民が逮捕される事態となる。エデュアルドがデ・ルースの回し者だったのか、彼もまたグリマーに雇われていたのか判然としないが、少なくともネオリベラル陣営と通じていたことになる。

一九九〇年代中期のニューヨークをリアルかつ詩的、寓話的に描き出す小説のなかで、グリマーの経営者、デニス・ホグラムがルドルフ・ジュリアーノのサイン入り写真を所有していることが冗談めかしてさりげなく言及される(32)。リアム・コーリーが指摘するように、ここにホグラムのジュリアーノとの結びつきを読むこともできる。一九九四年からニューヨーク市長として犯罪の撲滅、市の観光都市化に強権をふるったジュリアーノがネオリベラリズム改革を断行したことは間違いない。小説では現職市長はその名前からオランダ系と思われるデ・ルースに設定されているのだが、グリマーと通じ、不法移民を取り締まるルースは、ジュリアーノを彷彿とさせる。

ヘンリーは、韓国人移民ながら父とは異なる公共性やカリスマを持ち、弱者に寄り添う政治を掲げるクワンに内心魅かれてもいたが、クワンは失脚し、ヘンリー自身も自ら意図したわけではないが、結果的に不法移民の検挙に手を貸すことになる。このように、小説におけるジョン・クワンの選挙運動にまつわる顛末は、ネオリベラリズムが跋扈する陰惨な政治情況を皮肉たっぷりに描き出している。

この仕事を最後に、ヘンリーはスパイを辞め、小説のエンディングでは、スピーチセラピストである妻の助手として、移民の子供たちに向き合うヘンリーが描写される。それ以前に、ネオリベラリズムの一翼を担うスパイ業から足を洗うことを考え始めるヘンリーの意識の転換点は、妻との関係修復と重なっている。再び生活を共にするようになった二人は、ある晩、テレビから流れるニュースによってクワンの選挙事務所爆破事件を知る。そのニュースの直前に報道される二つの事件もリアルであると同時に象徴的である。それは、ニューヨークで多発するタクシードライバー(その多くがアジアや南アメリカからの移民）を襲う強盗殺人事件であり、中国人不法移民を乗せた船がニューヨーク湾で座礁し、多くが逮捕されたというニュースである。後者のニュースは、一九九三年六月に実際に起きた貨物船「ゴールデン・ヴェンチャー号」の事件をモデルにしている。移民たちの惨事の源には、経済改革開放路線に舵を切った中国をはじめ、グローバル化と同時に世界規模で進行するネオリベラリズムの流れがある。これらのニュースは、マイケルズの主張とは異なり、アメリカの国内外で下層階級がいちじるしく人種化されていく現実を映している。

タクシードライバー殺害の現場では、同業者の中にレポーターに対して自分たちの心配や怯えを代表して語ることができる人物がいない様子が映し出されていた。彼らはアメリカにやって来たばかりの「ラトビア人、ジャマイカ人、パキスタン人、モン族」であった。そして彼らが共通してバックミラーに下げている祖国からの飾りには、「彼らの小さな子どもたちのぼやけたスナップショット」が含まれていた（246）。貧しい移民の子供たちに発話を教えることは、彼・彼女らにアメリカで生きるための力を与えることでもある。移民の子供に寄り添って生きようとするヘンリーとリーリアは、クワンが掲げた反ネオリベラリスト的政治理念を受け継いでいる。

二人が仕事に取り組む場面を描く小説のエンディングに関して、リーリアに従い、子供たちの言語を訓化、矯正するヘンリーは白人に同化するモデル・マイノリティに留まっている、とする解釈もある。しかし、これはマイケルズ同様、白人とアジア人を対抗的にとらえ、人種のみを問題化する読みではないだろうか。そうした読みを修正するためには、小説に組み込まれているジェンダーとセクシュアリティについての議論が不可欠になるだろう。これまでヘンリーを中心とするスパイ物語の枠組みから人種と階級の関係をみてきたが、小説は押し並べて彼の物語を語るわけではない。ヘンリーの妻、リーリアは「リー」という愛称を持ち、ヘンリー以上に作家のチャンネ・リーを投影している（Corley 70, Moraru 88）とも指摘されるように、小説はリーリアについても物語る。次に、人種、階級にジェンダーとセクシュアリティの視点を加え、ヘンリーとリーリアの関係性、およびリーリアの造形に焦点を当てて考えてみたい。

リーリア——新しい発話言語の可能性

ヘンリーがスパイを辞めるに至る物語が彼と妻との関係修復の過程と重なっていることはすでに述べた。小説において、スパイ物語に劣らず重要なもう一つの物語の枠組みは、異人種のカップル、ヘンリーとリーリアの結婚をめぐる物語である。この物語の基点を作っているのは六歳になる二人の息子ミットの死である。ヘンリーとリーリアの不和は、実は息子の死がきっかけとなっている。ヘンリーの回想では、小さな果物屋から始め、チェーンのスーパーマーケットを経営するほどに成功した移民の父の話、父を支えながら若くして病死した母の思い出も語られる。苦労して築き上げた父の富の上に高い教育を受け、上中流階級の白人女性と結婚し、高収入の仕事を持つヘンリーは、アメリカのエリート階層への参入を確固たるものにしているように見える。しかし、彼は、その富を受け継ぐはずの息子ミットを幼くして失ってしまう。

ミットの死に至る事件は、ヘンリーの父親がアメリカ中産階級参入の証としてニューヨーク郊外の高級住宅地に所有する家の庭で起こる。家族は週末や休みに、恵まれた自然環境がミットのためにもなると、たびたびこの家を訪れていた。ミットもその場所を気に入っていたが、白人住居者が多くを占める住宅地で、遊び仲間に「雑種、野良、混血、バナナ、ホモ」（103）と呼ばれていじめを受け、ヘンリーと父が子供の家に抗議に出向くことがあった。その後も、ミットはたくましく友達と遊び続けるが、事件は起きる。彼は子供たちが互いに馬乗りになって遊んでいる最中に、押しつぶされて息絶える。

マイケルズは、七〇年代に流入したアジア系移民が、従来の移民とは異なり、新移民法が優先して入国を認めた中産階級に属する人々であることを指摘し、中産階級出身のアジア系新移民がアメリカの中産階級に参入することは容易であり、これがネオリベラリズムによる経済格差をもたらす一因になったと論じ、小説がそうした側面を無自覚に描いているかのように批判する。(2) 産業構造の変化に対応する移民政策がネオリベラリズムの動きと共振していることは否定できない。しかし、小説は、混血の息子ミットの死という象徴的な事件によって、アジア系新移民の中産階級参入にまつわる影の側面を描いている点に注目すべきだ。

マイケルズはまた、ヘンリーが白人のリーリアと結婚が可能になったのは、二人の階級の同属性によるものだとする。確かに「ボズウェル」という名字が示すように、彼女はアングロサクソン系の資産家の一人娘である。リーリアの父がヘンリーへの人種的偏見を克服して彼を彼女の夫として受け入れているのは、ヘンリーが成功したビジネスマンの息子であり、将来有望と見込んでいるからである。また、ヘンリーの父がリーリアを受け入れたのも、彼女が白人上中産階級に属する血筋正しい女性とみているからである。しかし、父親たちが重視する階級の維持と継承が、彼らの唯一の孫であるミットの死によって頓挫するのである。階級維持が、男たちの絆によってジェンダー化されている点は注目に値する。浮気もするが、金の心配をさせず妻を守るのが男の甲斐性という仕事上の先輩、007ばりの危険をくぐりぬけた経験も持つとされる家父長的ギリシア人、ジャック・カランザコスとの交友関係をはじめとして、「お父ちゃんのお気に入り」とされるヘンリーは男たちの絆に絡めとられているようにみえる。一方、リーリアにとってこの階級的位置取りがどれだけの意味が持つのかは疑問だ。

彼女は、階級維持を至上価値とするお嬢様ではない。しかも、その家庭は両親の不和によってすでに崩壊している。離婚した二人それぞれと行き来のあるリーリアによって、かろうじて三人の関係は成立している。公民権運動、フェミニズムの時代を経て、スピーチセラピストとして自立するリーリアは、白人エリート階級のいわばドロップアウトであり、ネオリベラリストが目の敵とみなすリベラルな知識階層に属している。ヘンリーとリーリアが最初に出会う場所は、ニューヨークではなく、テキサス州、メキシコとの国境に位置するエルパソである。ヘンリーは仕事でたまたまその地を訪れ、大学で同窓だったアーティストの男性に偶然出会い、招かれたパーティで彼女を知る。彼女は、その地の貧窮救済局で働き、メキシコやアジアからの不法移民を多く含む生活困窮者に食糧を配り、英語を教えている、という。彼女はインドの民族衣装サリーに似たシンプルなドレスを身につけており、二人はスペイン語と英語が混じり合って聞こえる夜の公園で初めてキスを交わす。このエルパソに設定された出会いの場面は、リーリアの文化的アイデンティティの位置取りがさまざまなアイデンティティが交錯する境界線上にあることを強調する。

アイデンティティの境界をまたぐリーリアのあり様は、セクシャリティに関してもいえる。ミットの事故死はヘンリーの実家のあるニューヨーク郊外の住宅地で起こったが、結婚後、そしてミットが生まれた後も、二人が住んでいたのはリーリアがおじのスティーヴから相続したアパートだった。「彼女を愛し、一人で生き、エイズで死んだ」(24)スティーヴがゲイであった可能性を否定できない。アメリカネオリベラリストの筆頭、レーガン政権のもとで、同性愛嫌悪からエイズ対策が遅れ、多くのゲイの命が奪われた。そしてその余波は九〇年代にまで持ち越された。おじとリーリアの親密さは、リーリアのクィアネスとの近さを感じさせる。アパートの暗い大きな浴槽で、キャンドルを点し二人が入浴する情景は、スティーヴを追悼するようでもある。

階級とジェンダーの権力構造で結びつく男たちの絆から外れたリーリアをより象徴的に示すエピソードがある。それは、ヘンリーの母が他界した後、父が息子と自分の世話をするために韓国から呼び寄せた家政婦についてものである。彼女は食事を作り、身の回りの世話をするだけで、ヘンリーと言葉さえ交わすことがない。ヘンリーの父に連れられて車で買い物に出る以外、普段はほとんど家から出ず、時々、自分の部屋で韓国語の歌を口ずさんだりする以外は、存在の気配さえ消している。祖国の誰かと連絡をとるでもなく、全く孤立しており、しかもそれを憂える様子さえない。ヘンリーは彼女を理解不能で非人間的な究極の他者、「一種のゾンビ」(62)とさえ見なすが、最終的に、「彼女が若い時、何かひどく恐ろしい事、名づけることもできない苦痛、残虐な何事かが起こり、悪意に満ちた男が恐怖と悲しみを教え、彼女はそのために自分の人生と家族から離れざるをえなかった」(66)

のでは、と想像する。

リーリアはある日彼女の存在に気づき、ヘンリーに説明を求める。韓国語で年上の年配女性を意味する「アジュマ（おばさん）」と呼んでいるが、本当の名前もわからないという彼の説明に顎然とする。彼女に近づこうとするが、相手にされず、意思の疎通に失敗し、泣いて腫れあがった目をした頬骨の高いリーリアは「ある種のロシア人のように、ほとんどアジア人に見える」。ここで彼女は、韓国人家政婦が「見捨てられた女の子」だと見抜く。なぜなら彼女自身、いがみ合う両親のもとで育った「見捨てられた女の子」だからではないだろうか（73）。このエピソードは、同じ人種においてもジェンダー・階級による抑圧関係が存在することを示すとともに、ジェンダーを軸に人種と階級の壁を超えて共感を分かつことの困難と可能性を同時に孕んでいる。

しかし、リーリアがすべての偏見から解放された人物として描かれているわけではない。息子ミットの死は、彼女を苦しめる。悲しみの感情を表にしないヘンリーにつめより、二人が対峙する場面は、息子の死に二人が最も深く向き合い、内面をさらけ出す場面である。小説で初めてヘンリーがリーリアを「リー」と愛称で呼ぶのもこの場面である。このとき、これは「ひどい事故だった」と言いよどむヘンリーに対し、リーリアはそもそも二人の結婚が過ちだったのでは、そして「ミットが白人同士の、または黄色人同士の子供だったら」（129）、と考えざるをえないと訴える。それは、アメリカ社会の、そして彼女自身の意識の深層に巣くって消えることのない人種差別の残響でもあるだろう。泣きながら寝入ったリーリアの傍らに添い寝し、ヘンリーは「彼女の心を読むかのように」その姿を見つめる。後日、二人の和解が成立するのは、ヘンリーの父の家でミットが夏の間使っていた部屋の彼の小さなベッドの上である。お互いの体を押し合うような二人の激しい性交は、ミットの死の場面を想起させる。その時、子どもたちが「犬の押し競饅頭（dog piles）」と呼んだ遊びにも似て、二人は「尾を振り、舌を出し、疲れた目をした寂しい老犬のように」（230）繋がり合う。この時点で、二人はミットの死を事故死として乗り越えたのではなく、過去から綿々と続く人種差別の歴史に続く現実として受け入れたことによって再び結ばれたのである。

次の章で、リーリアはおじのアパートに戻り、再び二人で住み始め、彼女は中断していたスピーチセラピストの仕事を再開したことが語られる。ここからヘンリーの語りは過去形から現在形へと時制を変える。本論の前章で説明したように、その後クワンの選挙事務所爆破事件が起こり、ヘンリーがスパイを辞める。エンディングのスピーチセラピーの教室の場面では、リーリアが「外国語話者」である貧しい移民の子供たちに「彼女の最も優しく、変てこな（queerest）声でほら話（tall tale）」を読む。白人女性がその言語を「からかってる」（horsing）ところを見せ、怖がることは何もなく、それを「めちゃくちゃにしてもいい」のだとわからせるために（349）。

ここで西部の荒くれ男のようにクイアに言語を発話するリーリアの描写は、ジェンダー、階級、セクシュアリティを撹乱する彼女のアイデンティティの混淆性を示している。そして再び、二人の出会いの場所、西の国境の町エルパソを思い出させる。そもそもヘンリーがリーリアに魅かれた理由は、彼女の顔、身のこなし、体型や匂いとともに彼女の話し方にあった。彼は「彼女が本当に話すことができる」と気づき、次のようにいう。

最初、僕は彼女が非常に正しい話し方をすると思ったが、すぐに彼女はその言語をただ演じているのだと気づいた。彼女は言葉から言葉へ進んだ。すべての文字が境界を持っていた。僕は彼女の広くふくよかな口が、文を奏でその間を颯爽と歩むのを見ていた。それは、光が完全に退いたスポットライトや照明のスイッチを入れながら、暗い部屋を旅する人影のようだった。(10-11)

英語の母語話者を意味する『ネイティヴ・スピーカー』という題名に始まり、小説の語りには言語についての比喩的表現が実に巧みに散りばめられている。右の引用の難解な詩的表現によるリーリアの発話についての描写であらためて気づくのは、ここで彼女の発話の正当性が明示されているわけではない、ということだ。その後の会話のなかで、ヘンリーは彼女によって「ネイティヴ・スピーカー」ではないと見抜かれる。彼に彼女の名前(アジア人には難しい発音とされるℓ音を多く含む)を発話させ、彼がシラブルを注意深く取りこんでいる、からだという。それに対し、ヘンリーはリーリアもそうだ、と答える。すると彼女は、自分は"standard-bearer"であり、スピーチセラピストなのだから、と説明する。これまで小説のほとんどの読みは、ハイフンの入ったこの言葉を「標準を纏う者」と解釈し、リーリアの言語話者としての正当性を前提に議論している。しかし、先の引用では、彼女が「正しく(proper)」発話しているのではないこと、彼女がその言語を「演じている(executing)」ことが示されている。それは、彼女と言語との結びつきが、「生来的(native)」なものではない可能性を暗示していないだろうか。"standardbearer"という単語は、もともと「旗手」、「旗頭」という意味だ。むしろ彼女が発話するパフォーマティヴな言語は、彼女に言語話者の一団を率いる「旗手」の役割を与えるもので、彼女は傷ついた発話言語を修復する「セラピスト」であると考えることもできる。

マイケルズをはじめその他の批評家の論考と同様に、本論でも、これまでリーリアの白人アメリカ人としての人種的アイデンティティを自明のものと考えてきたが、今やそれさえも疑うべきかもしれない。両親（スチュアートとアリス）やおじ（スティーヴ）がゲルマン系の名前を持つのに、なぜか彼女だけがリーリアというラテン系の名前を持つ。両親の不和の主な原因が父の浮気症であると考えれば、彼女が父とラテン系の恋人、例えばメキシコ人との間に生まれた子供だったと想像することもできなくはない。国境の町エルパソの"paso"は英語で"passing"の意味も持つ。肌の色が人種的アイデンティティをあらわすとは限らないのだ。また、出自だけで正当な言語話者が育つわけではない。言葉で互いをひどく傷つけ合う両親の間で「見捨てられた女の子」、幼いリーリアがいったいどんな「正しい」発話言語を身につけることができただろうか。人種を含めた出自と言語の結びつきの自明性そのものを問いかけるリーリアの存在は、ヘンリーが最初に見抜いたように「謎（mystery）」（10）である。韓国語を母語とする両親の間に育ち、英語の発話を厳しく矯正されたトラウマを持つヘンリーは、お互いがいわゆる「ネイティヴ・スピーカー」ではないことを、出会いのときから見抜いていたのだ。

物語は、ヘンリーがミットと同じ大きさ、同じ重さの子供たちを抱き上げ、リーリアが移民の子供たちの異なる言語からなる名前を「細心の注意を払って、できるだけ上手に」発話し、呼び上げるシーンで終わる。そのとき、それらの名前は「彼ら」ではなく、「私たち」が何者であるかを示すものだ、と表現される（349）。それは二人が、貧しい移民の子供たちを、そして子供たちの名前の源である言語を他者化せず受け入れることを意味している。アイデンティティの差異をまたぎ、国境をまたぎ、階級横断的でもあるこの言語は、リーリアによって発話されなければならない。なぜなら、出自の最も不確かな、発話言語によって傷つけられてきた経験を持つ彼女こそが、その言語話者集団の「旗手」であり、「セラピスト」でもあるのだから。リーリアの発話する言語は、「抽象性を形式化することによって差異を消し去る」"white language"（Tsou, 585）ではない。

この小説のタイトル「ネイティヴ・スピーカー」とは誰なのか、という議論がある。ヘンリーなのか、リーリアなのか、それとも、作家のチャンネ・リーなのか。しかし、その答えは誰でもない、というべきだろう。小説は「ネイティヴ・スピーカー」という概念そのものを問いかけ、従来の意味の再考をうながしている。リーリアの発話する言語を何とよぶべきで、それはいかなる響きを持つのだろう。私たちはその発話言語を実際にまだ聞いてはいない。それは読者に、私たちの想像力にゆだねられている。

【注】

（1）本論は参考文献の村山の論考の一部と重なるが、新しい視点から論じ、大幅に加筆・修正を加えている。

（2）マイケルズは言及していないが、アジア系新移民流入の背景には米ソのイデオロギー対立の戦場となり、荒廃した祖国の状況があることを忘れるわけにはいかない。本小説を冷戦期からのアメリカ資本主義の問題と人種との関連から読む論考もある（Kim）。

【参考文献】

Corley, Liam. "'Just Another Ethnic Pol': Literary Citizenship in Chang-rae Lee's *Native Speaker*." Ed. Shirley Geok-lin

Lim, John Blair Gamber, Stephen Hong Sohn & Gina Valentino. *Transnational Asian American Literature: Sites and Transits.* Philadelphia: Temple University Press, 2006.pp.55-74.
Chen, Tina. "Impersonation and Other Disappearing Acts: The Double (d) Agent of Chang-rae Lee's *Native Speaker.*" *Double Agency: Acts of Impersonation in Asian American Literature and Culture*. Stanford University Press, 2005. pp.152-183.
"Chang-rae Lee, Writer on the Rise, Inspired by Questions of Belonging." Reuters New Service, November 1, 2000.
Kim, Jody. "From *Mee-gook* to Gook: The Cold War and Racialized Undocumented Capital in Chang-rae Lee's *Native Speaker*." MELUS, Vol. 34. November 1 (Spring 2009) pp. 117-137.
Kosy, Susan. "The Rise of the Asian American novel." Ed. Leonard Cassuto, Clare Virginia, & Benjamin Reiss. *The Cambridge History of the American Novel*. Cambridge University Press, 2011. pp.1046-1063.
Lee, Chang-rae. *A Gesture Life*. New York: Riverhead, 1999. (リー、チャンネ『最後の場所で』高橋茅香子訳、新潮社、二〇〇二年)
——. *Aloft*. New York: Riverhead, 2004. (リー、チャンネ『空高く』高橋茅香子訳、新潮社、二〇〇六年)
——. *Native Speaker*. New York: Riverhead, 1995.
——. The Surrendered . New York: Riverhead, 2010.
Moraru, Christian. "Speakers and Sleepers: Chang-rae Lee's *Native Speaker*, Whitman, and the Performance of Americanness." *College Literature*, 36.3, Summer 2009. pp. 66-91.
Michaels, Walter Benn. "Model minorities and the minority model—the neoliberal novel." *The Cambridge History of the American Novel.* pp.1016-1030.
——. *Our America: Nativism, Modernism, and Pluralism*. Duke University Press, 2007.
Sami, Ludwig. "Ethnicity as Cognitive Identity Private and Public Negotiations in Chang-rae Lee's Native Speaker." Journal of Asian American Studies. Vol. 10, Number 3, October 2007. pp. 221-242.

Tsou, Elda F. "'This Doesn't Mean What You'll Think': *Native Speaker*, Allegory, Race." *PMLA*. May 2013. Vol. 128 No. 3. pp. 575-589.

Wu, Frank H. *Yellow: Race in America Beyond Black and White*. New York: Basic, 2002.

小林富久子「コリア系アメリカ文学の流れ――断片化された記憶から紡がれる亡命者たちの語り」植木照代監修、山本秀行、村山瑞穂編『アジア系アメリカ文学を学ぶ人のために』世界思想社、二〇一一年、八五―一〇三頁。

ジジェク、スラヴォイ「階級闘争か、ポストモダニズムか？ ええ、いただきます！」ジュディス・バトラー、エルネスト・ラクラウ、スラヴォイ・ジジェク『偶発性・ヘゲモニー・普遍性――新しい対抗政治への対話』竹村和子、村山敏勝訳、青土社、二〇〇二年。一二三―一八二頁。

村山瑞穂「アジア系アメリカ文学にみる異人種間関係――「ポストエスニック」時代の異人種間結婚のテーマを中心に」『アジア系アメリカ文学を学ぶ人のために』三四〇―三五七頁。

ラクラウ、エルネスト「構造、歴史、政治」『偶発性・ヘゲモニー・普遍性――新しい対抗政治への対話』二四五―三四三頁。

第二部

映像と物語の可能性

映像の近代時間《モダン・タイムス》
――効率と映画の一考察

細谷　等

映画における「時計」の表象

アメリカン・ニューシネマの代表作であり、ロード・ムービーの決定版とも言える『イージー・ライダー』（*Easy Rider*, 1969）の冒頭、ピーター・フォンダ扮するキャプテン・アメリカが腕時計を手に取って、それを一瞬見てからかなぐり捨てるシーンがある。時計が刻む機械のリズムに象徴される秩序と規律。自由を求めて深南部へと向かう現代の開拓者である二人のヒッピーにとって、それは彼らが背を向けた抑圧的な社会そのものであった。

ともすれば見逃してしまうかもしれないこの何気ない場面に、先行する映画のおぼろげな記憶を、その淡くかすれた痕跡をなぞっていくことはできないであろうか。実際、このような時計に対する嫌悪と不安を映画が露骨に表明した時代があった。それが一九二〇～三〇年代であり、とりわけ『メトロポリス』（*Metropolis*, 1927）と『モダン・タイムス』（*Modern Times*, 1936）に、こうした時計への呪詛の典型を見ることができるであろう。しかし、後述するように、たとえどのように時計に敵対しようが、映画は結局その呪縛からは逃れられないのであった。

この小論では、映画と時計との、すなわちそれが表象する近代時間との歴史的な関係を考察してみるつもりである。もっとも、映画は時間芸術であるという公理を、今さら確認するためにそうするのではない。確認したいのは、映画が近代時間の論理に絡め取られた文化的な生産物であることだ。さらには、科学的管理法の発明者フレドリック・ウィンスロウ・テイラー（Frederick Winslow Taylor）と彼の弟子フランク・B・ギルブレス（Frank B. Gilbreth）の作業研究とを接続させながら、一九一〇年代の効率ブームにおける映画産業の再編成を参照しつつ、近代時間という文化的な枠組みのなかで映画がいかに解放と拘束の弁証法的な軌道を描いていったかを論証してみたい。

世紀転換期のアメリカ文化を論じるさいに、映画は外すことができない重要な文化装置である。本論は備忘録の域を出ない雑文ではあるが、今後の映画をめぐる研究の出発点となることを祈りつつ、以下綴ってみたい(1)。

テイラー・システムと時間の暴力

一八八二年、ペンシルヴェニアのミッドヴェイル製鉄工場で、ある奇妙な実験が行われた。それは労働対価を「科学的」に算定するために、「精勤、皆勤、誠実、迅速、技術、正確に関する個々の労働者の成果を体系的かつ慎重に記録」することからなる実験であった（Taylor [1914] 637）。その実験者の名はフレドリック・ウィンスロウ・テイラー、そして彼がこの作業研究の測定道具として使用したのがストップウォッチであった。

一八九五年、テイラーは工場監督として現場で行ってきた研究の成果を、「出来高賃金制度」（"A Piece Rate System"）という論文にまとめ上げ、全米機械工学会で発表する（Haber 1）。管理・経営の分野のみならず、文化的にも大きなインパクトを与えることになるこの論文において、テイラーは作業研究には賃金の算定よりも大きな目的があることを明らかにする。それは最小限の労力から「最良かつ最大限の生産性」を引き出すこと、すなわち生産の「高い効率性」の追求であった（Taylor [1914] 636）。テイラーの論理にしたがえば、生産の効率化は労使間の共存共栄につながることになる。つまり、時間給とは異なり、出来高賃金では生産性の向上がそのまま報酬に反映されるため勤労意欲は高まり、その結果「労働者と雇用者の間にひじょうに友好的な感情」が促進されて、ストライキすら起こらなくなるというわけだ（Taylor [1914] 638）。まさに労働のユートピアをテイラーは目指したわけだが、しかしテイラー・システムと呼ばれるその方法をつぶさに調べれば、彼のユートピアがその語源的な意味通り「何処にもない場所」でしかなかったことが判明する。つまり、それは理想とはほど遠い、暴力的なシステムにほかならなかったのである。

前述したように、テイラーの作業研究の特徴はストップウォッチの使用にある。主著『科学的管理法の原理』（*The Principles of Scientific Management*）のなかで、彼はその手続きを次のように解説する。

この実験では、労働者たちがあらゆる種類の作業を行い、それが日々繰り返されることになる。

彼らの作業は大卒の若い研究員によって細かく観察され、同時に適切な作業時間を割り出すため、ストップウォッチでその動きが逐一記録される。(Taylor [1967] 55)

「適切な」作業形態と作業時間を決定するのは、もはや労働者自身でもなければ、「大卒の若い研究員」やその背後にいる雇用者でもない。それを決定するのは、ストップウォッチに象徴される科学的なシステムなのだ。その結果、テイラー・システムにおいて労働者はその主体性を剥奪され、労働は科学的に割り出された効率的な動作の集積となってしまう。

次に、これら基本的な動作は分類・記録・データ化される。そして、ある作業に対する出来高の単価を知りたい場合は、まずそれを基本的な動作に分解し、それぞれの動作に要する時間を記録と照合させれば、作業の総時間数をデータから抽出することができるのである。(Taylor [1914] 637)

こうして労働は、もはや経験や熟練に裏打ちされた有機的な動きであることを止め(テイラーが嫌悪したのは職人の「勘」であった)、腕の動き、足の動き、そして目や指の動きに至るまで「分類・記録・データ化される」分解可能なパーツへと還元される。

労働者の主体性の剥奪。それをもたらした小道具がストップウォッチ、すなわち機械時間であったことは重要である。なぜなら、テイラーの作業研究とほぼ同時期に、時間による主体性の剥奪が世界規模でなかば無意識的に進行していったからである。鉄道による「標準時間(standard time)」の発明である。

アメリカにおける鉄道の開業は一八三〇年のボルチモア・アンド・オハイオ鉄道からはじまるが、その本格的な始動は五〇年代に入ってからであった。「鉄道が河川交通を殺した」と蒸気船パイロットであった作家マーク・トゥエイン（Mark Twain）が嘆いたように、南北戦争後、従来の河川交通に代わって鉄道網が爆発的に発達する（Twain 173）。その発達にともなって浮上してきた問題が、時間のそれであった。従来、鉄道のダイヤは地域時間に基づいて組まれていたが、しかし営業距離が伸びていくにつれて、各地域間の時差を考慮に入れなくてはならなくなった。つまり、広い国土ゆえに鉄道レベルで「日付変更線」が生じ、煩雑な時間調整が必要となったのだ。

そこで一八八三年、鉄道は思い切った打開策を講じる。経度を軸として、全米を東部、中部、山岳部、太平洋の四つの時間帯にザックリと分割したのだ。今でもアメリカのニュース番組などで、四つの時計で記される「標準時間」の誕生である。翌年、この鉄道時間はグリニッジを起点とする世界標準時間へと拡張され、現在でも私たちが「時間」として認識しているもの、すなわち近代時間が設定されたのである（O'Malley 101-9、カーン 15-6）。

この標準時間の発明によって、従来の日昇と日没を参照した自然のリズムに基づく地域時間は根こぎにされ、鉄道の時間、テクノロジーの時間がそれに取って代わる。それだけではない。個人の時間、ベルクソン流に言えば「内的時間」も根こぎにされ、誰もが機械の時間・リズムにしたがうことになる。電車・バスの乗車時間はもとより、工場・会社の仕事から学校の授業や試験、はては娯楽や食事に至るまで、私たちは内的時間、個人のリズムを犠牲にして、時計・機械のそれにしたがって行動させられる。いやむしろ「行動させせられる」という意識すらなく、自ら率先して時計時間に隷属することで、まさしくアルチュセール的な意味で近代時間の主体《サブジェクト》／奴隷となっているのである（遅刻を悪徳と見なす感性に、それはよく現れていると言えよう）。

　標準時間における時計への隷属は、作業研究でより露骨に体現される。テイラーの弟子であるフランク・B・ギルブレスの「同時動作サイクルチャート（Simultaneous Motion Cycle Chart）」に、その極端な例を確認できるであろう。「（労働者の）動作サイクルを構成要素に分解し、それぞれの身体の部位が行う作業方法をグラフ化」したのが、このチャートである（Gilbreth 93）。ギルブレスは自らが開発した種々のガジェットで労働者の動きを測定したのち、その結果を同時動作サイクルチャートに記録する（図1・2）。図2の縮小版ではわかりづらいので説明すると、縦軸が腕、脚、そして指に至るまでの身体の各部位、横軸が時間となっている。このように、労働者の一挙手一投足は数値化され、純粋に時間へと還元されてしまう。もはや時計への隷属を超えて、労働者は時計そのものに同化させせられるのだ。

図1

　一八八二年に開始されるテイラーの実験が、一八八三年の標準時間の誕生とシンクロしていることは重要である。しかし、両者の間に時系列的な因果関係を探ってみても意味はない。むしろ、一九世紀後半、産業革命による社会構造の変容がタイムラグを伴って時間についての認識論的な変化にまで波及したこと、標準時間や作業研究はその歴史的な枠組みのなかで分節化された個別の事象、文化的生産物であることを押さえておくべきであろう。

このような近代時間の抑圧性に対して、映画は抵抗の身振りを示す。しかし、その抵抗は時間をめぐる歴史的な枠組みを突き崩すものではなく、結果的にそれを追認してしまう形式のもとで遂行される。以下、その抵抗と回収の弁証法的な運動を辿っていきたい。

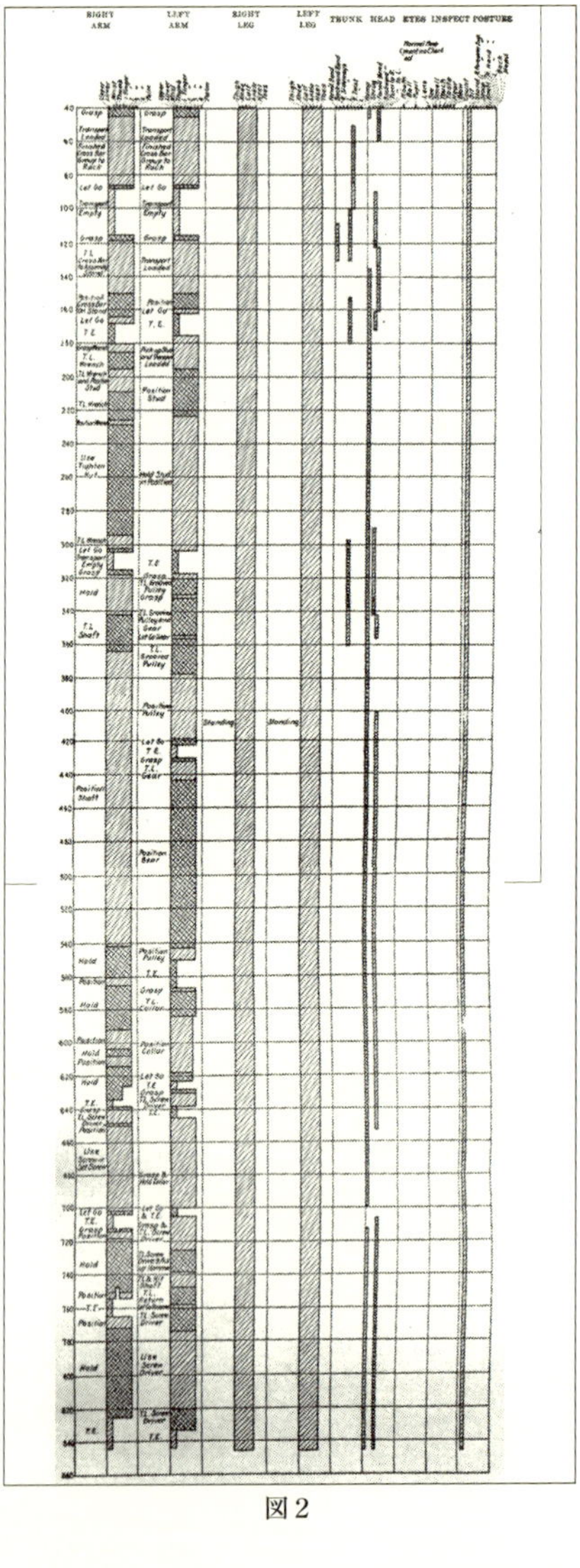

図2

効率のディストピア

屹立する摩天楼、工場のピストン、巨大な歯車、サイレン、そして時計。一九二七年のドイツ映画『メトロポリス』は、すぐれてテイラー的なアイテムのショットの連続からはじまる。「あの時の印象が、未来都市の着想を最初に与えてくれた」と監督のフリッツ・ラング（Fritz Lang）が述べているように、彼が一九二四年に訪問したニューヨーク・シティをモデルに近未来都市メトロポリスは造形された（Elsaesser 9）。したがって、そこには一人のユダヤ系ドイツ人が抱くアメリカのイメージが投影されている。そのイメージとは、効率のディストピアにほかならない（まもなくラングはナチス政権から逃れて、実際にアメリカに亡命することになるのだが）。

未来社会では階級が完全に二極化し、資本家たちが地上で安寧を貪っている一方、労働者階級は地下の工場で搾取される。地上でスポーツに興じる有閑階級のしなやかな肉体の動きとは対照的に、労働者の動きは錆びた機械のようにぎこちない。このように彼らは労働機械として、主体性なきシステムのパーツとして表象される。そして、その動きを決定するのが時計である。機械を操作する労働者、資本家の腕時計のアップ、重労働に苦悶する労働者、工場の時計、盤面に数字が浮かび上がり巨大な時計となって労働者を押し潰していく機械——時間の暴力性が効果的に表現されるカット割り。工場は人食い鬼モロックと化し、「未来の労働者」はロボットのマリア、字義通りの労働機械として立ち現れる（映画史上初のロボットが、近代時間をめぐる文化的な文脈のなかで誕生したことに注意すべきであろう）。

時計の刻むテクノロジカルなリズムが支配する効率のディストピアにほかならない。このように『メトロポリス』では、時計のイメージを通してテイラー・システムの非人間性が批判される。それはまた、近代時間のディストピアにほかならない。

一九三六年、近代時間に対するアンチテーゼがアメリカ映画でも提起される。チャールズ・チャップリンの『モダン・タイムス』である（言うまでもなく、訳語を当てるとすれば「近代時間」とそのまま訳すべきである）。チャップリンはこの映画を、フォード社のデトロイト工場で働くと若い健康な農夫ですら精神を病んでしまうという話をヒントにして作った（Chaplin 44-5, Banta 99）。ちなみに、テイラー・システムが別名フォーディズムとも呼ばれるように、フォード社はモデルTの大量生産によって科学的管理法の代名詞となった企業である。ヘンリー・フォードを戯画化した資本家に問題を矮小化するきらいこそあるものの、チャップリンもまた時間をテーマに、科学的管理法とテイラー化したアメリカの実態を告発する。

『メトロポリス』へのオマージュであるかのように、映画は時計のクローズアップからはじまる。その印象的なオープニングに続いて、地下駅から吐き出される群衆へとカットは切り替わり、群衆は羊の群れにディゾルブして主体性なき労働者の隠喩となる。実際、工場では労働者たちはベルトコンベアで運営される分業システムのパーツと化し、トイレ休憩時のタイムレコーダーに示されるように、時計のリズムが彼らの一挙手一投足を管理・規律する。したがって、ベルトコンベアの流れ作業中に脇を掻いたり虫を追い払ったりすることすら、非効率的な動きとして許されない。効率の追求は食事の摂り方にまで及び、労働者は徹底した効率の論理のもとで搾取される。こうしたフォーディズムの過酷さに耐えきれず、チャップリン扮する労働者チャーリーは心身に異常をきたし、機械に巻き込まれて工場の歯車と一体化してしまう。このように、またもや労働者は字義通りに労働機械として表象され、喜劇という形式をとりながらも近代時間のディストピアが描かれるのだ。

しかし、こうした物語レベルでの批判にもかかわらず、映画は近代時間と常に密接な関係にあった。まず確認すべきは、映画史の節目に、かならずと言っていいほど近代時間を発明した鉄道がその姿を現わすことだ。事実、一八九五年にパリのグラン・カフェでリュミエール兄弟（Auguste Marie Louis Lumière, Louis Jean Lumière）がはじめて映画をスクリーン上映したとき、文字通り逃げ惑うほど観客を驚愕させたのは「列車の到着」（"The Arrival of a Train at La Ciotat Station"）であった。映画の歴史は鉄道からはじまったのだ。(2)

映画史における鉄道と映画の蜜月を物語るエピソードとして、ヘイルズ・ツアー（Hale's Tours）の流行も挙げることができよう。一九〇五年、カンザス・シティの元消防長ジョージ・C・ヘイル（George C. Hale）は、列車の車両を観覧席に仕立て、そこからスクリーンに投映される車窓の風景を眺めるという娯楽を発明する。同年、ヘイルズ・ツアーはカンザス・シティで公開されて評判を呼び、ニューヨークやシカゴのような大都市にも進出、一九一二年頃まで全国的な娯楽として大流行する。パノラマから映画への移行期に登場したこの娯楽装置は、映画と鉄道の結び付きを改めて想起させてくれるヴァーチャル旅行の先駆けであった（Fielding 121-124, Kirby 46, 加藤 [2001] 132-6、加藤 [2006] 173-85）。

ＳＦＸの原型ともなるトリック撮影の元祖、ジョルジ・メリエス（Georges Méliès）の作品でも鉄道は重要な役割を果たす。彼の代表作『不可能な世界への旅行』（*Voyage à travers l'impossible*, 1904）において、ヘイルズ・ツアーの観客はスクリーンのなかに取り込まれ、列車によるヴァーチャル旅行は海底から宇宙の涯までその規模を拡大していく。初の物語映画とされるのも鉄道映画、エドウィン・S・ポーター（Edwin S. Porter）の『大列車強盗』（*The Great Train Robbery*, 1903）であり、おまけに後にパラマウント映画の創始者となるアドルフ・ズーカー（Adolph Zukor）が、自身の劇場で不入りのヘイルズ・ツアーを打ち切って代わりにかけたのがこの作品であった、という出来すぎの話まである（Fielding 128）。

それ以降も映画と鉄道は手を携え、『キートンの大列車追跡』（*The General*, 1926）、『上海特急』（*Shanghai Express*, 1931）、『アイアン・ホース』（*The Iron Horse* 1924）や『真昼の決闘』（*High Noon*, 1952）といった西部劇、そして『見知らぬ乗客』（*Strangers on a Train*, 1951）をはじめとする一連のヒッチコック映画に至るまで、モータリゼイションのため壊滅状態に追いやられる一九五〇年代まで鉄道はハリウッド映画には欠かせない小道具として銀幕を飾ることになる（とりわけ、物語時間とリアルタイムの一致を試みた実験映画『真昼の決闘』において、列車の到着が物語のポイントとなることには注意すべきである）。

映画と近代時間は、鉄道を介してたんにテーマ的に繋がっているだけではない。そもそも映画はその起源のなかに、近代時間のロジックを宿していたのだ。一八二〇〜三〇年代の写真の発明、フェナキストスコープやゾートロープのような動画装置など、不連続に開発された数々の発明品が統合されて映画は誕生した（Robinson 8-9, ツェーラム 24-26）。しかし、なかでも特筆すべきなのが、映画の連続コマの原型となる一八七八年のエドワード・マイブリッジ（Eadweard Muybridge）による馬の動態撮影であろう（図3）。鉄道王（またも鉄道）リーランド・スタンフォード（Leland Stanford）の道楽からはじまったマイブリッジの実験は、フランスの生理学者エティエンヌ＝ジュール・マレ（Etienne-

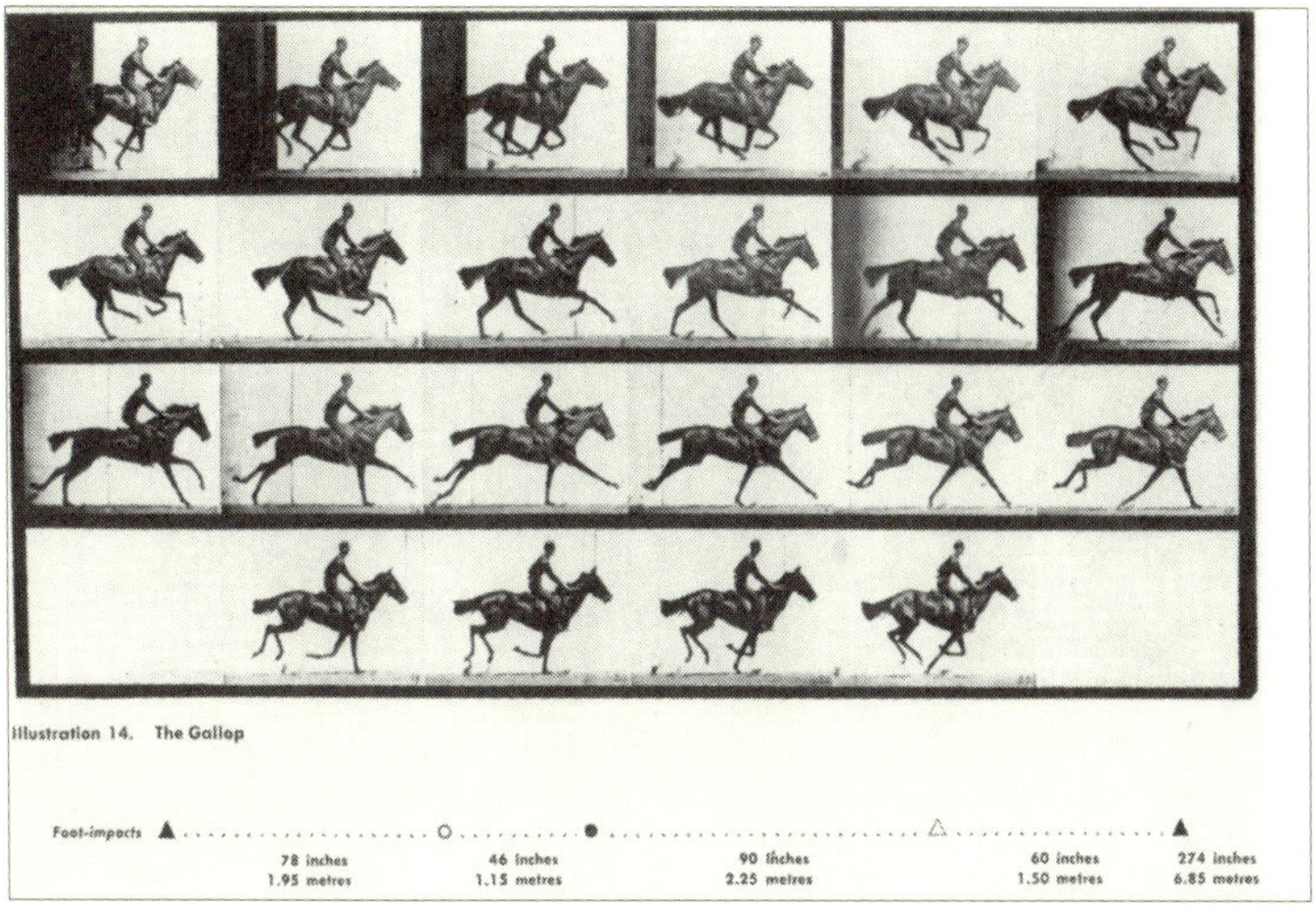

図3

Jules Marey）の疲労研究に応用される（Hendricks [1975] 104, 111-2）。テイラーがミッドヴェイル製鉄工場で作業研究を行っていたのと同時期に、マレは生理学の領域で動態撮影を用いて最小限のエネルギー消費で最大限の効力を発揮できる効率的な動きを追及していたのだ（Rabinbach 90）。一八八七年、マレは動態記録写真のフィルム化の実験を行い、それがトマス・エディソン（Thomas Edison）のキネトスコープ開発に大きな影響を与えることになる。

　このように動態撮影と効率の研究を媒介として、その起源において映画と近代時間は歴史的に結びついていたのである（Rabinbach 108, Hendricks [1961] 27, 82）。そして、その抜き差しならぬ関係が再び浮上してくるのが、一九一〇年代の効率ブームにおいてなのだ(3)。

一九一〇年代の映画的効率

一九一二年、『ハーパーズ・マンスリー・マガジン』（*Harper's Monthly Magazine*）4月号に「聖カトリーヌ学園の作業研究」（"Motion Study at St. Katharine's"）という一風変わったコメディが掲載された。カソリックの女子校の寮生メイは、ある日シスターから一冊の本を推薦される。それは恋愛のような感情《エモーション》など一切抜きの動き《モーション》に関する本で、その著者によれば「過剰な動きの浪費」さえ矯正すれば「世界はより良い場所に変わる」という（Jordan 772）。明らかにギルブレスのものと思われるこの効率の福音に感化され、彼女はそれを学園内で実践することを決意、「浪費を止めて効率性を高める」改革に着手する（Jordan 774）。効率化の対象は食事の仕方や詩の書き方、エンピツの削り方といった些末な動作ばかり、挨拶までもが非効率な動きとして節約されて学園には異様な雰囲気が漂ってくる。

そうこうしているうちに、メイは効率の追求自体が非効率な作業であることに気づきはじめる。「たしかに動作の数は少なくなったけれど、そうなるまでには長い作業研究が必要で、結果的にはあまり節約にはならなかったわ」（Jordan 776）。結局、学園の誰もがテイラー化され、「巨大な機械のパーツのように」正確に同じ動作を繰り返す、「素晴らしくもおぞましい光景」を呈するようになってしまう（Jordan 780）。

他愛もないドタバタと片付けるのは容易いが、この小話が掲載された日付と雑誌の種類にまずは注目すべきであろう。つまり、一九一〇年代には、『ハーパーズ』を購読するような作業研究とは無縁の一般読者にも効率ネタが通じた、ということが重要なのだ。テイラーは、科学的管理法が「あらゆる人間の活動に応用可能である」とその汎用性を強調した（Taylor [1967] 7）。そしてそれを裏付けるかのように、一九一〇年代には本当にあらゆる領域で、「効率（efficiency）」が万能のマジック・ワードのように濫用されたのだ。

実際、当時の雑誌をランダムに眺めるだけでも、「政府の効率化」（"Making Government Efficient"）や「国家的効率への方策」（"Steps toward National Efficiency"）といった行政の効率化を訴える記事が散見され、第一次大戦期に入ると、「防衛のための効率」（"Efficiency for Defense"）、「戦時下の浪費削減」（"Reducing the Waste of War"）のような有事における効率性を提唱する記事が目立つようになる。この辺は比較的、作業研究に馴染みやすいトピックと言えるかもしれない。しかし、「聖職者の効率テスト」（"Efficiency Tests for Clergy Men"）、「効率特効薬」（"The Efficiency Nostrum"）、「善行の効率」（"The Efficiency of Goodness"）など、その範囲は宗教から民間療法、道徳問題へと効率とは無縁と思われる領域にまで拡散していき、さらには家庭においてすら効率の必要性が説かれる。「工場、会計室、鉄道、鉱山業、総て同じ原理のもとで組織化が行われている。したがって、それを家庭の管理に応用しない理由はないだろう」（Leupp 836）。

このような現在の基準からすればありえない取り合わせは、当時の広告にも確認できる。図4の冷蔵庫の広告では「外見の良さ&中身の効率」、図5のコダック・カメラの広告では「効率プラス」と、それぞれキャッチコピーに「効率」の文字が踊る。機械製品と効率なら、まだ納得できるかもしれない。ところが図6・7を見ると、「製造の効率」、「切れ味効率100%」とリーガル・シューズや斧の宣伝にすら効率性が前面に押し出される。このように、一九一〇年代のアメリカでは効率の認識が日常レベルにまで浸透し、現在では想像もつかないような領域に波及していったのである（Tichi 75-96, Hosoya 64-9）。

そして、映画もまた例外ではなかった。効率ブームの一九一〇年代、ニッケルオデオンの時代は終わり、映画は産業として確立していく。風景やニュース、コントなどからなる脈絡のない短編の寄せ集めから、長編映画（feature films）が主流になるにつれて、スタンダードな上映時間は一八分から七五分に増大する（Bordwell 128）。その結果、起承転結のカッチリした長尺の作品を短期間で大量生産していくため、映画産業は効率化を余儀なくされる。作業形態は監督のワンマン体制から、製作、脚本、撮影、照明、美術、メイクと、フォードのアセンブリー・ラインのように際限なく細分化され、監督すらも数ある分業のなかのひとつとなる（Bordwell 93, Kirby 54, Robinson 144）。

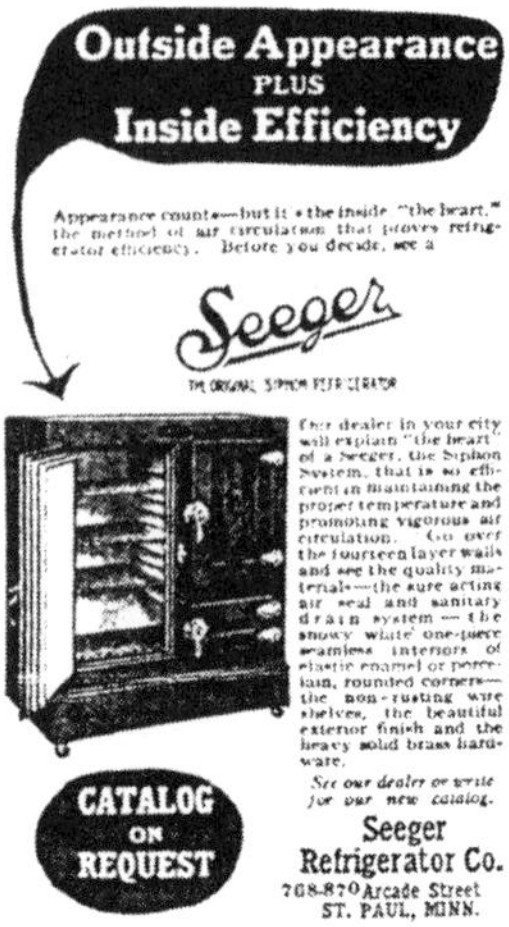

図4

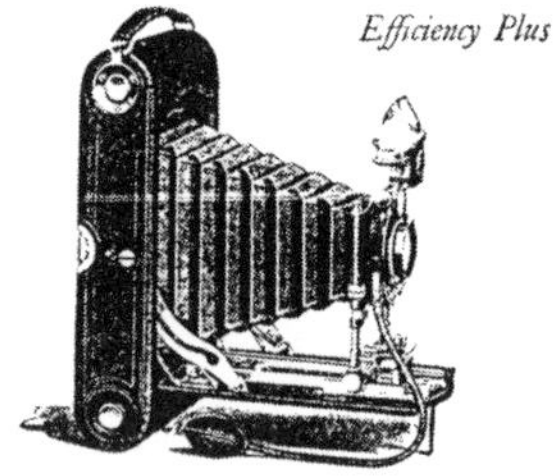

図5

『サタディー・イブニング・ポスト』（*The Saturday Evening Post* 以下、*SEP*）一九一六年5月号の読み切り短編「映画にテコ入れ」（"Putting the Move in the Movies"）は、こうした映画変革期の当時の空気を伝えてくれる。ニッケルオデオン時代に監督業をはじめた語り手は、映画初期の古き良き日を次のように述懐する。

観客は映画に飢えていた。貧乏な客が小銭を握って列をなし、旧作にすら黒山の人だかり、どんなに早撮りしても需要を満たせないほどであった（*SEP* 14）。

何を撮っても当たるため、「総て監督任せ」のどんぶり勘定、粗製乱造が映画作りの常態であった。しかしある日、製作管理者《ゼネラルマネージャー》が現場に現れて状況は一変する。「組織と効率が映画製作の現場に侵入して

図6

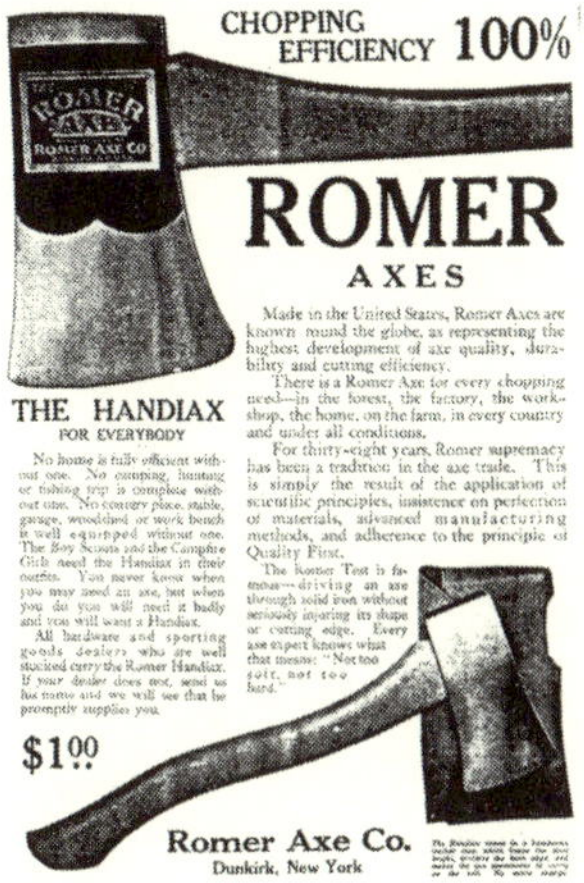

図7

きた」のだ（*SEP* 14）。まもなく製作管理課が設置され、「小道具、衣裳、技術、輸送等々」総てが中央管理されるようになる。作業は細かく分業化され、セットの組み方ひとつとってもアドリブは許されず、「決められた指示に忠実に従う」ことだけが求められる。そして、監督の仕事も「文字通りまったく撮影を開始すること以外は何もすること」がなくなってしまう（*SEP* 100）。

この新しいシステムにははじめは抵抗を感じていた語り手も、かつての混沌とした現場とは打って変わった無駄のない製作プロセスに感心し、次第に効率化に対して「血が沸くほどの熱意を掻き起される」までになる（*SEP* 101）。こうして完全に効率信仰に帰依した語り手は、自分の体験を踏まえてビジネスの論理と芸術が両立することを宣言して物語は終わる。

> システム化を経験していない監督は、それが自分の作品に悪い影響を及ぼすのではないかと恐れるかもしれない。しかし、心配ご無用。システム化のおかげで、監督はかえって芸術に費やす時間を確保できるのだから！（*SEP* 101）

この短編には、「予算のない仕事（bricks without straw）」という表現が度々用いられる。まさに映画は行き当たりバッタリの職人仕事であることを止めて、科学的管理法のもと、個々の作業が「レンガ（bricks）」のように効率よく積み上げられていく体系的な作業になるのだ（ギルブレスは元レンガ職人で、レンガ積みの効率化で有名であった[4]）。

製作だけが効率化されたのではない。それは、映画の形式自体にも波及する。長編映画とはいえ、七五分という制約された時間のなかで効率よく物語効果をあげるべく、細かいカット割りはもとより、クロスカッティングやクロースアップといった撮影技術が開発されていく（Bordwell 126）。したがって、トム・ガニングが指摘する通り、D・W・グリフィスの映画技法も個人による独創的な発明というより、技術文化史的な要請という文脈で解されねばならないだろう（Gunning 6-7）。

ここから、映画はよじれた弁証法に陥ることになる。演劇とは異なる新しい物語文法を手にした映画は、フェードやフラッシュバックなどの編集技術を駆使して時間を思うままに操作できるようになった。しかし、その時間操作の自由は、長編映画の効率的な生産という市場の論理がもたらした「自由」であったのだ。映画はその娯楽性だけではなく、時間の自由自在なサンプリングという意味で、日常生活における近代時間の仮借なき規律から逃れる場を創造した。しかし、逆説的にもそれは、経営的のみならず芸術的な意味でも、最小限の労力で最大限の効果をもたらすという近代時間の論理にしたがった近代時間からの逃走であった。こうして映画は時間をめぐる解放と回収の運動、まさしく「映画の弁証法」を展開するようになったのである。

映像の近代時間

ラング、チャップリンの近代時間への抵抗。それもまた、この弁証法を免れない。いま一度、『メトロポリス』の冒頭を見返してみよう。摩天楼、ピストン、歯車、サイレン、そして時計。機械時間が未来都市のリズムを刻み、それを効率的に規律していくのと同様に、無駄のないカット割りが映画のリズムを刻みそれを効率的に構成していく。ここに見られるのは、効率の非人間性を効率よく語るという自家撞着にほかならない。

では、『モダン・タイムス』の場合はどうか。加藤幹郎が言うように、チャーリーのパントマイムは労働のアンチテーゼであり、「いかなる生産主義からもひとり離れた」位置を保証するものであろう。しかし、加藤自身が同じ段落で述べているように、その解放の身振りは、「最小限の運動で最大の効果を発揮する」テイラー・システムのロジックと通底している（加藤 [1996] 92）。それとは逆にマイケル・オマリーは、「チャップリンとギルブレスのしていることは同じ」と指摘する（O'Malley 235）。つまり、ギルブレスが最小限の労力で最大限の労働量を引き出すべく、労働者の動きを分解・再構成していったように、チャップリンもまた最小限のショットで最大限の映画効果を引き出すべく、編集過程でフィルムを分解・再構成していったのだ。事実、『モダン・タイムス』は、チャップリンがあらかじめ完成した台本にしたがって、一切のアドリブ（つまり、物語的浪費）を省いて撮ったはじめての映画であった（Mellen 27-32）。しかし、まさに効率の論理に基づいた映画生産によって、極めて効果的な生産主義の批判が可能になったことも事実である。このように『メトロポリス』も『モダン・タイムス』も、解放と回収の弁証法のなかで近代時間の呪詛に捉われたまま、それを批判していくことになるのだ。

『ロイドの要心無用』（*Safety Last!*, 1923）において、ハロルド・ロイドが扮するデパートの店員は、遅刻をごまかすためにタイムレコーダーの時計の針を戻してしまう。彼の近代時間に対するこうした冒瀆は、危機一髪の宙吊り状態という形で時計からの報復を受けることになるだろう。同じような意味で、『イージー・ライダー』においても、時計を捨てるという冒瀆的な行為にヒッピーたちの死はすでに予言されていたのだ。すなわち、時計・時間を捨て去ることは、そのまま映画の死を意味していたのだから。これからも映画は、こうした時間との弁証法的な戯れを続けていくのであろうか。

【注】

（1）映画と効率をめぐるこのささやかな歴史的論考は、Michael O'Malley の優れた時間文化論 *Keeping Watch* に負うところが大きい。

（2）映画と鉄道の歴史的関係については、Kynne Kirby, *Parallel Tracks* および加藤幹郎「列車の映画あるいは映画の列車」（『映画とは何か』所収）に詳しい。

（3）一九一〇年代の効率ブームについては、Cecilia Tichi, *Shifting Gears* が参考になった。

（4）一九一〇年代の効率ブームと映画産業再編を関連づけるこの重要な歴史資料の存在に気づかせてくれたのは、Janet Staiger の優れた映画組織論である。

【参考文献】

〔書籍・雑誌〕

Anonymous. "Efficiency Tests for Clergy Men." *The Nation* 95（Oct. 1912）402-403.

Anonymous. "Putting the Move in the Movies." *The Saturday Evening Post*（May 13, 1916）14-15, 96-8,100-101.

Anonymous. "Steps toward National Efficiency." *The Century Illustrate Monthly Magazine* 83（Apr. 1912）951-952.

Anonymous. "The Efficiency Nostrum." *The Nation* 96（Jan. 1913）49-50.

Banta, Martha. *Taylored Lives: Narrative Productions in the Age of Taylor, Veblen, and Ford*. Chicago: The University of

Chicago Press, 1993.

Bordwell, David, Janet Staiger, Kristin Thompson. *The Classical Hollywood Cinema: Film Style and Mode of Production to 1960*. London: Routledge, 1985.

Chaplin, Charles. *My Autobiography*. Penguin, 1964.

Child, Richard Washburn."Efficiency for Defense." *Collier's* 55 (Sept. 1915) 7.

Danner, Vernice Earle. "Making Government Efficient." *The Forum* 51 (Mar. 1914) 354-364.

Elsaesser, Thomas. *Metropolis* (BFI Film Classics). British Film Institute, 2000.

Gilbreth, Frank B., L. M. Gilbreth. *Applied Motion Study: A Collection of Papers on the Efficient Method to Industrial Preparedness*. Easton: Hive Publishing Company, 1973.

——. *Motion Study for the Handicapped*. London: G. Routledge & Sons, 1920.

Gunning, Tom. *D. W. Griffith and the Origins of American Narrative Film: The Early Years at Biograph*. Urbana: University of Illinois Press, 1994.

Haber, Samuel. *Efficiency and Uplift: Scientific Management in the Progressive Era 1890-1920*. Chicago: The University of Chicago Press, 1964.

Hendricks, Gordon. *Eadweard Muybridge: The Father of the Motion Picture*. New York: Dover, 1975.

——. *The Edison Motion Picture Myth*. Berkeley: University of California Press, 1961.

Hosoya, Hitoshi. "Efficiency in the 1910s: A Fad in Progressive America." *The English Department Journal of Miyagi University of Education,* 1997. 63-74.

Jordan, Elizabeth. "Motion Study at St. Katharine's." *Harper's Monthly Magazine* 124 (Apr. 1912) 772-781.

Kirby, Kynne. *Parallel Tracks: The Railroad and Silent Cinema*. Durham: Duke University Press, 1997.

Lee, Gerald Stanley. "The Efficiency of Goodness." *The Independent* 74 (Apr. 1913) 759-760.

Leupp, Francis E. "Scientific Management in the Family." *The Outlook* 98 (Aug. 1911) 832-837.

Mellen, Joan. *Modern Times*（BFI Film Classics）. British Film Institute, 2006.
Muybridge, Eadweard. *Animals in Motion*. Dover, 1957.
O'Malley, Michael. *Keeping Watch: A History of American Time*. Washington: Smithsonian Institution Press, 1990.
Rabinbach, Anson. *The Human Motor: Energy, Fatigue, and the Origins of Modernity*. Berkeley: University of California Press, 1992.
Taylor, Frederick Winslow. *The Principles of Scientific Management*. New York: W. W. Norton, 1967.
——. "A Piece Rate System: Being a Step toward Partial Solution of the Labor Problem," rpt. in Clarence Bertrand Thomson, ed., *Scientific Management: A Collection of the More Significant Articles Describing the Taylor System of Management*. Cambridge: Harvard UP, 1914. 636-683.
Tichi, Cecilia. *Shifting Gears: Technology, Literature, Culture in Modernist America*. Chapel Hill: The University of North Carolina Press, 1987.
Wilhelm, Donald. "Reducing the Waste of War." *Harper's Monthly Magazine* 137（Sept. 1918）491-496.
スティーヴン・カーン。浅野敏夫訳『時間の文化史――時間と空間の文化：一八八〇―一九一八年』（上）。法政大学出版局、一九九三年。
C・W・ツェーラム。月尾嘉男訳。『映画の考古学』。フィルムアート社、一九七七年。
加藤幹郎。『映画ジャンル論――ハリウッド的快楽のスタイル』。平凡社、一九九六年。
――。『映画とは何か』みすず書房、二〇〇一年。
――。『映画館と観客の文化史』中公新書、二〇〇六年。

【DVD・ヴィデオ】
Landmarks of Early Film 1. Image Entertainment, 1997.
The Producers: Rare Films of Edison and Melies. Classic Video Streams, 2010.

『アメリカ映画の誕生』ジュネス企画、一九九五年。

『フランス映画の誕生』ジュネス企画、一九九五年。

『ハロルド・ロイドCOMEDY SELECTION DVD-BOX』ＩＶＣ、二〇一二年。

チャールズ・チャップリン『モダン・タイムス』紀伊國屋書店、二〇一一年。

デニス・ホッパー『イージー・ライダー』ソニー・ピクチャーズエンタテインメント、二〇〇六年。

フリッツ・ラング『メトロポリス』フォワード、二〇〇七年。


【図版】

図１：Frank B. Gilbreth, L. M. Gilbreth, *Motion Study for the Handicapped*.
図２：Frank B. Gilbreth, L. M. Gilbreth, *Motion Study for the Handicapped*.
図３：Eadweard Muybridge, *Animals in Motion*.
図４：Seeger Refrigerator Co. *McClure's Magazine* 44（Apr. 1915）148.
図５：Eastman Kodak Company. *McClure's Magazine* 42（Apr. 1914）150.
図６：Regal Shoe Company. *Collier's* 56（Oct. 1915）29.
図７：Romer Axes Co. *The Independent* 80（Dec. 1914）519.

ナボコフの『暗闇のなかの笑い』と映画

的場 いづみ

はじめに

ウラジーミル・ナボコフ（Vladimir Nabokov）と映画との関わりという話題で多くの人がまず思い浮かべるのは『ロリータ』（*Lolita*）であろう。一九五五年にパリで、五八年にニューヨークで出版された『ロリータ』は六二年にスタンリー・キューブリック監督によって映画化され、その脚本をナボコフが担当したのはよく知られている。

しかし、ナボコフの映画への関心は、実際の脚本執筆から三〇年ほど遡った初期の小説にも窺える。処女作『マーシェンカ』（*Машенька* 1926, *Mary* 1970）では亡命先のベルリンでの生活を虚像として主人公が意識する際に、スクリーン上に虚像が映し出される映画と亡命者の境遇を結び付ける言及がある。とは言え、『マーシェンカ』において映画への言及は僅かに留まる。ナボコフの映画への関心が顕著に示されるのは一九三二年に雑誌連載が始まった『カメラ・オブスクーラ』（*Камера Обскура* 1933）を待つことになる。『カメラ・オブスクーラ』では主人公の美術評論家は映画館で出会った少女を愛人とし、彼女は夢みた映画への出演を主人公の経済的援助によって果たすというように、小説の重要な設定として映画が組み込まれる。

『カメラ・オブスクーラ』についてはナボコフ自身が英訳し、『暗闇のなかの笑い』(*Laughter in the Dark*)と題名を変えて一九三八年に米国で出版される。ナボコフが英訳をする場合、縦横な改作を行うことが多い。ジェイン・グレイソン(Jane Grayson)はナボコフの小説のロシア語版と英語版を比較し、「大規模な改作」と「小規模な改作」とにグループ分けし、『暗闇のなかの笑い』を「大規模な改作」に分類する(Grayson 9)。ナボコフによる様々な変更、削除、加筆が見られる『暗闇のなかの笑い』では映画についての記述も『カメラ・オブスクーラ』より充実する。

ロシアからの亡命者ナボコフはケンブリッジ大学卒業後、一九二二年夏にベルリンに移住し、ナチスの台頭により三七年五月に家族とともにフランスに、三年後の一九四〇年に米国に移住する。ブライアン・ボイド(Brian Boyd)のナボコフ伝によると、『暗闇のなかの笑い』の原稿は一九三七年一月には米国の出版社に提出する約束だったので(Boyd 445)、ロシア語版、英語版ともにベルリン時代に執筆したことになる。

一八九九年生まれのナボコフがベルリンで作家としての地歩を築く時期は映画技術が目覚ましい進展を遂げた時代と重なる。幻灯機にフィルムを通過させながらそれらのフィルムに動きを与えるという技術の発明が凌ぎを削るなか、一八九五年にリュミエール兄弟(Auguste et Louis Lumière)が映画上映で大成功を収め、その後、様々な映画技術が開発される。一九世紀末には多重露光を用いた映画も登場し、二〇世紀初めにはストップモーションやコマ送りとともにクロスカッティングの技術も開発される。一九一五年の『國民の創生』（*The Birth of a Nation*）では一場面をワイドショットからクローズアップまでの様々なショットで構成したり、カメラを左右に動かすパンショットや移動撮影を多用したりする撮影技法だけでなく、物語の現在に過去のシーンを挿入するフラッシュバックという編集技法が用いられ、映画が単なる娯楽ではなく、鑑賞に堪えうる作品として成立する可能性が示される。その後も映画の撮影・編集技法はさまざまに進展するが、一九二七年のトーキー映画登場は映画の方向性を大きく変えることになる。ナボコフの『カメラ・オブスクーラ』が出版された一九三三年と英訳版『暗闇のなかの笑い』出版の一九三八年の間を見ても、一九三五年に三色法のテクニカラーによる初の長編作品の上映がある。このようにナボコフのベルリン時代に映画は新たな表現方法を次々に生み出していた。

『カメラ・オブスクーラ』を執筆した時期のナボコフはほぼ二週間に一度、妻と映画に通っていた（Boyd 363）。少数の優れた映画作品を除いて、ナボコフが楽しんだのは「映画的な常套句《クリシェ》のグロテスクさ」であり、映画館で身体を揺すって笑うこともあったとボイドは伝える（Boyd 363）。もちろん文学的技巧を駆使するナボコフにとって、当時の映画が物語を構築する技術は物足りないものだったのは想像に難くない。しかし、映画が物語を紡ぐ新しいメディアとして急速に成長する時期に作家として歩み出し、『カメラ・オブスクーラ』の重要なモチーフとして映画を選択したナボコフが、この新しいメディアの表現方法を意識していなかったとは考えにくい。本論は映画への言及がより充実した英語版『暗闇のなかの笑い』を中心に映画という新しいメディアがナボコフの文学にどのような豊かさをもたらしたかを考察する。

ボイドによると、ナボコフは『カメラ・オブスクーラ』の原型となるアイデア――盲目の男が妻とその愛人に裏切られる物語――をまず思いつき、一九三一年一月下旬にはその物語に『カメラ・オブスクーラ』とは別のタイトルもつけていた（Boyd 362）。その半年後には「盲目の男が裏切られる」という部分のみを受け継いで、映画というテーマを新たに加えて発展させた物語『カメラ・オブスクーラ』が完成した。

一　『カメラ・オブスクーラ』から『暗闇のなかの笑い』への展開

短期間で完成した『カメラ・オブスクーラ』だが、そこから英語版『暗闇のなかの笑い』への展開は一筋縄ではいかなかった。一九三二年にフランス語への翻訳の話が、そして一九三四年には英語への翻訳の話がナボコフのもとに届き、フランス語訳は一九三七年に出版される。英語への翻訳はウィニフレッド・ロイ（Winifred Roy）が担当し、一九三六年にロンドンで出版されるが、この英訳版はナボコフの希望する水準とはかけ離れていた。翌年、米国の出版社から英語への翻訳の依頼が舞い込み、今度はナボコフ自身が英訳に取り組み、一九三八年に『暗闇のなかの笑い』が出版される。ナボコフによるロシア語作品の英訳は一九六〇年代に翻訳されたものが多く、一九三〇年代に翻訳されたのは『暗闇のなかの笑い』を含む二作のみである。このことから、『カメラ・オブスクーラ』から『暗闇のなかの笑い』への翻訳は例外的に早く行われ、ロシア語版と英語版の時代のズレが小さいと言える。

ナボコフによる翻訳は前述したように大幅な修正が加えられ、改作という側面を含む。では、『暗闇のなかの笑い』は『カメラ・オブスクーラ』のどのような点を変えたのであろうか。

米国の読者を意識して、『暗闇のなかの笑い』の登場人物の名前はドイツ色を薄めたものに変えられる。主人公の美術評論家クレッチマーはアルビヌスへ、彼の愛人マグダはマルゴへ、彼女の愛人で三角関係の一角をなすホーンはレックスへと変えられる。(1) 加えて、小説の冒頭部分が一新される。『カメラ・オブスクーラ』の冒頭は一九二五年頃にホーンが雑誌に掲載したモルモットのイラストがブームとなり、一財産を築いたエピソードから始まり、機智に富む風刺画家としての才能をもちながら、自らの創作活動にも冷笑的な態度を崩さないホーンの性格が示される。一方、『暗闇のなかの笑い』の冒頭は「昔々」というおとぎ話の語りから始まり、幸せな暮らしをしていた裕福で社会的地位のある男が年若い愛人のために妻を捨てたものの、愛人からは愛を得られずに悲惨な最期を迎えるという物語の要約が紹介され、仔細が続くという方式を採る。この改変により、英語版では冒頭から主人公に焦点が定められる。物語を要約から始めるのも大きな変更点であるが、それについては後述する。

英語版で物語の要約に続く仔細は主人公アルビヌスの映画企画の夢想から始まる。主人公の職業設定には美術評論家に英語版では映画評論家が加えられ、映画芸術に関するエッセイを書いているうちに、オランダ派の名画のなかの人物、事物をアニメーションのように動かすというアイデアを思いつく。彼はそのアイデアを映画プロデューサーに相談するが、技術的にも金銭的にも興行的にも非現実的であると一蹴される。絵画を映画化したいという主人公の夢想は何を意味するのだろうか。ボイドは冒頭から小説の映画的な主題を明らかにすることで「想像力豊かな映画監督」の興味を惹きつけることをナボコフが願っているかのようだとナボコフの意図を肯定的に捉える一方で、主人公の夢想については「独創性のないプロデューサー」であれば釣られるような、つまらない話であると読み解き、映画における物語の凡庸さをナボコフが皮肉っているとボイドは示唆する（Boyd 445）。つまり、ボイドはここで映画を想像力豊かなものと独創性に欠けるものとの二つに分けて解読していることになる。

では、ここでボイドが念頭に置いている映画とはいつの時代のものなのだろうか。英語版冒頭では小説内の時代設定は曖昧にされているが、第一五章でアルビヌスはマルゴにトーキー映画の音響が映画を台無しにするという持論を披歴しており、小説内の時代がトーキー登場の一九二七年以降なのは明白である。一九二〇年代の映画は映像表現においてはアルビヌスの夢想を叶えるほどの技術は獲得していなかったとしても、物語という点においてはある程度複雑な物語構成や心理描写が可能になっていた。とすると、アルビヌスの夢想は映画の物語の空疎さに対する批判を意図していると簡単に説明がつくものではなさそうだ。

二　ムルナウ監督の『最後の人』との共通性

『カメラ・オブスクーラ』および『暗闇のなかの笑い』を執筆した時期にナボコフはどのような映画を評価していたのか確認しておこう。ボイドによるとナボコフが気に入っていたのはコメディ映画で、具体的にはバスター・キートン（Buster Keaton）、ハロルド・ロイド（Harold Lloyd）、チャールズ・チャップリン（Charles Chaplin）、ローレル＆ハーディ（Laurel and Hardy）、マルクス兄弟（Marx brothers）といったコメディ・スターの名が列挙される（Boyd 363）。続いて、コメディ以外の長編映画でナボコフが評価していた作品としてカール・ドライヤー（Carl Dreyer）監督の『裁かるるジャンヌ』（*La Passion de Jeanne d'Arc* 1928）、ルネ・クレール（René Clair）監督作品に加えて、ロベルト・ヴィーネ（Robert Wiene）監督の『芸術と手術』（*Orlacs Hände* 1924）やフリードリッヒ・ムルナウ（Friedrich Murnau）監督の『最後の人』（*Der Letzte Mann* 1924）といったドイツのゴシック映画が挙げられる（Boyd 363）。このリストのなかから本項では『最後の人』を、次項ではヴィーネ監督の作品を手掛かりにして『暗闇のなかの笑い』を考察する。

『最後の人』については、制服やドアといった物体が主人公の運命を支配する点にナボコフの初期短編との類似をバーバラ・ワイリー（Barbara Wyllie）は見いだしているが、本稿では別の視座から考えたい（Wyllie 15）。『最後の人』はある実験が試みられたサイレント映画である。サイレント映画では、通例、ナレーションや登場人物のセリフを文字情報で提供するスポークンタイトル（spoken title）が場面の間に挿入される。しかし、『最後の人』ではスポークンタイトルを使わずに、言語情報を極力排して映像のみで物語を構築するという試みがなされている。まずは、言語情報を著しく抑制した上で映画がどのような物語を紡ぎ出したかを見てみよう。

『最後の人』の主人公は高級ホテルのドアマンという職に誇りをもち、裕福ではないが家族や街の人々と幸せに暮らしていた。ところがある日、ホテルの顔であるドアマンとして働くには高齢すぎるという理由で洗面所係へと降格させられる。家族や友人に降格人事を伏せていたものの、やがて露見するところとなり、主人公は家族や友人から冷たく拒絶され、幸せに満ちた生活は崩壊する。傷ついた主人公は夜にホテルに忍び込み、自らに残された唯一の居場所となった洗面所の床に座り込み、死を予感させるように眠りにつく。主人公の侵入に気づいたホテルの夜警は寝入った主人公にそっと自分のコートをかける優しさを見せる。ここで初めてスポークンタイトルが挿入される。この一度きりのスポークンタイトルによって、主人公の境遇に希望はないが、彼を哀れに思った作者が起こりそうにもないエピローグを加えることが説明され、思いがけぬ遺産相続という幸せな結末が提示される。

『最後の人』でスポークンタイトルが使用されるのは一度のみだが、厳密に言うと、スポークンタイトルと同様の役割を果たす文字情報は、たとえば、主人公の降格の通知書や遺産相続を報じる新聞紙面として数回現れる。だからと言って、この映画が言語情報を極めて抑制し、ほぼ映像のみで物語を展開させたという事実に変わりはない。

『最後の人』は〈室内劇〉というジャンルに分類される。〈室内劇〉の特徴としてジョルジュ・サドゥール（Georges Sadoul）は、登場人物が特別な人物ではなく市井の人々である点と、物語の筋が「三面記事に要約」可能である点を挙げる（サドゥール　一二二）。つまり、〈室内劇〉において重要なのは物語の内容ではなく、物語がどのように映像で語られるかということになる。前項で述べたように、『暗闇のなかの笑い』の冒頭が物語の要約で始まったことを思い起こしてほしい。愛人に裏切られた男の悲惨な最期という数行の要約の後、ナボコフは次のように続ける。

これが話のすべてで、〈物語る〉ということに益も楽しみもないということなら、ここで終わりにしたかもしれない。だが、一人の男の人生の略伝を刻むのに苔むした墓石には十分なスペースがあるとは言っても、細かないきさつというものはいつでも歓迎されるものなのである（*Laughter* 7）。

小説の冒頭部分でナボコフは重要なのは物語の内容ではなく、それをどのように物語るかであると明かす。周知の通り、ナボコフは後年、『ロリータ』や『青白い炎』（*Pale Fire* 1962）で入れ子細工の語りや信頼のおけない語り手を多用し、テクストに書かれた情報が現実と虚構の狭間を行き交う世界を繰り広げる。そのナボコフが一九三〇年代にどのような語りの技巧を用いたのであろうか。

言語情報を抑制し、ほぼ映像のみで語った『最後の人』を補助線として用いつつ、特に小説の後半の語りに注目してみよう。『暗闇のなかの笑い』の主人公アルビヌスは未成年の愛人マルゴによる裏切りを知ると嫉妬に苛まれ、二人とともに自動車旅行をしていた彼女の愛人レックスを置いて、彼女を車で連れ去る。その車は事故で転落し、マルゴは軽傷で済むが、アルビヌスは失明する。『暗闇のなかの笑い』では三人称語りの語り手が誰であるか明瞭ではないが、アルビヌスの失明後、アルビヌスに近い視点からの語り、すなわち、視覚を失った語りがその三人称の語りに頻繁に挿入される。『最後の人』で言語情報を極端に制限した語りが試みられたように、『暗闇のなかの笑い』では視覚情報を制限した語りが展開する。

視覚情報を制限した語りとはどのようなものか、『暗闇のなかの笑い』第三三章を詳しく見てみよう。第三三章では事故後、病室で意識を取り戻したアルビヌスが失明を理解するまでの経緯が、彼に近い視点から次のような順序で語られる。アルビヌスは意識を取り戻し、事故があったことを理解するものの、周囲の暗さから未明なのだと推測する。その後、包帯や自分の髪への違和感という触覚の語りが続き、事故直前の様子が記憶のなかにある視覚を通して語られる。次に事故の詳細を語るマルゴの声。聴覚による情報に触発され、アルビヌスの記憶のなかの視覚世界が浮かび上がる。視覚がなく、他の感覚のみであることへの違和感に触れつつ、聴覚で感じ取った戸外の様子を視覚的に想像し、聴覚を視覚に対応させせようと努力する。看護婦とマルゴの声が聴こえた後、アルビヌスは包帯を持ちあげ、外を覗いてみる。聴覚情報から夜は明けていると推測していたアルビヌスの眼前には暗闇が広がり、真夜中かと思い直す。そこに隣の部屋から陶器の音とともにマルゴの声が聞こえる。アルビヌスは電気スタンドのスイッチを数度押すが、光は見えない。ソケットがはずしてあると推測し、今度は指で探したマッチを擦ってみる。シュッという音は聞こえるが光は見えず、マッチを投げ捨てる。かすかな硫黄の匂いという嗅覚情報が語られる。隣の部屋にいると聴覚から推測したマルゴをアルビヌスは呼び、灯りをつけるよう懇願する。マルゴとの会話から彼女には自分が見えていることを悟ったアルビヌスは身体を激しく動かし、暗闇から抜け出そうとする。窓の外に太陽が輝いていることをマルゴから聞き、アルビヌスは音を立てて大きく息をする。

以上が第三三章の知覚の流れである。「失明」や「盲目」といったアルビヌスの盲目性を直接に示す言葉はいっさい使われず、聴覚、触覚、嗅覚、そして記憶のなかの視覚で語りが展開する。視覚情報が制限されているためか、陶器の音やマッチを擦る音、そして硫黄の匂いが鮮明に現れ、アルビヌスとともに読者は失明の疑似経験を味わうことになる。

ちなみに、『暗闇のなかの笑い』第三三章は『カメラ・オブスクーラ』第三〇章にあたる。もちろん登場人物の名前は異なるが、第三三章はロシア語版をほぼ忠実に英訳したものと思われる。『カメラ・オブスクーラ』執筆にあたってナボコフは眼科医に失明にまつわる言葉遣いを相談していた(Boyd 362)。視覚に制限を加えても、他の感覚から視覚世界を想像／創造する様子や記憶のなかに鮮やかに残る視覚世界が語られるのは、眼科医への取材も影響しているのかもしれない。

『暗闇のなかの笑い』第三三章と同様、失明したアルビヌスに近い視点からひとまとまりのシーンが語られるのは小説最後の第三九章である。アルビヌスの失明後、マルゴは彼にレックスは米国に戻ったと信じ込ませた上で、実際には三人での奇妙な共同生活をスイスの山荘で行う。不審に思ったアルビヌスの義弟が山荘を訪問し、マルゴとレックスの悪事が露呈し、義弟はアルビヌスを妻の住むベルリンの家へと連れ戻す。第三九章では、かつてマルゴと暮らしたベルリンの家にマルゴが戻ってきたことを偶然知ったアルビヌスが彼女を銃殺しようとその家を訪れ、揉み合ううちに逆にその銃で撃たれ、アルビヌスは最期を迎える。盲目のアルビヌスは家具等の配置を熟知する一室にマルゴを閉じ込め、香水の匂い、衣擦れの音、体温、生きているものが放つ気配を頼りに彼女の居る位置を特定し、発砲しようとする。当然、読者にも視覚に基づくマルゴの位置情報は伝えられず、アルビヌスの感覚を通してともにマルゴを追うことになる。

『暗闇のなかの笑い』第三九章を考える際に、再び『最後の人』を手掛かりにしたい。『最後の人』が〈室内劇〉というジャンルに分類されることは先述したが、サドゥールは〈室内劇〉である『最後の人』の特徴として、登場人物が出口のない場所——この映画の場合はホテル——に詰め込まれることを挙げ、それによって「筋の運びの爆発的な激しさは十倍に増すように思われる」と指摘する(サドゥール 一二二)。ナボコフと映画との関係を論じた先駆的な研究書においてアルフレッド・アペル・

ジュニア（Alfred Appel Jr.）も『最後の人』のホテルの洗面所の閉塞性に触れる（Appel 224）。『暗闇のなかの笑い』においても出口のない場所へアルビヌスを閉じ込めるシーンは散見されるが、それが物語の運びにとりわけ激しさを加えるのは失明を自覚する第三三章と最後の第三九章であろう。

第三三章の舞台は病室という閉鎖空間ではあるものの、開いた窓から陽光や戸外の物音、気配が自由に入り込み、隣室とも音を通じてつながっている。サドゥールも〈室内劇〉の「出口のない場所」は実際にはいくつかの「外界に向かって開かれた狭間の存在が認められている」と付記し、『最後の人』の場合は街路がこの狭間に該当すると例示する（サドゥール　一一二）。『暗闇のなかの笑い』第三三章の病室も実際には緩やかな閉鎖空間なのだが、光を失ったアルビヌスは暗闇に閉じ込められており、そこから抜け出そうともがくも叶わず、悲嘆にくれる。このように第三三章ではアルビヌスは意に反して閉鎖空間へと閉じ込められるのに対し、第三九章ではアルビヌスは自らの意思でドアを背にして閉鎖空間を作り出す。家具の配置を熟知した閉鎖空間は逆に彼を闇から解放する。彼は「あたかも両眼を使っているかのように」部屋の様子を「はっきりと見ることができた」（*Laughter* 289）のである。

しかし、最も重要な解放はマルゴへの執着という闇からの解放であろう。ベルリンの映画館の暗闇のなかでマルゴを見初めて以来、アルビヌスはマルゴへの執着から逃れられなくなる。マルゴにたいする正常な視力＝判断力を持つことができず、暗闇を手探りで進むアルビヌスは滑稽な軌跡を描き続けた。しかし、彼女の発砲によって彼の両眼は「眩いばかりの栄光」に輝き、彼の脳裏にはこれまで見たこともないほどの至福の青さをたたえた波へ進み入る自らの姿が映る（*Laughter* 291）。アルビヌスの閉塞状況からの解放を示すかのように、彼が横たわる部屋のドアが「開け放たれ」ている。（*Laughter* 292）部屋には彼が執着した女のスーツケースが残され、そこには自動車事故直前に宿泊したホテルのシールが貼られていて、彼の執着した対象が傍目には俗悪で取るに足らないものであると暗示される。語り手の視点は部屋の外へと向かい、玄関から階段の踊り場へと続くドアも開け放たれていることを伝え、小説は終わる。

この第三九章は『カメラ・オブスクーラ』では第三六章にあたる。英語版には若干の改変は加えられているものの、おおむね忠実にロシア語版が英訳されているように見える。しかし、アルビヌスの死後の空間情報について、ロシア語版と英語版では異なった語りの方法が採られる。部屋やドアの様子にはほとんど違いはなく、ロシア語版ではそれまでの語り方がそのまま継承される。他方、英語版では「最後の音響のない場面のためのト書き」と明示された後に部屋の様子が列挙される（*Laughter* 292）。ト書きで小説を締めくくることにより、この小説全体が〈室内劇〉の映画のための脚本であった可能性が浮上し、物語も登場人物たちも現実のものなのか、虚構に過ぎないのか判然としなくなる。物語を現実と虚構の狭間に宙吊りにするこうした手法は、後のナボコフの小説に頻出するのは言うまでもない。『カメラ・オブスクーラ』邦訳版の「解説」で訳者貝澤哉は小説の「見る」「見えない」の主題を小説と読者の関係へと敷衍する。小説の読者はそこに書かれた「描写」を通して、この小説の主人公同様、間接的に「想像」することしかできないと貝澤は指摘する（ナボコフ　三四七）。『暗闇のなかの笑い』の終わり方は貝澤の指摘へとより多くの読者が辿りつきやすくしたものと言えるだろう。『最後の人』では言語情報が抑制されることによって、カメラの位置や移動に加えてショットの選択、配置といった映像表現により工夫が凝らされたように、ナボコフは主人公の視覚情報を制限することにより、視覚以外の感覚を通して物語る手法を豊かにしていったという類推から本項を始めたので、ハンディのある語りがかえって豊かな表現力の獲得に寄与する可能性を使用言語の観点から指摘したい。一九三四年に『カメラ・オブスクーラ』の英訳の話が英国の出版社からナボコフにあった際に、同時に『絶望』(*Отчаяние* 1934, *Despair* 1937, 1965)の英訳も依頼されていた。当初は二作ともに翻訳者を探す予定でいたが、ロイによる『カメラ・オブスクーラ』の英訳草稿に失望したナボコフは『絶望』を自分の手で英訳することを一九三五年六月には決意し、同年暮れに英訳草稿をあげる。一九三七年には『暗闇のなかの笑い』を英語で執筆し、一九三八年には英語による初めての長編小説『セバスチャン・ナイトの真実の生涯』(*The Real Life of Sebastian Knight* 1941)の執筆が始まる。一連の英訳の仕事が母語であるロシア語を捨て、ハンディのある英語による執筆活動を始める助走となり、やがて技巧を凝らした英語による表現が開花することになる。

三　ロベルト・ヴィーネ監督作品との比較

ナボコフが賞賛したと伝えられるヴィーネ監督の『芸術と手術』はサイレントのホラー映画で、殺人の罪で処刑された男の手を移植したピアニストが、処刑された男の知人の企みによって、手の提供者の殺人衝動がピアニストを蝕むという強迫観念を抱くようになり、ついには父親殺害の容疑をかけられるという物語である。ナボコフはこの映画の列車事故のシーンと主演のコンラート・ファイト

（Conrad Veit）の演技を称えたとアペルは伝える（Appel 137）。列車事故のシーンについては『マーシェンカ』の主人公の部屋のそばを行き交う鉄道の描写にワイリーはその影響を見る（Wyllie 17-18）。『暗闇のなかの笑い』とこの映画とに共通点があるとすれば、第一に、それは悪魔的な男が主人公の身体的欠損を利用して主人公を操り、悲劇的な状況へと追い込むという設定であろう。悪魔的な男とは『芸術と手術』の場合、処刑された男の知人ネラであり、一方、『暗闇のなかの笑い』ではマルゴの初恋の相手で後に彼女の愛人となるレックスである。

ネラは処刑された知人ヴァスールの手がピアニストのオルラックに移植されたことを知ると、移植提供者が殺人者という事実をオルラックが知るように仕向ける。提供者を知ったオルラックはそれ以来、罪に汚れた手で愛妻に触れることができなくなる。過去の新聞で殺人事件の詳細を調べたオルラックが帰宅すると、家のドアには凶器と同じ特徴のナイフが突き立てられている。実は、それはネラに脅された女中の仕業で、ネラは女中を脅迫してオルラックと妻を操らせ、移植した手を通して殺人衝動がオルラックを蝕みつつあると信じ込ませる。ネラの狙いはオルラックの父の遺産であった。その後、父が殺害され、現場には処刑されたはずのヴァスールの指紋が残されていた。オルラックは父を殺したと明かされたくなければ遺産を渡すようネラに脅迫される。妻の勧めでオルラックはすべてを警察に説明し、ヴァスールの指紋の型を取って作製された手袋を使ってネラが二件の殺人事件を起こしたのであり、オルラックだけでなく移植提供者ヴァスールも無実だと判明する。

オルラックが事故による両手切断と移植という身体的欠損が原因で、悪意ある人物から殺人者の邪悪な衝動に自身が蝕まれると思いこまされるように、『暗闇のなかの笑い』のアルビヌスも失明という身体的欠損によって悪意ある人物から架空の話を信じ込まされる。アルビヌスはマルゴが献身的に介護していると信じるが、実際にはマルゴは彼の口座から引き出した金でレックスとの暮らしを楽しんでいた。さらに、美術評論家として色彩に溢れた世界に惑溺していたアルビヌスの求めに応じてマルゴは部屋の色彩を描写するが、レックスの教唆によってその色彩はすべて変えられていた。このように、マルゴからの情報によって盲目のアルビヌスが描いていた世界は実在しないものだった。

身体的欠損によって主人公が操られるという共通点はあるものの、主人公の苦しみと安らぎについては『芸術と手術』と『暗闇のなかの笑い』は対照的な流れを辿る。オルラックは偽りの情報によって心理的に追い詰められ、真実を知ることにより苦悩から解放される。他方、アルビヌスは偽りの情報によって安らぎを得ていたにもかかわらず、真実の暴露によって苦悶する。また、妻の支えが主人公に与える影響についても対照的である。『芸術と手術』では苦悩する夫を妻が献身的に支えようと努め、最終的に真実の露見によって夫婦は抱擁し合い、夫婦の愛が勝利する形で終わる。一方、『暗闇のなかの笑い』では、マルゴに裏切られた盲目の夫に妻は献身するが、アルビヌスはマルゴへの執着を捨てることができず、妻の愛には応えない。つまり、『芸術と手術』においては主人公の世界を崩壊させるような危機が迫るものの、最終的には危機は回避され、安定した秩序が回復されるのだが、『暗闇のなかの笑い』では安定しているかに見えた世界は虚偽と判明し、主人公の懐疑は家族愛の物語によっても収束することはない。安定しているかに見える世界への懐疑は物語の内部にとどまらない。テクストからの情報を信じてアルビヌスの物語を読んできた読者も、最後のト書きによって、語り手があらかじめ用意していた脚本を読まされていたのではないかという懐疑へと引きずり込まれる。

身体的欠損によって操られる主人公という共通項をもちながら、映画の予定調和的な結末を反転させるナボコフの選択は、「映画的な常套句《クリシェ》のグロテスクさ」(Boyd 363)が充満した当時の映画というメディアへの彼なりの反応であったとも考えられる。また、『カメラ・オブスクーラ』で主人公が出資する映画は吸血鬼の女を主人公としており、一九二二年公開のムルナウ監督映画『吸血鬼ノスフェラトゥ』(*Nosferatu*)をはじめとして一九三〇年代に公開が相次いだ吸血鬼映画へのナボコフの揶揄をここに見ることも可能であり、ムルナウやヴィーネにたいするナボコフの態度は賞賛に集約できるとは考えにくい。

さらに、ヴィーネ監督作品としてナボコフが『芸術と手術』を称揚した点も気にかかる。ヴィーネ監督作品のなかで評価が高いのは間違いなく『カリガリ博士』(*Das Cabinet des Dr. Caligari* 1920)であり、入れ子細工の物語構造という点では『暗闇のなかの笑い』に近いのは『カリガリ博士』の方である。もちろん『カリガリ博士』への高評価はその物語構造というより美術演出に起因する。この映画の美術監督を務めたドイツ表現主義の画家ヘルマン・ヴァルム(Hermann Warm)は「映画は動くデッサンとならなければばならない」と宣言し(サドゥール 一二〇)、『カリガリ博士』では遠近法、形態、建築の歪みが幻想的な世界を創り出す。『暗闇のなかの笑い』の冒頭に示されたアルビヌスの映画企画の夢も名画を映画のなかで動かすということであり、映画という新しいメディアを絵画芸術へと近づけようとする欲求であった。とすると、アルビヌスの映画企画が一蹴された理由は名画の微妙な色合いを映画で再現するのが技術的にも経済的にも困難であったという点にあり、映画を絵画芸術近づけるという試み自体は一九二〇年代にすでに相当程度成功しており、一九三〇年代には新奇な着想ではなかったことになる。さらに、アルビヌスが求めたのは幸福な日常を題材とした名画の再現であり、ヴァルムが形態や空間の歪みによって生み出した、観客をも巻き込む非日常的で不安定な世界とは方向性が異なる。

一方、物語構造に着目するならば、ナボコフが小説を現実と虚構の狭間に宙ずりにするために用いる入れ子細工の物語構造は、『カリガリ博士』においてはむしろヴァルムの前衛性を緩和する働きを担う。ヴァルムの前衛的な試みを大衆に受け入れやすくするために、ヴィーネ監督は最初の脚本を修正し、プロローグとエピローグによって空間の歪んだ幻想的な世界が一人の狂人の心のなかの妄想であるという説明を加えた。そのため、観客の平衡感覚をも狂わす不安定な世界は外側の合理的な物語によって囲い込まれることになり、『カリガリ博士』は『芸術と手術』と同様、不安定な世界が安定した秩序のなかに回収される物語となっている。

おわりに

本稿ではナボコフが賞賛したとされる二つの映画作品との関連から『暗闇のなかの笑い』を再読したが、ムルナウ監督の『最後の人』については〈室内劇〉というジャンルと制限を設けた語りを『暗闇のなかの笑い』読解の際の補助線として使えるのに対し、ヴィーネ監督の作品については類似点が散見されるものの、大衆の好みに従って、物語を安定した秩序に回収しようとするヴィーネの企図はナボコフの求めた方向とは対照をなす。しかし、その対照から小説、映画という異なるメディアに優劣があるかのように述べることが本稿の目的ではない。

『暗闇のなかの笑い』における映画の影響としてワイリーは、自動車事故を含む二つのシーンにロングショットからクローズアップへとショットに切り替えるような、急な視点移動があることを指摘する（Wyllie 69-70）。そうした視点移動をワイリーは特定の映画と結び付けてはいないが、本稿で挙げた映画作品の中では『芸術と手術』において遠景、近景のショットの切り替えが円滑に行われている。このように映画によって生み出された新たな表現方法をナボコフが文学に取り入れていた形跡は窺える。しかし、映画をテーマの一つと位置づけたわりに、『暗闇のなかの笑い』に映画の表現形式をどのように導入しようとしたかについてのナボコフ自身の言葉はほとんど残っていない。ボイドのナボコフ伝からは映画というテーマ設定はむしろ、大衆の好みを取り入れて映画化や翻訳のチャンスを増やしたいという経済的な事情が大きく作用しているように見える。

大衆の好みとの乖離はナボコフがロシア語で作品を発表し、生計を立てていく上でも無視できない問題だった。『暗闇のなかの笑い』が出版された一九三八年前後、ナボコフは家庭教師の職を辞めて文筆活動のみで生活しており、経済状態は逼迫していた。ナボコフはロシア語で優れた作品を発表すれば、その作品が翻訳されて収入が増えると考えていた。しかし、現実は彼の思惑とは逆で、作品の質が上がり「文学通のあいだでの名声が高まれば高まるほど、作品を翻訳してもらうのが難しくなってしまう」とナボコフが歎く事態に陥った（Boyd 431）。ナボコフは『カメラ・オブスクーラ』の次に『絶望』を執筆し、英国の出版社がこの二作の翻訳の出版を検討したが、ナボコフが翻訳した『絶望』は『カメラ・オブスクーラ』のロイ訳よりも出版に向かないとみなされた。こうした事情から、作品の質を高め、なおかつ、幅広い読者を獲得するためにナボコフは英語による執筆という道を選択せざるをえなくなる。

一九三〇年代後半にナボコフによって英訳された『絶望』と『暗闇のなかの笑い』は、彼が執筆言語をロシア語から英語へと変える上での助走期間に生まれた作品である。二つの言語のあいだで、より多くの読者を得られる言語を選択するという、文学者としての根幹に関わる決断を下す前段階として、ナボコフが映画というより大衆の支持を得やすいメディアに関心を示したのは不思議なことではない。参考になる部分を採り入れるにせよ、譲れない部分を反転させるにせよ、『暗闇のなかの笑い』が映画というメディアを強く意識した小説であることに変わりはない。小説と映画という二つのメディア、ロシア語と英語という二つの言語のあいだでのナボコフの模索の交差点に『暗闇のなかの笑い』はある。

【注】

（1）*Laughter in the Dark* は英語版は篠田一士による邦訳され、『マルゴ』という題名で出版された。この邦訳によって Margot の日本語表記は「マーゴット」より「マルゴ」が定着している。そのため、本稿では「マルゴ」と表記する。

【参考文献】

〔書誌〕

Appel, Alfred, Jr. *Nabokov's Dark Cinema*. Oxford: Oxford UP, 1974.

Boyd, Brian. *Vladimir Nabokov: The Russian Years*. Princeton: Princeton UP, 1990.
Grayson, Jane. *Nabokov Translated: A Comparison of Nabokov's Russian and English Prose*. Oxford: Oxford UP, 1977.
Nabokov, Vladimir. *Laughter in the Dark*. New York: Vintage International, 1989.
——. *Mary*. New York: Vintage International, 1989.
Wyllie, Barbara. *Nabokov at the Movies*. Jefferson: Mcfarland & Company, 2003.
Набоков, Владимир В. *Собрание сочинений русского периода: 1930-1934*. Т. 3. Симпозиум, 2000.
秋草俊一郎『ナボコフ　訳すのは「私」』東京大学出版会、二〇一一年。
サドゥール、ジョルジュ著、丸尾定訳『世界映画史』第一巻。みすず書房、一九九〇年。
ナボコフ、ウラジーミル著、貝澤哉訳『カメラ・オブスクーラ』光文社文庫、二〇一一年。

【ＤＶＤ】

Wiene, Robert. *Hands of Orlac*. Kinko, 2008.
フリードリッヒ・ヴィルヘルム・ムルナウ『最後の人』ＩＶＣ、二〇一三年。
ロベルト・ヴィーネ『カリガリ博士』ＩＶＣ、二〇〇九年。

非アメリカ的な「夢」と前衛映画と抵抗と

――第二次世界大戦前後のアナイス・ニン

加藤麻衣子

はじめに

アナイス・ニンはいわゆる「アメリカらしくない作家」もしくは「アメリカ文学史における主要な流れの外にいる作家」と見なされることが多い。ロスト・ジェネレーションに属する作家たちより十年遅れて、銀行員だった夫の転勤に伴ってパリにやってきたニンが親交を結んだのは、ヘンリー・ミラーをのぞけばアルトー、ブルトン、ランク博士、ロレンス・ダレルなどヨーロッパ出身であった。彼女が影響を受けたヨーロッパ文学および芸術の流れはシュールレアリズムや前衛芸術であり、当時アメリカで主流だったリアリズムの対極にいるように見えるかもしれない。

ニンの「代表作」とされている日記全十五巻は、一人の女性芸術家のほぼ生涯にわたる膨大で真摯な告白である。彼女自身が綴った日常の記憶は即興的で形式に縛られず、生き生きとした語りでありながらも曖昧で多くの矛盾をはらんでいる。それは彼女自身の物語であり、多くの女性たちの声を代弁する告白でもあったが、二〇世紀の歴史の大きなうねりをもつことはない。ニンのもつ「非アメリカ性」は極端なまでの「夢」、すなわち自己の内面への追求にもとづくものである。

ここでは一九三〇年代以降に、ニンが二度の世界大戦と恐慌を経験しながらもそうした情勢が作品に反映されず、自己の内面を追求することだけに専念し続けた姿勢が何を意味したかを、そして一九四〇年代にウクライナ出身の女性映画監督、作家であるマヤ・デレンと交流をもち、彼女の短編映画に参加するにいたった経緯と作家として得たものについて論じていくことにする。

一　自らの人生を芸術化することの必要

第一巻以降の『日記』に見られるように、ニンは長いこと精神分析と長く関わった。アランディ博士、ランク博士、そして後年は女性のインゲ博士のもとに通い、時には医者と患者との関係を超えたきわめて親密な関係に至った。精神分析医が人の内面を分析することと、作家である自分が内面を掘り下げていくことには多くの共通点があることを彼女は認めていた。

ニンの小説の主人公たちはすべて女性であり、作家自身と同様に芸術家か芸術家を目指す人物である。そして、物語における様々な出来事はほとんどが日記における作者自身の経験を彷彿させる。だが、短編集『人工の冬（*Winter of Artifice*）』におけるタイトル作『人工の冬』の主人公のようにまさにニン自身の体験がそのまま語られた作品を除けば、残り二つの作品『ステラ（*Stella*）』のステラ、『声（*The Voice*）』のジューナ、また五つの中編小説群から成る『内面の都市（*Cities of the Interior*）』に登場するリリアン、サビーナ、ジューナの三人の女性たちは、ニンが共感した友人たち――たとえばヘンリー・ミラーの二度目の妻ジューン、一九三〇年代から四〇年代に親交のあった映画女優ルイズ・ライナーらと自らの姿を重ね合わせたイメージからつくられている。

ニンは相手に強く共感し、自分の姿を重ね合わせることで人物像を描くことが多かった、と自ら日記で認めている。ジューンやルイズに対しても双子や姉妹であるかのような幻想を抱いて描く記述が目立つが、最も自分自身と重ね合わせて描き続けたのが、実の父でピアニスト、作曲家、音楽学者だったホアキン・ニンの姿である。

父と過ごした年数は少なかったものの、ニンは父親の中に自分の分身の多くを見いだしている。現実的、楽観的な母とは対照的に、美意識が高く世俗的なものを嫌い、憂鬱な気質を受け継いだ彼女は、自分の気質が母より父に似ていることに気づいていた。十一歳で別れ、三十歳を過ぎて父に再会したニンは、お互いに自分の似姿を見いだそうとすることを認め、インセスト的な感情をいだくようになったことを告白している。(1)

ニンが自らの父との関係をモデルに描いた『人工の冬』では主人公の女性が、靴下を脱いだ父の足を見ながら、あたかも父が自分の足を盗んだかのような錯覚にとらわれる場面がある。「私はあなたをよく知っているけど、もしあなたが私の足ならば好きじゃないわ。私は自分の足は好きじゃないもの」と彼女は心の中で父の足に呼び掛ける。(2) 自分の足とまったく同じ形の父の足への親密な感情、すなわち自己愛にがんじがらめにされてしまうような気持ちに苛まれながら、主人公はアイデンティティの混乱に陥ってしまう。こうした「双子」幻想は、主人公を死に至らしめる自己愛であり、彼女は精神的自立をするためにはもう一度父と別れるしか方法を見いだせなかったのである。

ニン自身の「双子」への愛憎はこのように、決してナルシシズムに由来するものではない。だが自らの父への思いを、そして他人に共鳴する気持ちを作家としてどのように扱えばよいのかに悩み、彼女は同じく『日記・第一巻（*The Diary of Anaïs Nin, Vol.1*, 1931-1934）』の中でランク博士にたずねている。ランク博士は「分身」というのは「影」であり、人が生きたくないと思う自己、自分が否認する暗い自己である場合が多いと答える。そして人が外界と調和するのは、自分の要求に合わせて外界を形づくり働きかけ、願望の実現を可能にするような内的現実を創造する力をもつ時だと語る。これは、ニンがランク博士にかかる前に診察に通っていたアランディ博士が、患者にすぐさま現実と和解することを求め、患者が現実を自分なりに咀嚼する以前にその内向性や不適応を一律に病気とみなしていたのとは対照的である。

「わたしは今まですべて愛した人を失ってきました」[3]と語るニンは、誰かを、何かを愛し共感する瞬間を日記に残そうとした。彼女は子どもの頃からどこに行くにも日記帳を持ち歩き、見たこと、心に浮かんだことをまるで画家がスケッチをするように書きとめたという。そしてそれを豊かなものにするために、より苦痛をともなう現実を多く経験し、自らの作家として成長しようとしたのである。こうしてニンの日記は時に大きな矛盾や隠蔽をかかえながらも、教養小説（Bildungsroman）的性格と自動筆記的な性格の両方をもつようになったのである。

彼女は評論『未来の小説（*Novel of the Future*）』の中で、日記は自分が書くための動機で修行の場でもあったが、それがいかに作家たちにとって描くための訓練に格好の手段であるかを説いている。人物であれ事物であれ、日記を書き続けることで、即座に自らの情緒的な面も含めた体験が、熱から冷めないうちに書きとどめられるので、より構築を必要とする小説やエッセイ、評論を描く上で大変役に立つと彼女は主張する。(4) 至近距離で物事をとらえること、共鳴をもって物事を見、それを自らの内面にとりこんで創造の対象にするには、日記が彼女にとって最も必要な媒体だったのである。

二　もう一つの世界

自分自身が経験するさまざまな現実を日記に描くことで、内的現実がつくりだされ、さらに時間を経てそれは遠い記憶となり「夢」へと変わっていく。そしてニンがこの「夢」から作品を紡ぎだそうとする姿勢は、子ども時代に両親の不和に悩まされながらも、音楽のもつ強い力に魅せられた経験から始まっている。『日記・第一巻』で、そして『人工の冬』で「戦争（war）」とたとえた両親の激しいいさかいを何度も目の当たりにしながら、父がピアノを弾き、母が美しい声で歌う時間には平和が訪れ、幸福感で満たされたとニンは回想している。

日記を書く時間と同時にニンの心の中にあるのは、音楽に始まる芸術のもつ魔力への絶対の信頼がある。放蕩に明け暮れ、家族をかえりみなかった父親のホアキンに対する憧れも、その才能のつくりあげる音楽の力が単なる現実逃避ではない、もう一つの世界への誘いとなったといえよう。父への恐れ、憎しみを後年告白しながらも一方で敬愛していたのは、創造する人間と音楽の持つ「もう一つの世界」に導く力からだった。

「夢」といえば、特にアメリカにおいては「アメリカン・ドリーム」のように、実現させようと心に描く目標となるものを意味することが多く、ニンのように内面に向かう「夢」はとかく現実逃避のように扱われる傾向がある。しかし、「夢」は「現実」と表裏一体であり、常に昼間の経験が現実とそのまま無意識的につながる表象なのである。

この「夢」に対して、ニンは精神分析医にかかる以前から「もう一つの世界」という言葉で言及している。『初期の日記・第四巻』(1927-31)でニンは、銀行勤務である夫のヒューゴーが大恐慌で家の財産をすべて失うかもしれないという気に病み続ける様子と、希望を失った世間の人々の様子を描いている。そして自分たちが物質的な貧しさや、物質主義的な価値観だけで出来上がった人間たちに内面まで支配されるべきではない、揺るがぬ強さ、超越した精神をもつべきだと綴っている。(5)『日記・第四巻』(1944-47)でニンは、第二次世界大戦終結後にコクトーの以下の言葉を引用し、戦争を経験した一人の人間としての見解を次のように示している。

私たちの歴史において素晴らしい一週間であり、新しい世界が始まる、戦争は終わった! 大いなる変化、大いなる喜び、喧騒と祝賀。

だが私たちはみな、戦争は癌のようにたちの悪い、権力の病であることを知っている。言ったのはコクトーだったと思う、「私は歴史に関心はない。私は文明に関心があるのだ」。歴史と政治は単に悪の権力の記録にすぎないのである。私たちは平和を祝う。しかし私たちは、人間の攻撃性を治療する方法には注意を向けない。そして人が精神分析において人々が自分の恐れを克服するにつれて敵意が消えていくのを見る時、治療がそこに存在しないかのように思ってしまうのだ。私たちは注意を向けない、なぜなら私たちはニュースの見出しや報道に関心を向けているだけだからなのだ。[6]（78）

他人への攻撃は自分自身の傷を治すのに何の役目も果たさないことを、ランク博士のもとで素人セラピストとして働いた経験のあるニンは十分知り尽くしているはずである。歴史というものは一見人類の大きな物語を書きしるしているようであるが、支配する側の人々の一方的な視点から見た一つの「事実」にすぎないのであって、個人の声が書きしるされることはない。戦争によって多くの人々の命が奪われ、故郷が破壊されると同時に、個人の内面の物語まで押しつぶされてしまうのをニンは子どものころから見てきたからだろう。

『日記・第三巻』（1939-44）中の一九四三年六月の日記で、戦時中のニューヨークで日本に対する憎悪が露わにされるシーンがある。日本製の紙製の傘を買い求めようとしたニンに対して、店員は「そんなものは破いて捨ててしまえ！」と怒る。太平洋戦争下に、中国系の店に行って日本製のものを買い求めようとしたニンに対して中国系の店員がとった態度を、ニンはこう語っている。

戦争のときには憎しみがすべてを混乱させてしまう。憎しみは寺院や絵画や珍しい書物や、ベートーヴェン、バッハ、ブラームスを、そして日本の傘にすら降りそそぐ。憎しみは罪なき人たちに降りそそぐ。子どもたち、働く人々、女性たち、夢見る人たち、そして日本の傘にも。憎しみや復讐のまなざしをあとにして日本の小さな傘を折りたたむと私は感じた、戦争のときには魂が混乱させられるのだと。(7)（p.288）

日本、ドイツ、イタリアの文化や人物に対して戦時中の敵国に対する憎しみがぶつけられ、国家権力や戦争の影で罪なき優しい人たちや貴重な才能までもが戦争による敵意で踏みにじられる様子が伝わる箇所である。さらにニンは、広島や長崎に原爆が落とされた時のショックも『日記・第四巻』に短い言葉ながら書きしるしており、戦争や国家権力に対する強い憤りの気持ちが十分にうかがえる。

イデオロギーや政治的な動きに対するニンの拒絶は、その後も随所に表れている。一九七〇年代に『日記』がアメリカ内外で人気を博して各地で講演をした時にも、当時盛んになってきていたウーマン・リブ運動に積極的ではなく、むしろ攻撃的、戦闘的な女性に対して批判的な記述がされている。これは彼女が政治や社会的な動きに無関心だということを示すのではなく、そのような運動がもたらす個々の力関係やイデオロギーへの拘泥によって人を追い詰め、結局は傷つけることを恐れていたものと思われる。世界恐慌に怯える夫ヒューゴーを叱咤激励したという前述のエピソードが示す通り、人がいかなる状況にも負けずに強く生きるには、「もうひとつの世界」を充実させることをニンは何より重んじていたのであろう。

三　抽象化ということ

ニンは『未来の小説（*The Novel of the Future*）』の中で、人間が夢をみることの健全さを、そしてその必要性を説いている。アメリカにおいては芸術性より倫理観が、幻想的、内向的なものより即物的、合理主義的なものが重んじられる。意識と無意識、現実と非現実は一見背中合わせに存在しているようだが、相互に依存しあう関係であり、創造において夢や無意識を重んじることは現実にわが身をさらすことと矛盾しない、とニンは信じていたのである。「リアリズムは現実ではない。現実というのは私たちがいかに物事にふれたり見たりするかであって、客観的に見たところの物事のことではない、なぜなら私たちは客観的ではないからである。[8]」とニンは一九四五年一〇月の日記に述べている。

ニンの小説では描かれる人物たちの履歴書的な事実——国籍、民族、地域的な特質、年齢、その職業における活動や外見的な特徴——が浮かび上がってこない。作品中の人物の輪郭を明確に保つことができないという指摘に対してニンは、個性というものは地層のようなもので、身分証明書的な事柄よりもっと深いところに人が普遍的にもちうる感情や思考があり、さらに層の深いところでは多くの人たちとつながる通路のような潜在意識があり、そういった普遍的なものを表現したいと述べている。[9]

パリでミラー、アルトーと親交を結んだこと、そしてニューヨークでランク博士のもとで素人のセラピストとして働いたことは、ニンにとってシュールレアリズムや前衛芸術に傾倒していく大きなきっかけとなり、一九三七年秋ごろからニンとアンドレ・ブルトンとの交流が始まる。『未来の小説』

でもニンは、自分の目指すのはミロやクレーの描く簡略化された輪郭で軽快に描かれた絵画のような作品を描きたいと述べている。それらは歴史的要素も含めた客観的事実を表現した写実的な絵画のような作品とは対照的に、人間の個性の地層の深い部分を選びぬいて描き、見る人によって多様な解釈を導く。だが同時に、この深い層の部分で人が思考、行動し変化する様子を自由に書くことができるとニンは考えたのである。

シュールレアリスト――もしくはダダイスト――たちの中にはブルトン、エルンストを初めとしてアメリカに渡ってきた人もいれば、エリュアールやアラゴンのようにレジスタンス運動に参加した人もいた。世界がファシズムに怯えた時代に、個人の内面を誰にも冒されることなく表現しようとした彼らの意志は、ニンが「もうひとつの世界」の大切さを説いたことと相通じるものである。たとえば、ブルトンは『シュールレアリズム宣言』において同じようなことを述べている。

> 自由というただひとつの言葉だけが、いまも私をふるいたたせるすべてである。思うにこの言葉こそ、古くからの人間の熱狂をいつまでも持続させるにふさわしいものなのだ。それはおそらく私のただひとつの正当な渇望にこたえてくれる。私たちのうけついでいる多くの災厄にまじって、精神の最大の自由がいまなおのこされているということを、しかと再認識しなければならない。それをむやみに悪用しないことが、私たちの役目である。想像力を隷従に追いこむことは、たとえ大まかに幸福などとよばれているものがかかわっているばあいでも、自分の奥底に見いだされる至高の正義のすべてから目をそらすことに等しい。想像力こそが、ありうることを私に教

え、またそれさえあれば、おそろしい禁令をすこしでもとりのぞくのにじゅうぶんだ。(傍点原文ママ p.9-10)

二十世紀は戦争の世紀であった。常に個人が差別や憎しみ、攻撃、抑圧にさらされ、しかもそこから背を向けることがまるで現実逃避であるかのように扱われてきた。特に、アメリカにおいて「夢」がアメリカン・ドリームのような将来の設計図であれば好ましいが、内向的で他人からわかりにくい形をなしていると、病的な、または敗北者のものとされてしまう。しかし人はその想像力を物質的な世界や人間社会の表面的なモラルに支配されるべきではない、というブルトンの考え方は、人間の精神に絶対の信頼をおき、その夢の価値を信じるニンの考えと一致する。

こうしてニンが、不安と恐怖のうずまく一九三〇年代、一九四〇年代にもシュールレアリズムと前衛的世界をパリとニューヨークで追求し続けたことは、決して逃避ではなく非暴力主義にも似た社会への抵抗なのであった。スペイン、フランス、デンマーク、キューバ出身の先祖の血を受け継ぎ、幼いころからフランス、ドイツ、スペイン、アメリカと移り住んだ彼女にとって、個人の精神は常に国家や民族を超えるより大きなものであった。

そして力やイデオロギーのぶつかり合いより、一人一人が心に抱く物語に耳を傾けることが、彼女の作家として生きる基本の姿勢となったのだった。人間関係において攻撃や争いが苦手だったと自ら認めているニンにとってこうした態度こそが、全体主義によって人の精神を支配しようとするファシズムへの抵抗なのだった。

四　マヤ・デレンとの出会い

「演じる」ということに強い関心をもち、子ども時代にも家庭内で第二人と素人芝居を好んで行ったことを日記で明かしているニンは、『日記・第四巻』で前衛映画製作者マヤ・デレンの作品出演に至る経緯を書いている。日記において自分自身の人生をフィクション化し、文学的実験の場にもしたニンであったが、日常生活だけでなく自らの肉体による芸術的表現にも強い関心をもっていた。彼女はスペイン国立バレエ団からダンサーとしての素質をかわれスカウトされていたが、世界中を公演するほどの体力に自信がなかったことから研修生入団を断念したといわれている。だが何枚かの写真や日記での記録が示すように、ニンは何度もダンサーとして舞台に立っている。

ニンとマヤ・デレンとの最初の出会いは、第二次世界大戦終結の直前、一九四五年六月のことだった。デレンは一九一七年にユダヤ系の精神分析医の娘としてウクライナのキエフに生まれ、九歳の時にアメリカに移住する。やがてアフリカ系の舞踏家キャサリン・ダンハムと出会ったのがきっかけで、ダンスや人類学に傾倒していく。晩年はヴードゥー教にひかれ三人目の夫テイジ・イトーとともにハイチに渡り、現地の舞踊、宗教に傾倒していくが、脳溢血により四十四歳の若さで客死する。

幼いころに母国を離れてアメリカにやってきたマヤ・デレンのまわりには、彼女と同じユダヤ系のほか、ハイチ、トリニダード・トバゴ出身者、そして日系アメリカ人などそれぞれ独自の文化背景をもった人々が集まっていた。マイノリティとして巨大な国家の中で漂流する存在として生きてきた彼

『アナイス・ニンの初期の日記 第4巻』に掲載されたスペイン舞踊の衣裳をまといポーズをとるアナイス（20代の頃）

らは、英語を互いの唯一の意志疎通の手段とし、自らが根を張って生きる場所を求め、内面の声を映像によって表現しようとしたのだった。

マヤ・デレンはハリウッド映画のもつ商業主義や政治に左右されることなく、貧困の中で前衛的なサイレントの短編映像作品を残した。それらには一般的な映画のもつプロットや演出もない。デレン自身が出演することも多く、人間の内面や対人関係を表現する道具として網、糸、あやとり、水辺、鏡などが映像によく登場する。

マヤ・デレンのヴードゥー文化への情熱と共感は国境や人種を超えていた。彼女の伝記映画「鏡の中のマヤ・デレン（*In the Mirror of Maya Deren*）」で得られる証言でも、彼女が高い共感や情熱を寄せてハイチの人々とともに暮らしたことと、それが映画の製作につながったことが明らかにされている。デレンはハイチのヴードゥーの踊りだけでなく、中国の太極拳などで見られる身体の動きにも大変関心をもっていた。彼女は自らの出身の文化を超えて人類のもつプリミティヴな身体表現や情緒に強くひかれ、それをセリフのない映像によって詩のように表現しようと試みたのだった。

ヨーロッパに己の文化の起源をもち、子ども時代にアメリカにやってきたこと、またダンスへの強い興味や日本贔屓、そして女性の内面の探究を作品のテーマに選ぶなど、ニンとマヤ・デレンには共通項が多い。ニンが彼女の名を知ったきっかけはニューヨークで観た前衛短編映画『午後の網目（*Meshes of the Afternoon*）』（1943）『陸地にて（*At Land*）』（1944）であり、ほどなく二人は出会う機会をもった。

マヤ・デレンの実験的なこれらの作品群には、一般的な商業映画のようにあらすじ、セリフや演技らしい動きがなく、偶然に見える出来事の連続で構成されている。自己の増殖していくイメージとそれが迷路をたどりながら何度も同じ道にたどりついてしまう様子が巧みに表現されている。

夢の世界をどう表現するか、ニンは映像作家たちと議論を戦わせたことを『未来の小説』で明かしている。「マヤ・デレンは夢の雰囲気は現実とそっくり同じであり、夢は最大限の正確さと簡潔さをもって再現されるべきだと論じた。わたしは、似たところは全然ない、夢は不完全で、抽象的で、雰囲気的であり、変容（メタモルフォシス）によって、詩的イメージの魔術的錬金術によってのみ描出しうるのだ、と主張した」（118-119）。しかし、次のようにも述べている。「日記作者はカメラであり、読者はこのカメラの銘柄、被写範囲、品質、それに癖を知る権利がある。なぜなら、日記の真実とは窮極的には描く者と描かれる者の錬金術なのだから」（150）。だが言葉のもつ形而上的性格から、映像のように誰にでも同じく見える媒体で作者の伝える物語が正しく表現され、理解されることは困難である。

マヤ・デレンのDVD “In the mirror of Maya Deren“ 表紙

鮮明さや簡潔さは多くの観衆が観る映像の理解には不可

欠な条件である。睡眠と覚醒の間を行き来する描写においても、マヤ・デレンの主張の方が映像作家の発言としてはより説得力をもっている。たとえ映像作家が自らのカメラが映し出す現実をどう切り取ろうと、映像は文字で表す世界よりはより具体性をもって働きかける存在でなければならず、それゆえ観衆との間に成り立つコミュニケーションはより開かれたものとなる。

ニンは『日記・第一巻』において、子を産む母となることを断念したものの作品を生む母、芸術家たちを育て、支える母親的な存在として生きていきたいと告白している。その象徴的な「母」の役割、あるいは「娘」「女性」としての役割は、母体から赤子が離れる、父と自分自身のアイデンティティの混乱を経て自立していく過程として表現されている。表現媒体の特徴の違いから多少の見解のずれがあるにせよ、こうした自我の増殖や分離という女性独特の問題を詩的言語や独自の映像手法を用いて表現しようとする点において、ニンとデレンは極めて似通っている。

マヤ・デレンは『鏡の中のマヤ・デレン』の中のインタビューで、男性は「今」を生きる存在、すなわち自らが何かを望めば即座に行動に移す存在であるが、女性が「待つ存在」であり、変化し続ける存在であると述べている。女性は子どもを九カ月もの間胎内にはぐくんで育てる、成長を見守る存在であるから肉体的にも精神的にも常に「待つ」役割を担っており、それゆえ自我の「変容」の過程、すなわち変容する途中の段階を表現することが女性の内面の描写となるのだと語っている。

『午後の網目』(9)に登場するマヤ・デレン演じる一人の女性は、鍵をあけて空き家に入っていくが、ダイニングテーブルの上に置かれたパンには刺さったままのナイフがふいに転がり、登っていく階段に置かれた電話の受話器が外れたまま、部屋の窓も空いたまま、とすべてが一見無造作な映像のように見える。女性が眠りにおちると玄関からまた女性が入ってきて階段を上がってきて同じ所作を繰り返し、さらにまた女性が入ってきて、と入れ子のような構造の映画である。

映画の中では一人の女性が三人の分身であるかのように増殖を続けるが、窓のそばの椅子で眠りにおち夢を見る女性と、（おそらく夢の中の出来事であろうと思われるが）外のどこまでも続く道を誰かに追われるように歩いて行く女性の姿が対比をなしている。無意識の夢を表現した幻想的なこの手法に、ジャン・コクトーの影響を感じるとニンは述べている。「個の心の中の現実に関する、そして偶然に思えるできごとを無意識がどのように決定的な情緒体験に展開するかに関する映画だ」と述べている。ほどなくニンとマヤ・デレンは会う機会をもち、自分より一七歳年下のこの若い映画監督に共鳴してニンは『変形された時間の儀式（*Ritual in Transfigured Time*）』（1946）の製作に協力することになる。

十五分弱のサイレント映画であるこの作品の冒頭では、家の中で主演のリタ・クリスチアニはメビウスの輪のような形に巻いた毛糸をいじっていて、やがて家を訪れた一人の女性がそれを糸巻きに巻き始める。少し離れたところでアナイス・ニンが二人を見ているが、その表情や肉体はどこか固い。その後三人はどこかのホームパーティーに合流するが、人々は手をとりあったり笑ったりするものの、日常の自然な動作ではない。三人の女性たちは公園（セントラル・パークと思われる）[10]に行き、彫像をまねて台に立っていたフランク・ウェストブルックは地面に飛び降り、リタをつかまえようとする。フランクがつかまえられそうになって逃げようとするリタと他の女性二人のダンスらしい動きは、スローモーションも交えて躍動感にあふれている。

家の中とホームパーティーのシーンは、儀式化された日常のコミュニケーションを象徴しているかのようであり、リタはその儀式のいずれも拒絶しているかのように見える。そして公園で二人の女性を残してフランクと追いかけっこを繰り返すリタは、撮影現場で出演者や制作者たちを支配し先導し続けたマヤ・デレンの姿と重なってくる。

ニンは『日記・第四巻』で撮影中のフランクについて、岩の間で飛び跳ねる動きを要求され、彼のダンサー生命が非常に危険にさらされていたことを明かしている。そして彼自身が気に病んでいた天然痘の跡についても映像上の修正がまったく行われなかったこと、一方で監督であるデレン自身については顔や髪にかなりの映像上の修正がほどこされていたこと、資金難に苦しみ続けたデレンが出演者たちにお金を払えなかったにも関わらず長時間拘束し、しかも彼らにまったく配慮がなかったことを批判的な調子で述べている。

キャストとして参加した者の一人としてニンが日記に残したマヤ・デレンの人格的な部分については否定的な記述が目立つが、その才能についてはきわめて評価が高かった。再び映画を製作したいともニンは語っていたものの、デレンの死によりそれは叶うことはなかった。ニンは後年のインタビュー集『女は語る（*A Woman Speaks*）』で、自分たちは素人であって演技力が非常に低かったことや、自分たちの労苦よりも作品の出来栄えを最優先するべきだったのだという発言もしている。[11]

マヤ・デレンは著作の中で他の多くの芸術家が指摘しているのと同様に、スクリーンとキャンバスとの類似性を認めている。[12]また、自分は映像によって詩を表現したいとも述べていて、カメラをペンのように自由に操ろうと試みたのだった。カメラは一見現実をむきだしのままさらけ出す機械にすぎないようだが、スローモーション、合成などによって人やものを作者の内面を表す媒体に変える。制作者とキャストの共同作業によって、映された現実が作家自身の内面を描き出す映像作品となる。女性の増殖する、あるいは分離する自己を自由に表現したマヤ・デレンは、こうしてニンと同じく女性の内面を前衛的な手法で描きだそうとしたのだった。

五　映画に参加することの意味

このあともニンは一九五三年にケネス・アンガー[13]の映画『快楽園の創造（*Inauguration of the Pleasure Dome*）』に出てくる仮装パーティー（masquerade）のシーンに、さらに一九五二年には夫 Ian Hugo の制作した短編映画『アトランティスの鐘（*Bells of Atlantis*）』にも出演、自らの散文詩『近親相姦の家（*House of Incest*）』を朗読している。

これらはいずれも短い実験的作品であり、一般的には高い評価を得られる作品と言えない。だがニンは自分の人生を作家として芸術化したのと同様に、自分自身を映像の中で自由に編集され、解釈される対象とし、また、映画監督によって創造の対象となった経験を自らの物語として残したのである。創造し、同時に創造される対象となったアナイス・ニンは、変貌し続ける自らの姿を一つのイメージとして映像に残したと言えよう。

ピューリタン的モラルをもとに力や階層をテーマに扱うことの多いアメリカ文学において、自己の「もうひとつの世界」を広げ、女性の変貌し続ける自我を描こうとしたニンはいわゆる非「アメリカ的」な作家である。だが多民族国家アメリカにおいて、彼女はヨーロッパ文化でつちかった独自の手法で、アメリカという国の枠組みを超え、普遍的な人間の様相を描こうとしたのである。そしてこの普遍的な人間の内面描写こそ、時代や国境、人種を超えて私たちが抱える現代的な自我の問題――複雑な人間関係の中で揺らぐ自我と、与えられた役割と自身との乖離といった問題――を体現していると言えよう。

【注】

（1）ニンの死後刊行された無削除版の日記 *Henry & June*（1931-32）, *Incest*（1932-34）, *Fire*（1934-37）にアランディやランクとのきわめて親密な関係、そして父親との男女関係を暗示する描写が随所にある。

（2）*Winter of Artifice*, p.64-65　以下引用の翻訳はすべて筆者による。

（3）*The Diary of Anais Nin, Vol.1*. p.115

（4）*The Novel of the Future*, p.146

（5）*The Early Diary of Anais Nin, Vol. 4*（1927-1931）p. 245-246

（6）*The Diary of Anais Nin Vol.4*,（1944-1947）

（7）このシーンは後に彼女が小説『愛の家のスパイ（*A Spy in the House of Love*）』で、主人公のサビーナが日本製の傘を買い求めようとして売り子に罵声を浴びせられるシーンに再現されている。

（8）*The Diary of Anais Nin, Vol.4*. p.91

（9）『午後の網目』は一九四七年カンヌ国際映画祭16ミリ実験映画部門のグランプリを獲得した。現在 youtube などで観ることのできる映像に流れる音楽はマヤ・デレンの三人目の夫テイジ・イトーが一九五〇年代に付け加えたもので、公開の当時はサイレント映画であった。イトーは一九五二年以降妻の映画の音楽を担当、ハイチでの妻のヴードゥー文化研究にも同行し、デレンの死後、遺骨は富士山にまかれたという。

（10）フランク・ウェストブルックはダンサー、振付師で作品中の振り付けも担当している。

（11）*A Woman Speaks*, p.253-254

（12）Maya Deren, "Cinematography: The Creative Use of Reality," in *The Avant-Garde Film: A Reader of Theory and Criticism*, ed. P. Adams Sitney（New York: Anthology Film Archives, 1978）, pp.61

（13）ケネス・アンガー（1927- ）はマヤ・デレンと同じく前衛映画を多く手掛けたが、ローリング・ストーンズやレッド・ツェッペリンなどロックミュージシャンとも親しく交わり、彼らとの共作も残している。

【参考文献】

Anais Nin, *The Early Diary of Anais Nin*, Vol.4（New York: Harcourt Brace Jovanovich, 1985）

Anais Nin, *Henry & June*（1931-32）（New York: Harcourt Brace Jovanovich, 1986）

Incest（1932-34）（London: Peter Owen, 1993）

Fire（1934-37）（London: Peter Owen, 1996）

The Diary of Anais Nin, Vol.1.（1931-34）（New York: Harcourt Brace Jovanovich, 1966）

Winter of Artifice（Athens: Swallow Press, 1948）

Cities of the Interior（Athens, Swallow Press / Ohio University Press, 1959）

The Novel of the Future（London: Peter Owen, 1968）

A Woman Speaks edited by Evelyn J. Hinz（Chicago: Swallow, 1975）

Maya Deren, "Cinematography: The Creative Use of Reality," in *The Avant-Garde Film: A Reader of Theory and Criticism,* ed. P. Adams Sitney（New York: Anthology Film Archives, 1978）

アンドレ・ブルトン著、巌谷國士訳『シュールレアリズム宣言・溶ける魚』（東京：岩波文庫、1992）

【参考映像作品】

Meshes in the Afternoon, directed and performed by Maya Deren with Alexander Hammid, 1943

At Land directed and performed by Maya Deren with John Cage, 1944

Ritual in Transfigured Time, directed and performed by Maya Deren, with Rita Christiani, Frank Westbrook, and Anais Nin. 1946

上記三作品とも Youtube にて鑑賞が可能。

In the Mirror of Maya Deren. directed by Martina Kudlacek, Navigator Film, Dschoint Ventschr, Tag/Traum – DVD, Zeitgeist Films Ltd, 2003

＊写真１は DVD のジャケット。

戦うプリンセスたちの挑戦
――プリンセスと戦う女性と女性ゴシックの関係

照沼かほる

はじめに

「プリンセス」、それは女の子の憧れであり、理想の女性像とされてきた存在である。美しく優雅で気品があり、心優しく、愛する王子に守られて、周囲からも大事にされる存在――そんな女の子の夢であるはずのプリンセスが、現代の物語では、守られる立場から逸脱し、自ら戦いに出向くようになった。危険に身を投じて戦うことは、プリンセスの行動からは最も遠いだったはずだ。「戦うプリンセス」は、物語を受容する女の子たちが望む姿なのであろうか。「王女だろうとなかろうと、戦いは覚えなくちゃいかん」のか。[1] 本稿ではこの現象を、「プリンセス」のイメージの変遷と「女性ゴシック」が提示する問題を踏まえながら、戦うプリンセスが登場する二作品、ユニバーサル・ピクチャーズの実写映画『スノーホワイト』（*Snow White and the Huntsman*, 2012）とディズニー・ピクサー製作のアニメーション『メリダとおそろしの森』（*Brave*, 2012）を中心に考察してみたい。

クラシック・プリンセスとゴシック・ヒロイン

元は「王女、内親王」(『リーダーズ英和辞典第二版』)という王族・皇族の立場を表す語である「プリンセス」は、現代の女の子たちには、具体的な高貴な立場よりも、もっと身近で、馴染みのある物語に登場する、素敵なドレスを纏った美しい女性を想起させる言葉になっている。「プリンセス」はさらに、女の子たちにとって頑張れば手の届く程度の憧れの存在にまでその地位を下げてきている。そこには、ディズニー[2]が世界に広めてきたディズニー・プリンセスたちの影響を見て取ることができる。

高貴な生まれで、近寄りがたく、別世界の住人だったはずのプリンセスは、ディズニーが生み出したクラシック・プリンセスたち──『白雪姫』(*Snow White and the Seven Dwarfs*, 1937)の白雪姫、『シンデレラ』(*Cinderella*, 1950)のシンデレラ、『眠れる森の美女』(*Sleeping Beauty*, 1959)のオーロラ──によって、女の子たちに身近な、到達可能な目標のような存在になっていった。「女性らしさ」を強調し、その美しさ(外面だけでなく内面も)で王子を惹きつけ、その妻の座を射止めるという筋書きは、従来女性たちに最も推奨されてきた幸福への道とほぼ同じだった。今は冴えない自分でも、「信じていれば願いは叶う」(『シンデレラ』)という言葉を胸に、自分磨きに勤めば、自分も素敵な男性に見出されて幸せになれる──女の子たちは、「王子」と出会い(=恋愛)、彼に選ばれる(=結婚)という玉の輿の幸せを夢想する。そして良縁を得て良妻賢母になることは、長い間多くの女性に課せられてきた人生でもあった。女性が進まなければならない選択肢のない道を、ドレスと王子で飾り立てたのが、プリンセスの物語だったと言えるかもしれない。

苦境から救出されるヒロインといえば、英雄譚、そして古典的なゴシック小説では定番の要素である。ホレス・ウォルポールの『オトラント城』が代表するようなゴシック小説の物語では、不可解で時に超自然的な事件が起こり、恐怖に駆られて「気を失い」、悪者に追われるヒロインを、若い男性が助け出す。そして時にヒロインはご褒美として彼の所有物となる。(3) ゴシックのヒロインたちは、貴族や高貴な出自であることもあれば、ヒーローのおかげで玉の輿に乗ることもある。ゴシック的恐怖の源として、出生の秘密が隠されていることもあるが、疑いや不安も晴れて、若い二人の結婚で終わる結末は、従来のプリンセスたちの物語と似通っている点である。プリンセスの物語には、舞台設定やプロットにおいてもゴシック的な要素が少なからずある。彼女たちの物語は、基になったおとぎ話からグロテスクな要素が取り除かれていることで有名ではあるが、プリンセスの幸せを阻む悪の魔手が彼女たちを苦しめる点はゴシック小説と共通しており、またその悪を他者に倒してもらうことで幸せを手に入れる点も似ている。

行動するプリンセスと冒険するプリンセス

時代が変わり、第二波フェミニズムを経て、活動的、積極的な女性像が認められるようになると、プリンセスのイメージも変化を迫られ、王子に見初められて窮地から救い出してもらうのを待つのではなく、自ら行動して幸せを掴もうとするプリンセスが登場する。

ディズニーの『リトル・マーメイド』(*Little Mermaid*, 1989)では、海王の娘で人魚のアリエルが、人間の王子エリックに一目惚れし、彼との幸せを掴むために自ら行動を起こす。海の魔女アースラに狙われて苦難に遭いながらも、最後は魔女の魔法が解けて念願の王子との結婚で物語は終わる。次作『美女と野獣』(*Beauty and the Beast*, 1991)のベルは、外見や既成概念に惑わされずに、自分の価値観を貫き、「野獣」王子の心も体も美しく変身させ、彼との幸せを手に入れる。どちらも身分が上の男性を獲得する玉の輿だが、それによって彼女たちが自分らしさを失うことはない(4)。特に『美女と野獣』は、男性に媚びることなく自分らしさを貫いた新しい女性像をディズニーが描いたことで注目された(5)。

しかしながら、彼女たちが幸せになるためには、男性=王子に助けられ、守ってもらうことが不可欠だ。白雪姫には魔女である継母、シンデレラには継母と義姉たち、オーロラには魔女マレフィセントという敵がいて、彼女らの幸せを阻むが、それぞれの「王子」によって悪が退治されたおかげで幸せな結末を迎えることができる(6)。また、アリエルが人間の足を手に入れるために交わした契約は、アースラにとっては王座を奪うための策略の一手だったが、アリエルのために命がけで魔女と戦ったのは王子エリックだ。『美女と野獣』では「敵」の存在は少々複雑だ。主人公が二人いて、魔女に呪いをかけられるのが王子の方であることもあり、「女の敵は女」でもない。だが、野獣の呪いはベルの境遇にも影響を与えていて、ベルに結婚を迫って困らせていたガストンが、逆恨みで野獣にも危害を加える時、ガストンは二人にとっての「敵」となる。そして死闘を繰り広げてガストンを倒すのは、「野獣」である王子なのだ。

男性の助けがなければ危険から逃れられない——それは行動するプリンセスたちが、ゴシック・ヒロインからまだ遠く離れた存在ではないことを示している。自ら行動するようになっても、彼女たちは一人では幸せを得るという目標を達成できない。男性の助けをじっと待つか求めに行くかの違いはあっても、助けなしでは自分の人生を変えられない。

アリエルとベルの物語の後、ディズニーはしばらくアニメーションの「プリンセスもの」を制作しなかったが、[7]実写映画『プリティ・プリンセス』(*The Princess Diaries*, 2001)と、続編の『プリティ・プリンセス2／ロイヤルウェディング』(*The Princess Diaries 2: The Royal Engagement*, 2004)で、ディズニー・プリンセスたちのイメージを随所に用いている。また、ここで試みられた現実世界(サンフランシスコ)と「プリンセス」となった主人公が住む世界(ヨーロッパの架空の国ジェノヴィア)とを対置する描写や、ディズニー・プリンセスの物語のイメージのパロディ化は、次作の実写とアニメーションの混合作品『魔法にかけられて』(*Enchanted*, 2007)に引き継がれた。『魔法にかけられて』は、おとぎの国(アニメーション)と現代のニューヨーク(実写)の二つの世界を併存させて、ディズニー・プリンセスたちが築き上げてきたイメージで遊びながらも、彼女たちの物語を「現代風」に変容させようとした微笑ましいパロディである。[8]とはいえ、主人公たちは、ディズニー・プリンセスたちが提示してきた女性像を結局は踏襲している。

その状況から一歩抜け出したのが、『プリンセスと魔法のキス』(*The Princess and the Frog*, 2009)のティアナと『塔の上のラプンツェル』(*Tangled*, 2010)のラプンツェルである。二人の共通点(すなわち、他のディズニー・プリンセスとの相違点)は、男性の愛を得るためではない冒険をする点である。だが、初めは自分のためだけだった冒険が、しだいに相手の男性にとっても、そして二人の関係にとっても大事なものとなる。冒険の過程で、初めは反発しながらも、二人は魔術を解くために力を合わせ、互いを理解し合い、互いの夢や立場を重んじる行動を取り、最後はめでたく結ばれて、さらに互いの夢も実現する。『プリンセスと魔法のキス』と『塔の上のラプンツェル』には、ハリウッド的ラブ・ロマンスを含んだアクション・アドベンチャーと成長物語の要素が受け継がれている。(9)

「戦う女性もの」というジャンル

ティアナとラプンツェルの冒険以前の、ディズニー・アニメーションの「プリンセスもの」の空白期間に、ハリウッドでは「戦う女性」を主人公にした作品が人気を博していた。そこでは、強靱かつ美しいヒロインが、自分の信念に従い、「男性に代わって」「男性並みに」あるいは「男性以上に」格好良く戦い、敵を倒していく。

戦う女性像は、ハリウッド映画においては『エイリアン』(*Alien*, 1979)の主人公の一人リプリー(シガニー・ウィーバー)と『グロリア』(*Gloria*, 1980 ジーナ・ローランズ主演)のグロリアが登場した頃から注目され始め、アカデミー賞五部門受賞を果たした『羊たちの沈黙』(*The Silence of the Lamb*, 1990)で、ジョディ・フォースターが演じたクラリスが、レクターとともに世間を沸かせた後、特に、現代を舞台にしたものでは刑事ものやスパイもの、そして未来やパラレルワールドを舞台にしたSFのジャンルで、多く作られていった。従来男性が担っていた主人公の立場にヒロインが配置され、彼女たちは敵を倒すべく力強く戦う。そして一作目がヒットすれば、シリーズ化されていく。例えば『チャーリーズ・エンジェル』（*Charlie's Angels*）は二〇〇〇年に公開された後、二〇〇三年に第二作が続き、『デンジャラス・ビューティ』（*Miss Congeniality*, 2001 サンドラ・ブロック主演）の続編は二〇〇五年に、『トゥーム・レイダー』（*Tomb Raider*）は二〇〇一年に作られた後、二〇〇三年に第二作が公開された。『バイオハザード』（*Resident Evil*）シリーズが始まったのは二〇〇二年で、第二作（2004）、第三作（2007）、第四作（2010）、そして最新作（2012）と続いた。また、『トゥームレイダー』の主演アンジェリーナ・ジョリーや『バイオハザード』のミラ・ジョヴォヴィッチは、他の出演作品のイメージの影響も手伝って、「戦う女性」「強い女性」の代表とみなされているだろう。シリーズものが定着してくると、物語もヒロインたちもパターン化してくる。見る側も一つのジャンルとして認識し、おのずとジャンルの約束事と照らし合わせながら受容することにもなる。

だが、「戦う女性もの」は、単に主人公を男性から女性に変えただけのものではない。ヒロインたちの傍らには、彼女を支える男性がいる。相棒の時もあれば協力者のこともあるが、基本的に彼はヒロインの恋の相手だ。それゆえラブ・ロマンスは、男性アクションものでは味付け程度であるのと違い、女性アクションものでは必須要素で、大きな度合いを占める。どんなに強く勇ましくとも、ヒロイン一人では主人公の役割を果たせないかのように、男性の助けなしでは危機を乗り越えられない。ヒロインの心情も、そうした男性との関係に反発する方には向かわない。信念をもって戦う中で窮地に陥ったとき、助けに来る恋人を、あるいは援護してくれる男性を、彼女は快く受け入れる。

男性観客の多くは、ヒロインたちの美しさやセクシーな身体に魅了され、また、どんなに強くてもいざという時には男性を頼る姿に自尊心をくすぐられるだろう。女性観客の多くは、ヒロインの凛々しい姿に惚れ惚れしては、格好いい男性との時に甘く、時にスリリングなラブ・ロマンスにもうっとりするだろう。ヒロインたちは、いわば女性にとって夢である「仕事と恋愛の両立」を成就してもいる。アクション・アドベンチャーでの「戦い」はヒロインにとっての「仕事」だ。男性中心社会で男勝りに働く主人公は格好いい。その上、女性の最大の関心事とされてきた「恋」も手に入れる。「仕事」と「恋」のどちらも手に入れるヒロインは、十分に女性たちの憧れの対象たりえる。

戦う女性たちの敵は、犯罪者やエイリアンだけではない。男性中心社会の企業で「男性並みに」「男性以上に」力を発揮しようと奮闘する女性の企業戦士たちも、ハリウッド映画で描かれてきた。『赤ちゃんはトップレディがお好き』（*Baby Boom*, 1987 ダイアン・キートン主演）や『ワーキング・ガール』（*Working Girl*, 1988 メラニー・グリフィス主演）に始まり、『アンカー・ウーマン』（*Up Close & Personal*, 1996 ミシェル・ファイファー主演）、そして究極の男性社会、海軍を舞台にした『G・I・ジェーン』（*G.I. Jane*, 1997 デミ・ムーア主演）。ヒロインたちはやはり、男性に助けられながら苦難を乗り切っていく。[10] 現実により近い舞台で戦う女性たちには、女性観客の感情移入もより容易であろう。だがそこでは、SF以上にわかりやすく、ヒロインが伝統的なジェンダーの規範に囚われ、苦労している姿も容易に見て取れる。

女性ゴシック

「戦う女性もの」のヒロインたちは何のために戦うのか。もちろん、「敵」は明白に描かれている。

平和を乱そうとする悪の組織や、地球や人類を征服しようとする侵略者――それは男性が主人公の場合でも同じである。だがヒロインの場合は、その動機が「愛する人のため」である度合いが強いように見えるのだ。愛する人を救うため、愛する人の幸せを守るために戦う。その結果、愛する人が生きているこの世界を救うのだ。では、自ら戦いに出向く女性は、囚われのゴシック・ヒロインとどれほど異なっているのであろうか。

「女性ゴシック（Female Gothic）」を最初に論じたエレン・モアズ（Ellen Moers）は、女性作家によるゴシック小説のヒロインのタイプを主に二つ指摘し、一つは、若い女性が「迫害された犠牲者」であると同時に行動も起こす「勇気あるヒロイン」、もう一つは、女性の身体や女性性、母性への恐怖と嫌悪に囚われた女性であると述べている。クレア・カハーン（Claire Kahane）は後者についてさらに、「ヒロインは家ではなく女性の肉体の中に閉じ込められて」おり、ゴシックの城は死んだ「母親の家」でもあり、ヒロインが囚われている檻は、家や城であると同時に母性や女性性でもある、と論じている。さらにエレイン・ショウォーター（Elaine Showalter）は、アメリカ文学の女性ゴシックの作品に、女性特有の恐怖と幽閉感覚に囚われたヒロインが多数いることを論じている。その後、女性ゴシックの研究は、社会的・文化的研究に広がり、社会における女性の領域やジェンダー規範から逸脱しようとするヒロインの葛藤が、ゴシックの幽閉のテーマと結びついて論じられるようになる。[11]

モアズが指摘した前者の、女性ゴシックの元祖たるアン・ラドクリフが描いたヒロインたちの特徴は、冒険に出向いたティアナとラプンツェルに当てはめることができそうだ。制約に縛られた立場から、自ら行動をおこし、苦難に立ち向かい、最後には大団円を迎える。しかしその冒険は男性の助けなしでは実現不可能であり、またそれを成し遂げた後に待つご褒美は、愛する男性との幸せな結婚である。物理的な囚われの状態から脱することはできても、たどり着いた場所では従来と同じ規範におさまった生活が待っている。そしてプリンセスたちは、そうした社会的な囚われの状態には無頓着だ。

モアズの指摘した後者の物語では、女性にとっての恐怖の源は、女性の領域とされる「家」であり、「母性」であり「女性の身体」である。それは物理的であると同時に心理的な幽閉の場でもある。社会の規範をまとった「身体」に幽閉されるということ、それは、女性に割り当てられた役割（女性らしくあること、そして母になること）を生きていく上で課されること、ジェンダーの檻に囚われるということだ。女性ゴシックのヒロインたちは、社会が課す女性性や母性からの逸脱を試みて、この檻からの脱出に挑むが、出口のない迷路を彷徨うようにこの戦いには終わりが見えず、途方に暮れるか諦めるしかない。

戦う女性もののヒロインたちもまた、このジェンダーの檻に囚われている。「男勝りに」戦っても結局は男性の助けを借りて窮地を脱出する。彼女たちの女性的な身体の美しさは、男性から助けを得るためのアピールでさえある。悪と戦う女性たちの姿は、与えられたやりがいのある仕事に勤しむ姿にも見える。だが彼女たちは、男性アクションの主人公の女性版の役割を、女性ならではの制約を抱えながら戦っている。しかも彼女たちはそのことに悩むことはなく、むしろ敵を倒すという「仕事」を果たし、「恋」も手に入れることに満足しているようだ。戦う女性たちもまた、自分が囚われている檻に驚くほど無頓着だ。

戦うプリンセスの登場――『スノーホワイト』

おとぎの国の「プリンセス」に「冒険」や「戦い」をさせるという、それまで相容れなかった要素を結びつけたのは、ドリームワークスの大ヒット・アニメーション、『シュレック』シリーズであったが[12]、ディズニーもまた、実写版のプリンセス物語を経て、これをティアナとラプンツェルの冒険として描こうとした。彼女たちの自分探しの冒険は、困難を乗りこえて成長をもたらす旅となる。だが、彼女たちの旅には必然的にパートナーがいて、彼との共同作業が冒険の中心となっている。そして「敵」との戦いでリードするのは男性側である。プリンセスたちは、冒険で大きく成長したように見えながら、実際には、社会が女性に求めるジェンダー規範の中で、理想の女性像の道を一歩先に進んだだけだったともいえる。

そうした中で、「愛」のためでなく自分のために「戦うプリンセス」が登場する二作品が二〇一二年に公開された。『スノーホワイト』と『メリダとおそろしの森』である。

「白雪姫」の実写映画は、一九九七年版や二〇〇一年のテレビ映画、そして『スノーホワイト』と同年公開で競争相手とされた『白雪姫と鏡の女王』など、これまでいくつも作られており、どれもおとぎ話を改変した物語となっているが[13]、主人公が戦うプリンセスであることを前面に出した作品は、『スノーホワイト』が初めてであろう。この作品はまた、ゴシック・ファンタジーと呼べる、ゴシック的要素の多い作品でもある。

舞台は中世のヨーロッパ、物語は美しい王妃が娘スノーホワイトを慈しむ場面から始まる。娘が幼い時に王妃は亡くなり、王マグナスは悲嘆に暮れるが、それにつけ込んで攻めてきた「闇の軍団」に勝利すると、捕虜となった美しい女性ラヴェンナに魅せられ、彼女と結婚する。だが、ラヴェンナは魔法で若さと美貌を維持している魔女だった。彼女は王を殺して自らが女王となり、スノーホワイトを塔に閉じ込める。七年後、魔法の鏡が、世界で一番美しいのは「今日からはスノーホワイト」と告げたのを機に、女王は永遠の美と若さを得るためにスノーホワイトの心臓を手に入れようと、塔に弟を刺客として送り込む。

スノーホワイトはその悪の手先を出し抜いて塔から脱出し、女王の魔法も届かない黒い森へと逃げ込む。女王の次なる刺客、狩人のエリックは、亡き妻との再会を約束され、スノーホワイトを追う。だが、捕えたスノーホワイトに女王の正体を聞くと、彼女の逃亡の協力者に転じる。二人は女王の弟が率いる敵軍の追跡をかわし、また射手として敵軍に潜入していた幼なじみで公爵の息子のウィリアムとも合流し、公爵の城に向かう。その途中、ウィリアムに変身した女王から手渡された毒入り林檎を食べてしまい、ウィリアムのキスも虚しく、スノーホワイトは死人となって公爵の城にたどり着く。

だが、彼女の亡骸を前に恋心を打ち明けたエリックがキスをすると、スノーホワイトは目覚める。そして兵士たちの前で雄弁に語り、士気を煽り、馬に乗り軍隊を率いて女王の待つ城へと攻め入る。女王とプリンセスの一騎打ちは、エリックに教わった剣術を実践したプリンセス・スノーホワイトの勝利で終わる。心臓を刺された女王は、魔法の鏡の下で老いた姿で息絶える。物語は、スノーホワイトの戴冠式で、臣下たちの列の後方にエリックの姿を彼女が認めたところで幕を閉じる。

一見すると、「戦う女性もの」のヒロインのイメージを、誰もが知るおとぎ話に当てはめてみせたのが『スノーホワイト』だ。「女の敵は女」で、男性の助けを借りながら、敵を倒し、王国の奪還という目標を達成する。一方、この作品には「戦う女性もの」としても「プリンセスもの」としても画期的な点がある。それは主人公を守る男性との「恋」や「結婚」ではなく、王位継承といういわば昇格が、目標達成後のご褒美になっている点である。

『スノーホワイト』の画期性と難点

この作品には、「王子」が存在せず、代わりにプリンセスの恋人候補が二人登場する。一人は公爵の息子ウィリアムで、もう一人は狩人エリックである。しかし、目覚めのキスと、最後に彼を見つめる場面があることから、エリックの方が恋の相手だと考えられ、それは原題「スノーホワイトと狩人」からも窺える。塔に幽閉されていたプリンセスが脱出後の冒険で平民男性と行動を共にするといえば、『塔の上のラプンツェル』のラプンツェルとライダーが想起されるが、より状況が近いのは、おとぎの国から追ってきた王子ではなく、現実世界の弁護士を「目覚めのキス」の相手にした『魔法にかけられて』のジゼルとロバートの関係だろう。プリンセスの相手選びをパロディ化した作品との類似は、『スノーホワイト』が「プリンセスもの」の物語を使いながら、そこからの逸脱を意識していることをより際立たせている。

また「女の敵は女」という、プリンセスものや一部の戦う女性もので使われている設定にも工夫が見られる。仇役のラヴェンナが、魔女となり美と若さに執着せざるをえなくなった過去の経緯を、作中数回に分けて挿入することで、「女の敵は女」の状況がここではやむを得ないものであることを強調し、女王が死の間際にスノーホワイトと見つめ合う場面は、彼女への一層の同情を誘う。

そしてプリンセスの「冒険」ならぬ「戦い」は、最後まで一貫して、男性への「愛」のためではなく、父王の仇ラヴェンナを倒して王国を奪還するためのものである。スノーホワイトは、逃亡の途中で二人の男性に守られながらも、最後には彼女自身が女王を倒す。さらに、物語の結末が、プリンセスが女王となる戴冠式であることは何よりも画期的だ。戦いに勝利し、父王の復讐と王国奪還という目的を遂げた結果、男性と分かち合う「結婚」ではなく、王位継承という自分だけの「昇格」を手に入れたことは、それまでのどのプリンセスにも戦う女性にも経験できなかったことである。(14)

しかし、『スノーホワイト』には作品として中途半端な側面があることも否めない。例えば、スノーホワイトの幽閉脱出直後の行動にはじまり、彼女の治癒能力、黒い森の奥のファンタジー空間、女王の弟の立場、若者たちの三角関係、そして女王のあっけない最期など、説明不足であったり、中途半端な描写だけで済ませたりと、十分に処理しきれていない場面やエピソードが多く、それゆえに、それらが他作品から借りてきて配置しただけのイメージやモチーフのように見えてしまっているところもある。これらはおそらく、この作品が三部作の一作目として想定されたものだと公開後に発表されたこととも関係しているだろうが、一作品としての完成度を考えると、不十分と言わざるを得ない。

そして何より、スノーホワイトが恋の相手とおぼしきエリックを少し見つめたところで唐突に物語が終わるという結末が、殊さら中途半端に感じられるのは、この作品が「白雪姫」を原作としている作品であるためであろう。白雪姫は目覚めのキスをした人物と結婚するものではないのか、それは続編で実現するのか、相手はエリックなのか、別の「王子」なのか――結末によって与えられる違和感から、観客の心は宙づり状態に置かれる。

ライバル作品を避けた公開時期に助けられつつ全米初登場第一位を獲得するなど、『スノーホワイト』が興行的に成功し、『白雪姫と鏡の女王』との勝負にも勝ったことは、「戦うプリンセス」が観客の期待にある程度応えたことを表していると思われる。その一方で、「白雪姫」という「プリンセスもの」としては設定に違和感が残り、「戦う女性もの」としては訓練不十分で、女王と比べて弱すぎるプリンセスのややご都合主義的な勝利が気になる作品でもある。「戦うプリンセス」の物語『スノーホワイト』は、よく知られた原作を大胆に改編したゆえに話題性を得ることができ、また先に述べたプリンセスの画期性も表現することができた。しかし同時に、そこまで変えるなら「白雪姫」を「戦うプリンセス」にしなくてもよかったのではないかという印象も与えかねない、翻案ものの難点を、この作品は明瞭に表してもいる。

『メリダとおそろしの森』

一方、『スノーホワイト』の三週間後に公開された『メリダとおそろしの森』は、原作のない、この映画のために作られたオリジナルの物語である。この作品はディズニーではなくディズニー・ピクサー制作のCGアニメーションであり、メリダはピクサー作品では初の女性主人公である。また、

「プリンセスもの」としても、過去の世界を舞台にしたのも、ピクサーでは初めてである。製作側が意図したように、メリダは、その外見も性格も従来のディズニー・プリンセスとは異なり、プリンセスの既成概念から外れたヒロインとして登場する。(15) 初めてづくしでピクサーがディズニーの伝統に立ち向かうように、プリンセス・メリダもまた、眼前に立ちはだかる大きな敵と戦うことになる。

舞台は千年前のスコットランドで、メリダはダンブロッド王国のプリンセスである。中世の城に住み、近くには魔女の住む森があり、その森には伝説の大熊モルデューも住んでいる。メリダの生きている舞台もまた、ゴシック的設定が盛り込まれた世界である。

メリダは、三つ子の弟たちには許されていることが、自分は女の子、プリンセスゆえに制約されていることに不満をもっている。彼女が望むのは、この窮屈な境遇から救出してくれる王子との結婚ではなく、自分らしくあるための「自由」だ。誰にも負けない腕前の弓の練習を愛馬に乗って存分にできる時がメリダの幸せの時間だが、母親は「王女らしくない」と非難する。隣接する部族長の息子たちの中から結婚相手を選ぶことを迫る王妃に、「自分の人生を結婚で終わらせたくない」とメリダは叫ぶが、「結婚するだけよ、この世の終わりじゃないの」と軽く受け流される。それゆえ、鬼火に導かれ、森で偶然出会った魔女に彼女が願ったのは、自由を得るために母親の考えを変えることだった。

メリダを縛り、閉じ込めようとしているのは、プリンセスの規範、そして女性に課されたジェンダー規範だ。王妃として母として女性として模範的存在であるエリノアは、その規範の体現者であり、いわばジェンダーの檻の看守だ。それゆえ、メリダは王妃を変えることができれば、その檻から解放され自由になれると考える。そんなメリダに魔女は、「運命を変える魔法」をかけたケーキを差し出し、王妃に食べさせれば、メリダの願いは叶い運命は変わると言う。だが、魔法のケーキで変わったのは、母親の心ではなく体だった。エリノアは雄々しい熊に変身してしまう。

メリダの「敵」は、魔法をかけた魔女でも、かつて領地を巡って兄弟と対立し、裏切ったために魔法で呪われ大熊となって人々を襲う王子モルデューでもない。メリダの己の自由を守るための戦いは、母親が体現するジェンダー規範から脱するためのものであり、そのために母親の考えを変えたいと彼女は願った。だがその戦いは、自分の過失から生じたトラブル処理に転じ、最後は母を守るためのものに変わっていく。檻の看守である母を変えるための戦いが、変えたかった母を元に戻すための戦いとなる。

魔法を解くべく、メリダと熊エリノアは森で魔女を探すが、得られたのは「運命は変わる、内面を見よ、プライドに引き裂かれし絆を直せ」という伝言だけだった。後にそれは、外面的には、二人が口論した際にメリダが引き裂いてしまったタペストリーを修復することであるとわかるが、内面的には、母娘二人が自分の信念やプライドに折り合いをつけて、相手の考えに歩み寄ることだということもわかってくる。

頭に乗せた王冠だけが唯一の名残の、熊になっても優雅に振る舞おうとする王妃の姿は何とも滑稽だ。だが彼女は、だんだんクマ化・非女性化して自制心が効かなくなっていくと同時に、メリダの「自由」願望を少しずつ理解するようになる。そして、「伝統を破り……私たちは自分の物語を自分で自由に書いて構わない。自分の心に従って愛する人を自分で見つける」というメッセージを熊エリノアはジェスチャーでメリダに伝えるまでに至る。

一方メリダも、城内で目撃した熊がエリノアとは知らずに退治しようとする父との戦いと、森での大熊モルデューとの戦いの中で、母の愛情に気づき、自分の母への愛情も認識し、母の立場と思いに歩み寄るようになる。そしてタペストリーを直しモルデューを倒しても、魔法が解けない熊姿の母に、「元のお母様に戻って。大好きよ」とメリダが愛情を伝えると、間一髪のところでエリノアは人間の姿に戻るのだ。「元に戻った！」と喜び、「変わったのね（You changed.）」と安堵する娘に、母は「あなたも変わった（We both have）」と返答する。物語は、平和が戻った城で一家が以前と同じ賑わいの中で暮らす場面の後、メリダが馬に乗って心ゆくまで森の中を滑走する場面で終わる。

メリダの戦いはどうなったのか

メリダは「戦い」に勝てたのであろうか。もちろん、父王たちから熊になった母を守る戦いには勝ち、モルデューとの戦いにも勝った。だが彼女の戦いの目的は、自分らしくあるための自由の獲得であったはずだ。すべてが終わった時、彼女は母とともに「変わった」。母が変わったことで、彼女が体現していた規範も緩やかにはなった。だが、メリダがプリンセスであることに変わりはなく、彼女が自由を奪うものと考えていた「結婚」も先送りされて自由の時間が少し延長されただけに見える。魔女は「運命は変わる」とメッセージを残したが、変わったのは運命というよりは、メリダと母親の心情だ。母親の気持ちだけを変えるつもりが、戦いの後、メリダの気持ちまで変わっていた。女性であること、プリンセスであることを受け入れ、しかもそれでよかったのだとみなす心境の変化は、結局メリダは「戦い」に敗れたのだということを示しているのか。

ディズニー・プリンセスの物語も含め、おとぎ話の姫には母親が不在であることが多く、代わりに継母が登場する。そして、時に元の話では実母であったのを継母に置き換えてまで、本当の母親が「敵」とはならないように配慮されてきた事情もある。一方、『メリダとおそろしの森』では、娘と敵対する相手は実母のエリノアだ。継母だから意地悪で敵対するという考えのおかしさと、母に反抗する娘の姿が観客たる現代の女の子たちに与える共感を、この物語は踏まえているのだろう。だがそれゆえに、あの女性ゴシックのヒロインたちが囚われてきた「母親」の呪縛に、メリダはより直接的に対峙することとなる。プリンセスたちの物語では継母が物理的な敵であることで回避されてきた、母娘の心理的な敵対関係、すなわち母が娘を閉じ込める檻の看守であることを、この作品ではむしろ中心に描くこととなったのだ。

物語におけるメリダの造型は、従来のプリンセスたちとの違いを意識して、プリンセスらしからぬ行いをするヒロインであったはずだ。しかし結末のメリダは、ジェンダーの檻からの脱出をもはや目指してはいない。むしろ、母と心を通わせ、和解し、結婚までの猶予もできて、満ち足りているようだ。変わったのは周りではなく自分、自分の見方が変われば、周囲も世界の見え方も変わる——成長物語にはよくあるメッセージである。ではこの物語は、メリダのようにジェンダー規範に窮屈な思いをしている女性や女の子たちに対して、自分の見方を変えて現状を容認する心持ちになれ、と主張しているのだろうか。

「戦う」と「プリンセス」は、そもそもオクシモロンともいえる。それゆえ、最も「戦い」から遠いところにいる、戦う必要のないプリンセスが「戦う」姿には、主人公の戦いへの確固たる信念を感じさせることができるだろう。だがメリダの戦いは、まるで勝ち目のない相手に挑むようなものだった。戦いで一瞬その束縛から逃れたかに見えても、最後はその中に戻される。しかも、戻った時には、「まあこれでもいいか」という気にさせられている。彼女がどんなに弓が得意でも、「敵」があまりに遠くては、的に当てるどころか弓を放つこともできない。そして代わりに手近な的を用意されれば、遠すぎる的のことはやがて忘れてしまうだろう。

メリダの災難

メリダは、スノーホワイトと同じように、囚われの城を脱出して自分のための戦いに挑み、またスノーホワイトよりも違和感なく、弓の技を鍛錬した「戦うプリンセス」として「活躍」し、ご褒美をもらえてもよいはずだった。しかし、メリダが抜け出そうとした城は、彼女の「自由」を規制する母親が仕切る城であるだけでなく、もっとやっかいな問題を内に抱えた城でもあった。それは弓で倒すことも魔法で解決できるものでもなく、メリダは出口のない迷路を戦いながら抜け出そうともがいたようなものだった。女性らしさの代表たる母を雄々しい熊に変身させてしまった時、メリダは自分の逸脱ぶりを反省し、母の心情を思いやり、元の状態を切に願い、そのために奮闘する。そうした苦難の末、望んでいたものとは違う出口を見つけた時、彼女はこれでもいいかと妥協する。メリダはジェンダーの檻のことを忘れ、ただ檻の中の生活が楽になる程には規範に従う「大人」に成長したのだ。

彼女の境遇は、ピクサーとディズニーの関係を思い起こさせないだろうか。ピクサーは、親会社ディズニーが長年築き上げたおとぎ話のプリンセスものの伝統に、初ヒロイン・初プリンセスのオリジナル・ストーリーで新機軸を打ち立てようと挑んだ。『メリダとおそろしの森』はディズニーのどのプリンセス作品も興行収入では上回るヒット作となり、それはピクサーの勝利を示したように見える。だが作品の内容は、メリダが「戦うプリンセス」であること以外は、結果的にさほど目新しいところのないものに留まってしまった。

『メリダとおそろしの森』はまた、『スノーホワイト』で結婚しない白雪姫が、十分な説明なしには違和感を与えてしまうように、王子（との結婚）を求めず、恋愛を幸せの中心に置かない女の子の物語を描くことの難しさを、露呈してもいるだろう。ピクサーは、ラブ・ロマンス中心のプリンセスたちの物語のようにしないために、「戦うプリンセス」・メリダの物語に、ゴシック的背景や要素を盛り込んで奥行きを与えようとしたが、一緒に女性ゴシックのやっかいな問題まで持ち込んでしまったと言えるかもしれない。原作こそないが、ディズニー・プリンセスの伝統と、戦う女性の凛々しい魅力と、『スノーホワイト』が描いた「戦うプリンセス」のイメージ、そして女性ゴシックの提起するジェンダー規範の問題を、メリダは一人ですべて背負わされている。妥協したくなるのも無理はない。

おわりに

スノーホワイトは、二人の男性に守られながらも、最後まで男性への「愛」ではなく父王の仇討ちと王国奪還という自分の目的のために戦い、自ら敵を倒し、「結婚」ではなく王位継承で結末を迎えることで、プリンセスものの約束事を覆す画期性を示した。だが、「戦う」のが白雪姫という伝統的イメージの強い「プリンセス」であるために、両者がオクシモロン的であることを顕在化させることにもなった。

ピクサー初のヒロインでありプリンセスであるメリダの物語は、新しいプリンセス像の造型を目指し、ラブ・ロマンス中心のディズニー・プリンセスの物語にできなかったこと――母との葛藤と、その背景にある女性ゴシック的な母親の呪縛である、ジェンダー規範との戦い――を描き出した。それは現実の女の子たちが直面することになるであろう「戦い」に近いものでもあった。だが、メリダの戦いは、彼女をそれほど遠くへは進ませず、彼女は射たかった的を見失ってしまった。

その一方で、結末のメリダは満足そうに描かれている。そしておそらくは彼女の戦いを見る女の子たちも、メリダの束の間の自由の延長を喜ぶであろう。それは、母娘の和解によってジェンダーの檻の中の居心地もかつてよりは改善され、その分だけ彼女たちにも自由がもたらされたことを是とする印なのかもしれない。ジェンダーの檻は、女性ゴシックのヒロインたちにとってと同じように確かに存在して、女性を制限するものでありながら、それにぶつからない限りは、意識されずにそこにありつづける。

ディズニーは現在、ディズニー・チャンネルでTVアニメーション『ちいさなプリンセス ソフィア』(*Sofia the First*, 2012―)を放送している。母親が王さまと結婚したことで、普通の女の子からプリンセスになったソフィアの「ディズニーが贈る等身大の新プリンセス・ストーリー」である。(16) 彼女はプリンセスのしきたりを一から学んでいき、そんな彼女を歴代プリンセスたちが後継者として応援する場面も出てくる。修行に励めば、「普通の女の子」も「プリンセス」になれるのだ。お城に遊びに来たソフィアの友人が、ソフィアの義姉を見て「ファンなんです」という場面もあり、プリンセスは「理想の存在」であるだけでなく、もはや身近な「アイドル」に等しいものにもなっている。手の届くレベルの憧れの存在。女の子たちは自分と同年代のソフィアを通して、プリンセスらしさ、すなわち「女の子らしさ」を学習する。それはいわば選択項目として用意されたものだが、彼女たちにはつい選びたくなるような必須項目に見えるかもしれない。

ディズニーはまた、実写版の『シンデレラ』を製作している（二〇一五年三月公開予定）。プリンセスものの実写版は、これまで少なからず作られてきたが、ディズニー自身がアニメーション作品で用いたプリンセスの物語を実写で手掛けるのは初めてである。しかもプリンセスの代名詞ともいえる「シンデレラ」だ。『不思議の国のアリス』の実写版『アリス・イン・ワンダーランド』（2010、ティム・バートン監督）では、舞台設定も物語もアニメーションのそれとは異なる大胆な改変がなされた。『シンデレラ』ではどのように改変されたプリンセス像が提示されるのだろうか。

【注】

（1）『メリダとおそろしの森』の主人公メリダの父王、ファーガスの言葉（同作品のＤＶＤより。以後、セリフはすべて各作品からの引用）。

（2）本稿では、「ディズニー」とは映画会社としてのウォルト・ディズニー・カンパニーを指すこととする。

（3）例えば、フレッド・ボティングは、古典ゴシックのお決まりの要素として、「幽霊、怪物、悪魔、死体、邪悪な貴族、修道僧、修道女」などと並べて「気を失うヒロイン」を挙げている（Botting 2）。

（4）同時期のディズニー・プリンセスのもう一人、『アラジン』（*Aladdin*, 1992）のジャスミンは、アリエルやベルと同じように、与えられた道をただ辿ることを良しとせず、未知の世界に飛び込んだりもするが、物語の主人公ではないため、ここでは言及しない。

（5）例えば、藤森かよこ「ディズニー・アニメーションとフェミニズムの受容／専有――『ムーラン』における女戦士の表象をめぐって」（七九―一〇一）を参照。ただし、ベルの表象は、行動面では、それ以前のプリンセスたちと比べて画期的であるものの、『美女と野獣』には、題名通り主人公が二人いて、むしろ「野獣」の成長物語である割合が大きいことを考えると、ベルの立場は従来のプリンセスたちとそれほど変わってはいない（照沼「女の子はみんなプリンセス」五二―五三）。

（6）『シンデレラ』では悪の退治は直接的には描かれないが、シンデレラの幸福を阻もうとしていた継母と義姉たちの面前で、シンデレラが王子に選ばれることによって、彼女たちが臨んでいた幸福を奪うという復讐を成し遂げたとここでは考える。

（7）プリンセスものではないが、『ポカホンタス』（*Pochahontas*, 1995）、『ノートルダムの鐘』（*The Bells of Notre Dame*, 1996）、『ムーラン』（*Mulan*, 1998）、『ターザン』（*Tarzan*, 1999）といった、ヒロインが活躍する作品は作られており、またOVA作品としては、プリンセスものの続編も多く制作されている。彼女たちの表象については、照沼「女の子はみんなプリンセス」を参照のこと（五四―五八）。

（8）照沼「女の子はみんなプリンセス」六二―六六、六八―七二。

（9）照沼「ラプンツェルの冒険」七四―七七。

（10）その後、「働く女性もの」は、『エリン・ブロコビッチ』（*Erin Brockovich*, 2000、監督：スティーヴン・ソダーバーグ、主演：ジュリア・ロバーツ）、『プラダを着た悪魔』（*The Devil Wears Prada*, 2006、監督：デイヴィッド・フランケル、主演：アン・ハサウェイ）、『セックス・アンド・ザ・シティ』シリーズ（*Sex and the City*, 2008 & 2010、監督：マイケル・パトリック・キング、主演：サラ・ジェシカ・パーカー他）などを経て、現在も女性に人気の高いジャンルである。

（11）Moers 90-93、Kahane 334-343、Showalter 127-144。以後の「女性ゴシック」の研究の系譜は、Punter and Byron（278-281）、Heiland（182-186）、Wallace and Smith（1-12）、Wallace（14-19）などに詳しい。

（12）あたかも「戦う女性もの」の人気シリーズと連動するかのように、「シュレック」シリーズの続編は同年代に作られてもいる（照沼「ラプンツェルの冒険」八〇－八二）。

（13）『スノーホワイト』（*The Grimm Brothers' Snow White*, 1997）監督：マイケル・コーン、出演：シガニー・ウィーバー、モニカ・キーナ他、『スノーホワイト』（*Snow White*, 2001）監督：キャロライン・トンプソン、出演：ミランダ・リチャードソン、クリスティン・クルック他、『白雪姫と鏡の女王』（*Mirror Mirror*, 2012）監督：ターセム・シン・ダンドワール、出演：ジュリア・ロバーツ、リリー・コリンズ他。

（14）『プリティ・プリンセス２』の主人公ミアは、結末で「王子との結婚」なしで女王に昇格する。ただしそれは、自分の結婚式の場で王国の王位継承に関わる法律改正を動議し、議会に賛成させて実現する、というかなり御都合主義的な設定ゆえのものであり、ミアの結婚相手探しがこの作品のメイン・ストーリーとなっていることからも、『スノーホワイト』の画期性と同等ではないと言える。

（15）『メリダとおそろしの森』ＤＶＤの特典映像（コメンタリー）より。

（16）ディズニーチャンネルの公式ページ「ちいさなプリンセス ソフィア」より。

【参照文献】

照沼かほる「女の子はみんなプリンセス――ディズニー・プリンセスのゆくえ」、『行政社会論集』第二十三巻第四号（福島大学行政社会学会、二〇一一年）、四一－八四。

――「ラプンツェルの『冒険』――ディズニー・プリンセスのゆくえ２」、『行政社会論集』第二十四巻 第四号（福島大学行政社会学会、二〇一二年）、五九－九二。

藤森かよこ「ディズニー・アニメーションとフェミニズムの受容／専有——『ムーラン』における女戦士の表象をめぐって」金城盛紀、他『文学における差別』（桃山学院大学総合研究所、二〇〇一年）七九—一〇一。

Bell, Elizabeth, et al, eds. *From Mouse to Mermaid: The Politics of Film, Gender, and Culture*. Indiana UP, 1995.

Booker, M. Keith. *Disney, Pixar, and the Hidden Messages of Children's Films*. Praeger, 2010.

Botting, Fred. *Gothic*. Routledge, 1996.

Davis, Amy M. *Good Girls and Wicked Witches: Women in Disney's Feature Animation*. John Libby Publishing, 2006.

Heiland, Donna. *Gothic and Gender: An Introduction*. Blackwell, 2004.

Hanson, Helen. *Hollywood Heroines: Women in Film Noir and the Female Gothic Film*. I B Tauris & Co. 2008.

Kahane, Claire. "The Gothic Mirror." Shirley Nelson Garner, et al, eds. *The Mother Tongue: Essays in Feminist Psychoanalytic Interpretation*. Cornell UP, 1985. 334-351.

Moers, Ellen. *Literary Women: The Great Writers*. 1963. Oxford UP, 1977.

Mulvey-Roberts, Marie, ed. *The Handbook of the Gothic*. 2nd Revised Edition. Macmillan, 2009.（マリー・マルヴィ＝ロバーツ、神崎ゆかり他訳『ゴシック入門 増補改訂版』英宝社、二〇一二年）

Punter, David, and Glennis Byron. *The Gothic*. Blackwell, 2004.

Radner, Hilary. *Neo-Feminist Cinema: Girly Films, Chick Flicks and Consumer Culture*. Routledge, 2011.

Showalter, Elaine. *Sister's Choice: Tradition and Change in American Women's Writing*. Oxford UP, 1991.

Wallace, Diana. *Female Gothic Histories: Gender, History and the Gothic*. Univ. of Wales Press, 2013.

Wallace, Diana, and Andrew Smith. "Introduction: Defining the Female Gothic." Wallace and Smith, eds. *The Female Gothic: New Directions*. Macmillan, 2009.1-12.

【参照映像作品】

『白雪姫』（*Snow White and the Seven Dwarfs*, 1937）、監督：デイヴィッド・ハンド

『シンデレラ』（*Cinderella*, 1950）、監督：ウィルフレッド・ジャクソン、ハミルトン・ラスケ、クライド・ジェロニミ
『スノーホワイト』（*Snow White and the Huntsman*, 2012）監督：ルパート・サンダース、出演：シャーリーズ・セロン、クリステン・スチュワート他
『ちいさなプリンセス ソフィア』（*Sofia the First*, 2012）ディズニー・チャンネル
『塔の上のラプンツェル』（*Tangled*, 2010）監督：ネイサン・グレノ、バイロン・ハワード
『眠れる森の美女』（*Sleeping Beauty*, 1959）監督：クライド・ジェロニミ
『美女と野獣』（*Beauty and the Beast*, 1991）監督：ゲイリー・トルースデール、カーク・ワイズ
『プリンセスと魔法のキス』（*The Princess and the Frog*, 2009）監督：ロン・クレメンツ、ジョン・マスカー
『魔法にかけられて』（*Enchanted*, 2007）監督：ケヴィン・リマ　主演：エイミー・アダムズ
『メリダとおそろしの森』（*Brave*, 2012）監督：マーク・アンドリュース、ブレンダ・チャップマン
『リトル・マーメイド』（*The Little Mermaid*, 1989）監督：ロン・クレメンツ、ジョン・マスカー

【参照ウェブサイト】

「allcinema : Movie DVD Database」http://www.allcinema.net/prog/index2.php　右記映像作品のウェブページ。
「Box Office Mojo」http://www.boxofficemojo.com/　“Brave” および “Snow White and the Huntsman” のページ。
「Disney Official Home Page」“Movies” http://disney.go.com/movies/index
“Disney Princess” http://disney.go.com/princess/
「Disney.jp ディズニー・ホームページ：映画＆ＤＶＤ」http://www.disney.co.jp/movies/
「Disney Channel」「ちいさなプリンセス ソフィア」http://disneychannel.jp/junior/program/sofia/
「The Hollywood Reporter」“First Look: Disney's 'Cinderella' Gets a Makeover”
http://www.hollywoodreporter.com/news/first-look-disneys-cinderella-gets-634790

冷戦期のある「夫婦」の物語

――レナード・バーンスタインの『タヒチ島の騒動』をめぐって

松崎　博

一　キャリアの不思議な空白

ブロードウェイ・ミュージカルの来日公演は、今や恒例行事と化した観がある。わが国で、このような本場アメリカのカンパニーによる上演が始まったのは、今から半世紀ほど前、一九六四年十一月のことである。東京の日比谷公園に隣接する日生劇場の開場一周年の記念公演の一環であった。手元にある色あせた当時のプログラムから、それが大きな文化イヴェントだったことが窺われる。昨今の同種の来日公演のものとは比べものにならないほど丁寧な造りの冊子には実に多くの文化人たちが寄稿しており、巻頭には当時の駐日アメリカ大使エドウィン・ライシャワーの長文のメッセージも掲載されている。[1] そのなかで、彼は上演作品を「現代アメリカの『古典』」と評している。しかし「古典」とは言っても、演目は一九五七年の初演からまだ七年ほどしかたっていない比較的新しい作品、『ウエスト・サイド物語』（*West Side Story*）であった。本作の音楽を担当したのはレナード・バーンスタイン（Leonard Bernstein）。指揮者、ピアニスト、作曲家、著述家そして教育者など多彩な顔をもつ、二〇世紀のアメリカが生んだ音楽界のスーパースターだ。我々にもっとも馴染みがあるのは、おそらく指揮者としてのバーンスタインだろう。彼は前述の『ウェスト・サイド物語』の公演に先立つこと三年、一九六一年四月に音楽監督を務めていたニューヨーク・フィルを率いて初来日を果たしている。バーンスタインは当時のアメリカの音楽界のまさに「顔」だったのである。

一九一八年にウクライナ系のユダヤ人移民の両親のもとに生を受けたバーンスタインは、一九四三年十一月四日、ブルーノ・ワルターの代役としてニューヨーク・フィルを指揮して大成功をおさめ、一躍アメリカ音楽界の寵児となった。それゆえ、バーンスタインはこのアメリカの名門オーケストラと密接な関係を演奏会以降も継続的に保ち、その成果をもって楽団の音楽監督に指名されたような錯覚を我々は抱きがちだ。しかし、彼らの関係には奇妙な空白がある。一九五一年二月の演奏会の後、一九五六年十二月半ばまで、バーンスタインはニューヨーク・フィルの指揮台に立っていないのだ。しかもその復帰は、当時のアメリカの音楽界で別格の存在であった（テオドール・アドルノは嫌っていたが）アルトゥーロ・トスカニーニが息子のように目をかけ、その将来が嘱望されていたグィド・カンテッリの飛行機事故による急逝を受けての代役であった。

ニューヨーク・フィルとの関係の空白期、バーンスタインは一九四九年にボストンの近郊に創設されたばかりのブランダイス大学の客員教授の地位にあった。そして、この大学での初仕事だった学内のフェスティヴァルで、一九五二年六月十二日に初演したのが、自作のオペラ『タヒチ島の騒動』（*Trouble in Tahiti*）である。オペラとはいうものの、ミュージカルに近い音楽劇だ。ブロードウェイでの上演履歴もある。バーンスタインは、この作品のリブレットと音楽の両方を手掛けている。同年のフェスティヴァルでは、本作が献呈されたマーク・ブリッツスタインの翻案によるクルト・ヴァイル作の『三文オペラ』の英語版も、バーンスタインの指揮で初演されている。

ブルジョワ社会を風刺する『三文オペラ』は、一七二八年にジョン・ゲイがロンドンで発表した『乞食オペラ』を基にしているが、このヴァイルの劇ために新たな台本を書いたのがベルトルト・ブレヒトである。ナチスの手を逃れ、いくつかの国を転々とした後、アメリカを生活の場にしていた彼は、その政治思想ゆえに一九四七年に下院非米活動委員会から召喚された。この委員会にはバーンスタインが直接かかわりをもつことになる人々も召喚されている。例えば、彼が音楽を担当した映画『波止場』(*On the Waterfront*, 1954)の監督、エリア・カザンである。彼は一九五二年四月十日に委員会で証言し、知人の名前を密告した。さらにまた、『タヒチ島の騒動』初演の三週間ほど前の五月末、同じ委員会に召喚された劇作家リリアン・ヘルマンは出頭に先立って、「自らの良心を今年の流行に合わせて裁断することはできないし、したくもない」という有名な文言を含んだ書簡を当局に送っている。ヘルマンはバーンスタインが『ウェスト・サイド物語』と同時期に作曲していた『キャンディード』(*Candide*)の台本作者である。この作品が目指したものは「赤狩り」批判であり、一九五六年十二月初め、すなわちバーンスタインがニューヨーク・フィルの指揮台に復帰する二週間前にブロードウェイで初演されている。

このような『タヒチ島の騒動』の初演にまつわる様々なエピソード、さらには作品制作時のバーンスタインとニューヨーク・フィルとの関係の六年近くの空白の背景には、冷戦期のアメリカにおける左翼的思想を有する人々の「ブラックリスト」化があったことが明らかになってきたことを考えれば、[2]『タヒチ島の騒動』というアメリカの郊外に住む夫婦を主人公とする四五分ほどの音楽劇が単なる娯楽作品であるはずがない。

一九五九年にモスクワで開催されたアメリカ博覧会の会場で、当時のニクソン副大統領がフルシチョフソ連首相に対して、最新の家庭用品を備えた郊外住宅に住む家族の存在をソヴィエトに対するアメリカの優位の証とした。「台所論争」と呼ばれるこの有名なエピソードは、第二次世界大戦後急増した郊外に住む家族のあり方が、冷戦期のアメリカのイデオロギーと密接な関係があることを示している。それゆえ、この小論は冷戦期のこのような社会の状況を念頭に、当時のアメリカの家族をめぐる問題の観点から、『タヒチ島の騒動』について考察してみたい。

『タヒチ島の騒動』は、『ウェスト・サイド物語』あるいは、初演では成功を収めることが出来ず、幾度も改訂が重ねられた『キャンディード』などに比べて、認知度が高いとは言えない。それを示すように、岩波書店から出ている『世界人名事典』のバーンスタインの項には、『タヒチ島の騒動』への言及が珍しくあるものの、「テレビ・オペラ」などと紹介されてしまっている。[3] しかし、このような認知度の低さを理由に、この作品を看過するべきではない。なぜなら、一九八三年に初演された、バーンスタインの晩年の思いが込められた最後の劇場用作品であるオペラ『静かな場所』（*A Quiet Place*, 1983）のなかに、劇中劇という形で、この『タヒチ島の騒動』が全曲組み込まれているからである。

二　新婚夫婦の倦怠期？

『タヒチ島の騒動』の時代設定は、作品の制作された一九五〇年代初めである。主要な登場人物はアメリカの都市の郊外に暮らす結婚十年目のサムとダイナの夫婦、年齢は共に三〇代の初めだ。二人の間にはジュニアと呼ばれる九歳の息子が一人いるという設定だが、黙役であり歌詞は一切与えられていない。また、サムはバーンスタインの父親の名前、ダイナは父方の祖母の名前である。初稿では妻の名はダイナではなく、バーンスタインの母親にちなむジェニーが使われていたという（H.Burton 223）。サムとダイナの夫婦の他に、女性一名と男性二名の役名を持たないトリオも登場し、前奏曲で郊外の楽しげな生活についてマイクロフォンを囲み軽やかに歌う。彼らは本作のヴォーカルスコアの巻頭で「ギリシャ劇のコロス」に擬えられ、冒頭部以外にも、しばしば登場してコロス的な役割を担う。

前奏曲の後の第一場は夫妻の朝食の場面。サムの職場での不倫疑惑などもあり、夫婦間の言い争いが描かれる。第二場ではサムがオフィスで自らの商才を見せつけ、第三場では精神分析医を訪ねたダイナが寝椅子に横たわり、心の安らぎを与えてくれる「静かな場所」について歌う。第四場では、お昼時の街角で二人は鉢合わせするものの、食事を共にすることなく、それぞれの約束の場所へと足早に去る。第五場では、ハンドボールの試合に勝利を収めたサムがスポーツジムで、男には「勝者」と、成功に手が届かない男がいると自信満々に歌う。第六場では、ダイナが見たばかりの『タヒチ島の騒動』という映画の内容を芝居っ気たっぷりに歌う。第七場の場面は、第一場と同じ夫婦の自宅。朝食時と同様、相変わらず二人の気持ちはすれ違う。しかし、それでも両者は互いに歩み寄ろうとはする。そして、サムの提案で映画『タヒチ島の騒動』を見るために、二人が出かけるところで幕となる。

『タヒチ島の騒動』では、前段のあらすじの紹介でも分かるように倦怠期の夫婦の葛藤が描かれる。しかし、この作品の制作当時、バーンスタインはチリ出身の女優フェリシア・モンテアレグレ（Felicia Montealegre）と結婚したばかりであった。しかしながら、彼らの結婚には紆余曲折があり、そのことが作品の内容に影響を及ぼしている可能性が高い。二人は一九四六年の二月に出会い、同年の十二月には婚約するものの、翌年の秋にこの婚約は解消されているのだ。しかし、ここで両者の関係に終止符が打たれたわけではなかった。彼らは一九五一年八月に再び婚約し、九月初めには結婚式を挙げている。バーンスタインの同性愛的志向が、二人の婚約解消の背後にはあるらしい。そして、彼のセクシュアリティの問題は、結婚後も彼らの関係に常に付きまとうことになる（H.Burton 167）。結婚式を挙げた数か月後にフェリシアがバーンスタインに書いた手紙からも、それは明らかである。この手紙のなかで、彼女は二人の始まったばかりの結婚生活を「このまったく酷い無茶苦茶」（this whole bloody mess）と評し、さらに「あなたは同性愛者で、それは決して変わることはないでしょう。あなたは二重生活の可能性を認めない。でも、あなたの心の安らぎ、健康、全神経が、ある種の性的な行動様式に依存しているなら、あなたに何ができるというのでしょうか」と、夫レナードの性的志向にはっきりと言及している（Simeone 293-294）。

『タヒチ島の騒動』は、新婚間もない二人の滞在先であったメキシコで制作が進められた。結婚式の翌月、バーンスタインは秘書のヘレン・コーツに「完成したのも同然だ」と書き送っているように、このオペラの制作は当初、快調だったようだ。[4] しかし、一九五二年の一月の末には、弟のバートン・バーンスタインに、「想像力の流れに何かが起こってしまったらしい」と書き送るようになる。そして、あるパーティでスランプ状態に陥ったバーンスタインに出くわした若き日のブルガリア出身のピアニスト、アレクシス・ワイセンベルクは、その後、幾度か彼と時間を共にし、その際耳にした「〔フェリシア〕をとても愛している。しかし、なぜ自分たちが結婚したのかわからない。……計算による結婚とは正しいものなのだろうか」というバーンスタインの言葉を、ヘレン・コーツ宛の手紙のなかで伝えている。バーンスタインのこのような発言からは、自らのキャリアを築くために、自らの性的志向を結婚によって隠ぺいしようとする彼の打算を読み取ることができる。一九五〇年にCBSはバーンスタインをそのブラックリストに載せる。その結果として、この有力な放送局と密接な関係にあるニューヨーク・フィルなどとの仕事が困難になった時期に、彼があわただしく結婚していることも、このような打算への疑念を抱かせる原因になっている。

「ハンサム、俗っぽく、言動は派手、左翼、同性愛者」。ジョーン・パイザーは、一九四〇年代終わりのバーンスタイン像を、このように評している（Peyser 172）。冷戦期のアメリカでは、バーンスタインのような左翼で同性愛者の指揮者は、いつステージから消えても不思議ではなかった。[5] 彼のブロードウェイ・デビュー作である『オン・ザ・タウン』（*On the Town*, 1944）や『ウェスト・サイド物語』の高名なダンスの振り付けをし、さらに後者の原案者でもあるジェローム・ロビンズは、共産党員だった過去をもつがゆえに一九五三年五月に非米活動員会に召喚され、左翼系の会合などで目にした人々の名を証言した。ロビンズのこの密告の背景には、彼の同性愛を暴露するとの脅迫があったとする説が根強くあることを、ここで思い出しておいてよいだろう(6)。

ブレヒトやヘルマン、そしてロビンズを召喚した非米活動委員会は、一九三八年にアメリカ国内のナチスのスパイ活動などの破壊活動の監視を主たる目的として、連邦下院議会の暫定的な特別委員会として作られた。そして、第二次世界大戦後の米ソの冷戦の深刻化に伴い常設委員会に格上げされ、赤狩りの舞台としてスポットライトを浴びる。委員会は一九四七年九月にハリウッドの映画関係者十九名を召喚、翌月十一名が証言を終えたところで公聴会は中断された。この十一名のうち、アメリカを出国した前述のブレヒトを除く十名が、のちに「ハリウッド・テン」と呼ばれることになる。中断していた委員会が再開されたのは一九五一年三月末。バーンスタインが作曲活動に専念するため、同年の四月半ばから長期の休養に入ることを『ニューヨーク・タイムズ』が伝えたのは二月十五日のことである。非米活動委員会に召喚された人々のその後の人生の惨めさを目の当たりにし、バーンスタインは『タヒチ島の騒動』の制作をメキシコの地で進めながら、彼らの運命が己にも降りかかってくるのではないかと不安をつのらせていたという(Keathley 220-221)。

第二次世界大戦中の一九四二年に発表された「リベット工・ロージー」(*"Rosie the Riveter"*)という歌がある。この歌はラジオやレコードなどを通じて世間に広まりヒット作となったのだが、逞しい腕をもつ男勝り彼女の姿を描いたイラストも新聞などに掲載されて、「リベット工・ロージー」は戦時の理想的な女性のイメージのひとつとなった。しかし、戦場から男たちが戻ると、戦時に労働市場に参入したロージーのような女性たちを「家庭に帰れ」という世論が取り囲む。一九五〇年代、冷戦期のアメリカでは、男性が稼ぎ、女性が家庭を守るという役割分業に基づくヴィクトリア朝時代のような家庭が復活し、理想的な「伝統的家族」像が新たに再編されるのだ。その結果、その規範から外れた家庭や性行動（その最たるものは、同性愛）は、反共主義者たちによって国家への反逆と見なされるようになった（Coontz 33）。安らぎの場であるかのように見えた家庭は国家の反共活動のなかにしっかりと組み込まれ、人々の抑圧の場ともなっていたのである。『タヒチ島の騒動』は、第二次世界大戦後、急増した郊外在住のアメリカの家族をめぐる問題を映し出す。

三　精神分析医の寝椅子

『タヒチ島の騒動』の第三場と第四場を繋ぐ場面には、作品の冒頭同様コロス的役割を担うトリオが登場し、アメリカの郊外の物心ともに満たされた生活を、微笑みを浮かべながら歌う。ヴォーカルスコアのプロダクションノートには、トリオは「決して微笑みを絶やしてはならない」とイタリック体で指示してある。

素晴らしい一日、素晴らしい人生
幸せな結婚、かわいい息子
最高の家族
素敵な生活！

最新のキッチン、洗濯機
カラフルなバスルーム、そして『ライフ』
ブルックラインの小さな家！(7)　(TT 60 - 62)

トリオはこの後も、デザイン家具、車、そして歯磨き粉などの家庭用品の名前を織り込みつつ、アメリカの郊外生活を讃え続ける。しかし、サムとダイナの心のすれ違いをすでに目の当たりにしている観客は、トリオの微笑みの裏に隠された欺瞞を感じざるを得ないはずだ。バーンスタインは「ラジオ・コマーシャルから生まれたギリシャ劇のコロス」と彼自身が性格づけたトリオのこの歌を、場面と場面の間にコマーシャル的に挟み込むことで、彼らの歌う郊外の楽しげな生活は、アメリカの郊外の実態を反映したものではなく、商業主義と深く結びついた虚像であることを観客たちに思い知らせる。

第二次世界大戦後の五年間で家具や電気製品などの家財道具の購入費は二四〇パーセント増えたが、このような大幅な出費の増加の背後には企業の広告戦略があった。そうした企業の広告重視の姿勢を裏付ける数字がある。一九四五年から六〇年の間に、広告業は四〇〇パーセントの成長を見たというのだ（Coontz 25, 171）。彼らがターゲットにしたのは主として女性たちであった。しかし、さかんに宣伝されていた様々な物品を購入することが、彼女たちの幸福には直結しなかった。前述のトリオが歌のなかで言及するアメリカの雑誌『ライフ』は、一九四九年にアメリカの女性たちが突然、理由もなく「得体のしれない不安」（eerie restlessness）に襲われていると報告する（Coontz 36）。ベティ・フリーダン（Betty Friedan）が、彼女の主著である『フェミニン・ミスティーク』（*The Feminine Mystique*）のなかで「名づけようのない問題」（problem that has no name）と呼ぶことになるものと同質のものだろう（Friedan 63）。

前述のフリーダンの本は一九六三年の出版である。その執筆のきっかけとなったのは、一九四二年に大学を卒業した同窓生たちを対象にして彼女が五七年に行った調査であった。彼女たちが寄せた回答から、専業主婦となり幸せな生活を送っているかのように見えた女性たちの抱く不満が浮かび上がってきたのだ。すでに言及したように、『タヒチ島の騒動』のヒロイン、ダイナの年齢設定は三〇代初め、時代設定は作品制作と同じ一九五〇年代の初めである。つまり、ダイナはフリーダンが調査を行った同窓生たちとまったく同じ世代ということになる。日々の生活の空虚さに苛まれ、精神分析医の前で寝椅子に横たわり、「荒れ果て、あらゆる種類の草が生い茂り窒息状態にある庭」を抜け出し、それとは別の「光り輝く庭」「静かな場所」へと愛によって導かれる夢を語るダイナも、フリーダンの同窓生たちと同じく「名づけようのない問題」を抱えている一人なのだ（TT 41）。

二〇一〇年の夏、晩年のバーンスタインに師事した佐渡裕による指揮とロバート・カーセンの演出によって、『キャンディード』が兵庫と東京で上演された。カーセンはステージの額縁を巨大なテレビのブラウン管の枠に見立て、『キャンディード』のベースとなった十八世紀に書かれたヴォルテールの原作と、バーンスタインたちの音楽劇が作られた一九五〇年代のアメリカがリンクするような舞台づくりをした。この演出は、一九五〇年代のアメリカにおける急速なテレビの普及を念頭に置いたものだろう。一九四八年、アメリカの通信事業の規制監督を行う連邦通信委員会（ＦＣＣ）は、免許申請の急増や放送方式の選定の問題などを理由にテレビ局の新規免許の交付を一時凍結する。この凍結がようやく解除されたのは一九五二年のことだ。この凍結解除の後、テレビは瞬く間にアメリカ全土に普及してゆく(河村 八八-八九)。同じ年の十一月十六日には、『タヒチ島の騒動』はバーンスタイン自身の指揮によって、テレビ放映が行われている。(8)「名づけようのない問題」を抱えた郊外在住の女性の姿は、ベストセラーとなった『フェミニン・ミスティーク』に描かれるよりも早く、ブラウン管を通してアメリカのリヴィングルームに映し出されていたことになる。

四 南海のロマンスはお好き

一九五〇年代、ダイナのように日々の暮らしに虚しさを感じ、精神分析医のもとを訪ねた郊外在住の主婦たちに、医師たちは、精神安定剤の服用や映画鑑賞を勧めたりしたという。精神安定剤を咳止め薬と同じ感覚で使っていた主婦たちもいたらしい(Friedan 76)。ダイナが精神安定剤を服用する場面は『タヒチ島の騒動』にはない。精神安定剤が一般化するのが、この音楽劇の初演後の一九五五年以降だからであろう。したがって、ダイナは精神安定剤を飲む代わりに映画を見る。『タヒチ島の騒動』という封切り間もないミュージカル映画だ。映画館を出た後、ダイナは帽子店に立ち寄り、店員(観客からは、その姿は見えない)にむかって、見たばかりの「現実逃避者のための極彩色の駄作」(escapist Technicolor waddle)の内容を、派手なアクションを交えて歌う。

映画の主人公はタヒチ島の娘とアメリカのハンサムな軍人である。恋に落ちた二人は狂おしいばかりに愛し合っている。しかし、彼らの前途には問題があった。島のプリンセスが白人と結婚した時に雨が降れば、その男は直ちに生贄にされるという伝説が島にはあるのだ。結婚式の夜、嵐が島を襲い、火山は噴火。島民たちは太鼓を叩き、歌い踊り狂う。一方恋人たちは、「アイランド・マジック」と題された美しいバラッドを歌う。槍やナイフを手にして走り回る島民たち。生贄の儀式のために積み上げられた薪に呪い師が火をつける。まさにその時、アメリカの海軍の軍人たちが大挙してパラシュートで空から降りて来る。万事解決。「アイランド・マジック」のルンバ・ヴァージョンに合わせて、褐色の島の女たちと海軍の兵隊たちは共に踊る。そして、幕切れは大オーケストラによる「アイランド・マジック」の演奏。ハンフリー・バートンは、映画『タヒチ島の騒動』の内容をダイナが歌うこの場面を「アメリカの植民地政策とハリウッドの現実逃避癖を鮮やかに茶化す五分間のコメディー・バーレスク」と評している（H.Burton 223）。

「なんてひどい映画」「四歳の子供でも退屈する」と憤慨しながら映画のあらましを語り始めたダイナだったが、次第にその内容に魅せられてゆく。ヴォーカルスコアの指示は、ダイナの変化をはっきりと示している。中盤で恋人たちが歌うバラッドのタイトル「アイランド・マジック」を口にする頃には、ダイナは「完全に心奪われた」状態で歌うように指示されているのだ（TT 88）。ここでの表現の指示はドルチェ、すなわち「甘美に」だ。そして物語の終わりの大オーケストラが奏でる「アイランド・マジック」に言及がなされる部分では、音楽が西インド諸島のマルティニークの舞曲に由来する「ビギン（beguine）」となり、「感情を完全に露わにした」ダイナはステージ上を踊りまわる（TT 93）。エリザベス・L・キースリーは、彼女のこのダンスに「家事という牢獄」から解き放たれたダイナの姿を見る（Keathley 234）。しかし、「アイランド・マジック」は長続きしない。突然我に返ったダイナは、彼女を魅了する南海の島の「魔法」を振り払うように、「なんてひどい映画」と再度言い放ち（フォルテ記号が三つけられている）、サムの夕食の準備をするために、帽子店から大急ぎで走り去るのだ（TT 97）。このような結末は、映画が一時しのぎの娯楽に過ぎず、ダイナのような女性たちが抱える問題に根本的な解決をもたらさないことを示す。そして、ダイナのような主婦にとって、夫に尽くすことが強迫観念のようなものになっていることも、この場面は明らかにしている。

映画『タヒチ島の騒動』の内容を歌う第六場には、ヴォーカルスコアに「『南太平洋』のアクセントで」という指示が付されたところがある（TT 85）。『南太平洋』（*South Pacific*）とは、リチャード・ロジャーズとオスカー・ハマースタイン二世という二〇世紀のアメリカのショウビジネス界の黄金コンビが制作した大ヒットミュージカルのことだ。この作品には二組の恋人たちが登場するが、その一つが島の娘とアメリカのハンサムな軍人のカップルだ。『タヒチ島の騒動』の架空の物語は、明らかにバーンスタインが当時ブロードウェイで上演中だったロジャーズとハマースタインのミュージカルを念頭に作り上げたものである。『南太平洋』がブロードウェイで開幕したのは、一九四九年四月七日。それから約五年に渡って、この作品はブロードウェイの舞台で上演され続けた。興行面だけではなく、芸術面でも『南太平洋』は成功を収めた。一九五〇年度のトニー賞八部門やニューヨーク批評家賞だけではなく、ミュージカル作品でありながら、ピューリツァー賞の演劇賞も与えられている。『南太平洋』以前のこの部門の二つの受賞作が、テネシー・ウィリアムズの『欲望という名の電車』とアーサー・ミラーの『セールスマンの死』というアメリカ文学史上の屈指の名作だったことを知れば、『南太平洋』の当時の評価がいかに高かったかが分かるだろう。バーンスタイン自身も、このミュージカルを高く評価していた。

一九五二年の暮れ、バーンスタインはCBS系列の全国放送で、フォード財団制作の『オムニバス』（*Omnibus*）と題された音楽の教育番組を始める。この番組は一九五六年十月に放送局がABCへと変更にされるが、移籍後の第一回目に扱われたのがアメリカのミュージカルであった。(9) そのなかで、バーンスタインは優れたミュージカルの実例として『南太平洋』を取り上げ、作中の幾つかの場面をスタジオで再現している。そして、この回の出演者の中に一人の黒人のソプラノがいた。後年、オーストリア出身の名指揮者カール・ベームが重用することになるレリ・グリストである。彼女はこの番組が放送された翌年、『ウェスト・サイド物語』のブロードウェイ初演に参加し、スティーヴン・ソンドハイム（Stephen Sondheim）の作詞による「どこかに」（"Somewhere"）を歌った。映画版ではトニーとマリアのデュエットだが、オリジナルの舞台版では一人の少女が舞台裏で歌うソロとなっている。「私たちの場所がどこかにある。平和と静けさと大気がどこかで私たちを待っている」と歌い出すこの名曲は、『タヒチ島の騒動』でダイナが「静かな場所」を求めて歌うアリアと歌詞の内容と曲調の類似が見られる。チャールズ・カイザーは自己の体験をもとに、「どこかに」の歌詞は「リベレーション以前の同性愛者の経験に直接訴えかけるものがあった」と述べている（Kaiser 93）。心の安らぎが得られる「静かな場所」を「どこかに」求めていたのは、はたしてダイナのような女性たちだけであったのか。

五　男だって辛い

『タヒチ島の騒動』第一場の終盤で、ダイナは手持ちの残金が乏しくなったことをサムに告げ、診察代を無心する。この妻の求めに対して、夫は「医者だと！　まったくのインチキだ」と返答する。そして「素晴らしい精神分析医よ」「あいつらは金儲けをしているだけだ！」という二人のやり取りが続き、サムから渡された「お金を嫌悪の眼差しで見つめながら」、ダイナは「あなたも診てもらうべきだわ」と歌う（TT 29-30）。『タヒチ島の騒動』で音楽的な見せ場を与えられているのはダイナである。そのため、我々は一九五〇年代の女性たちの苦悩に、どうしても目を向けがちだ。しかし、第一場のダイナとサムのこのやり取りは、女性だけではなく、男性たちもまた悩みや不満を抱えていることを示唆している。

ダイナから精神医の診察を勧められた直後、サムは出勤する。第二場はサムの職場が舞台だ。彼は電話を介して顧客と巧みに取引をし、その商才をアピールする。そして例のトリオが登場し、「おお〜、サム。あなたは天才、驚くべき男！　お金のことになったら、誰も驚異のサムには敵わない！」と彼を誉めそやす（TT 34-35）。しかし、この場面の冒頭部に記されたヴォーカルスコアの演技指示は「デスクで意気消沈しているサム」なのだ。それを示すように顧客からの電話が鳴ると、サムは受話器を取り上げ、最初「疲れたように」に返答する。しかし、相手の声を耳にするや彼の様子は豹変、「突然感じ良く」商談を開始する。ここでサムの歌には、彼の勢いを示すようにクレッシェンド記号も多用されている。この場面で我々が注目すべきは、サムの商才もさることながら、組織の中で有能なビジネスマンたるべく、自らを鼓舞しようとする彼の姿だ。このように考えると、トリオの歌はサムの有能さを讃えると同時に、彼へのプレッシャーとしても機能しているように思われる。

サムが歌っている同じステージ上には、第三場のセットもしつえられ、ダイナが精神医の長椅子にすでに横たわっている。このような舞台のセッティングは、サムとダイナを別世界の住人のように見せはするが、病んでいるのは彼女だけではないことを視覚化する効果ももつ。また第五場で、サムは「男には一つの掟がある。成功する男と、そうではない男だ」と歌い出し（TT 73）、成功者は「常に、常に、常に勝者だ！」と声を張り上げ、フォルテ記号が三つ付された高い音域で三小節に渡って声を伸ばし続けてこの場を歌い収める（TT 82）。男性についての掟を、エネルギシュに歌い上げるサムを突き動かしているのは、成功への執着、そして、成功しなければならないというプレッシャーである。「勝者」になることしか頭の中にないサムだが、「勝者ですら多大な代償を払わなければならない」ことも自覚している（TT 98）。

一九五〇年代、アメリカン・ドリームを追求し成功を収めた男たちでさえ、組織などへの「無批判な順応」に対して不満をもらしていた。そしてまた、男たちは成功者の条件として、自らにふさわしい伴侶を娶ることも要求されていた。独身男は「未熟、幼児的、ナルシスト、異常、病的」などのレッテルを貼られたという（Coontz 37, 33）。ここでは「異常」と訳したが、原文では"deviant"という言葉が使用されており、それには「同性愛の」という意味もある。郊外在住の「名づけようのない問題」を抱えた女性たちに同情的だったフリーダンでさえ同性愛者たちへの眼差しは極めて冷淡だ。彼女は一九四八年のキンゼイ・レポートのデータに見られた同性愛者の顕在化と、女性らしさを賛美する「フェミニン・ミスティーク」とを結びつける。そして、この女性性の礼賛は、女性らしさの名のもとに「受動的で子供っぽい未成熟さ」を讃えて永続化し、それが息子に引き継がれるのだとフリーダンは主張する。そして、彼女は男性の同性愛者を「年齢を重ねることを恐れる、永遠に子供じみたピーター・パン」であると突き放す（Friedan 383-384）。フリーダンにとって男性の同性愛者は、成長を拒否した未熟者にすぎなかったのである。[10]

『タヒチ島の騒動』には同性愛者は登場しない。冷戦期の強烈なホモフォビア的環境では、無理からぬことだろう。バーンスタインが音楽を提供した『波止場』の監督エリア・カザンが、この映画の封切りの翌年に初演されたテネシー・ウィリアムズの『やけたトタン屋根の上の猫』の演出を担当している。その肯定的な受容を目指して、カザンは本作の重要な要素となっている同性愛がらみの台詞や物語展開の書き直しを劇作家に強く求めた。[11] そして、バーンスタイン自身が、当時のホモフォビアを利用した可能性もあるようだ。ウィリアム・R・トロッターによれば、彼の師のひとりでありニューヨーク・フィルの音楽監督を務めていた同性愛者のディミトリ・ミトロプーロスの追い出しに加担し、同楽団の音楽監督の指名を獲得するために、妻と子供のいる「健全な」家庭人（つまり異性愛者）としての自らのイメージを彼が利用したというのである（Trotter 396）。

『タヒチ島の騒動』の初演から三〇年後、バーンスタインはその後日談とも言える『静かな場所』を発表し、主要な登場人物のひとりとして同性愛者を登場させる。『タヒチ島の騒動』では黙役だったジュニアである。モデルは他ならぬバーンスタイン自身らしい（Peyser 432）。『タヒチ島の騒動』のなかで、ジュニアについて観客たちが与えられる情報は、彼が学芸会で主役を務めるということだけである。しかし、サムは芝居などまったく眼中にない。彼は息子の芝居よりも、自分のハンドボールの試合を優先する。サムはそのような男性なのだ。ダイナがジュニアの晴れ舞台に言及しても「あのひどい学校の芝居か」と返答するだけ。舞台に対する嫌悪すら感じさせる発言だ。この部分のヴォーカルスコアの演技上の指示は「ぞっとするようなふりをして」である（TT 23）。小学校のステージとはいえ、そこでスポットライトを浴びる息子は、『静かな場所』に登場する以前に、すでに父親とは異なる志向をもった男性であることがほのめかされている。

六　三〇年後の「庭」

一九八三年六月十七日、『静かな場所』はヒューストン・グランド・オペラで初演された。『タヒチ島の騒動』がまず上演され、その後で一幕物の新作が披露されるという、いわば二本立て形式の公演であった。しかし、この新作オペラの評価は芳しいものではなかった。そこで、『タヒチ島の騒動』をフラッシュバックの形で劇中劇として組み込んだ現行の三幕物の改訂版が作られ、一九八四年六月十九日にミラノのスカラ座で初演された。ひと月後にはワシントンのケネディ・センターでも、この版の公演が行われている。『タヒチ島の騒動』を劇中劇として組み込んだこともあり、上演時間が二時間半ほどかかる大作になっている。リブレットの担当は、バーンスタインの娘ジェイミーが学んでいたハーヴァード大学での知人スティーヴン・ワーズワース（Stephan Wadsworth）である。彼とバーンスタインはワークショップのような形態で『静かな場所』を制作した。ワーズワースは、メトロポリタン歌劇場など世界各地の劇場で演出家として現在活躍している。しかしながら、バーンスタインが一九八〇年にワーズワースに初めて会ったとき、彼はまだ二十七歳、台本は一本しか書いたことがなかった。

『静かな場所』の冒頭は、交通事故で命を落としたダイナの葬儀の場面である。これがこのオペラ全体を覆うトーンを決定づけている。『タヒチ島の騒動』の冒頭の軽やかさとはきわめて対照的な暗い幕開きだ。製作者の二人が抱いていた喪失感が、『静かな場所』には反映されているからである。バーンスタインは妻のフェリシアを病によって、そしてワーズワースは妹を事故で失ったばかりであった。『静かな場所』はこの二人の思い出に捧げられている。一九七八年六月十六日朝、フェリシアは息を引き取ったのだが、彼女に先立たれる前にバーンスタイン夫妻は別居をしている。一九七六年に、バーンスタインが男性の愛人と生活を共にするために家を出たことが原因だった。その一年後、フェリシアの癌が発見され、彼は彼女のもとに戻る。病状は深刻なものであった。バーンスタインたちの献身的な看病も虚しくフェリシアは死去、彼の罪の意識は生涯消えることはなかった。

『静かな場所』の主要な登場人物は四名、サム、ジュニア、サムの娘のディディ、そして彼女の夫のフランソワである。ディディは『タヒチ島の騒動』の後に生まれており、サムとダイナの（一時的とはいえ）関係の修復を感じさせる存在だ。またフランソワはジュニアのかつての「恋人」でもあった。ジュニアは心を病んでおり、サムも『タヒチ島の騒動』の頃の精力的な男ではなくなっている。第一幕の終わりに置かれたアリアで、疲労感を滲ませたサムは、自分の人生は破たんして「勝者」ではなくなった、その原因は子供たちだと歌う（QP 72-83）。

『静かな場所』は、心が離れてしまった家族が再び絆を取り戻そうとする物語だ。サムはダイナの葬儀で子供たちと二〇年ぶりに再会、そしてこの時、初めて娘婿のフランソワとも顔を合わせる。彼らは積年のわだかまりから、容易に打ち解けることが出来ず、互いの感情をぶつけ合ってしまう。しかし、胸の内に秘めていたそれぞれの思いが次第に明らかになり、彼らは互いに再び歩み寄ろうとする。そして四人は第三幕の幕切れで、ぎこちなくではあるが手を取り合う。最終幕は主を失って雑草が生い茂ったダイナの庭を舞台とし、ディディがその掃除をしている場面から始まる。この舞台設定は四人の登場人物たちが、ダイナと同じく愛によって導かれる「静かな場所」を求めていること示している。『タヒチ島の騒動』と制作年代の近い『キャンディード』の幕切れのクライマックスで、登場人物たちがイーゴリ・ストラヴィンスキーの『火の鳥』の終曲風の音楽に合わせて、詩人のリチャード・ウィルバー（Richard Wilbur）が書いた「私たちの庭を育てよう」（make our garden grow）という歌詞を歌い上げるが、「庭」の整備はバーンスタインにとって、こだわりのあるテーマなのかもしれない。

『静かな場所』の最終場面でとりわけ重要なのは、ジュニアがサムの腕の中に抱かれるところだ。そこにはバーンスタインの自身の父への思いが強くにじみ出ているからだ。第二幕には、錯乱状態に陥ったジュニアが「父さん愛している」という台詞もある（QP 187）。W・W・バートンによるインタヴューのなかで、ジョーン・パイザーは『静かな場所』にまつわるひとつのエピソードを明かしている。あるリハーサルの終わりに、バーンスタイン自身がこのジュニアの歌詞は自分にとって「並外れた精神的オルガズム」であり、それを聴くたびに泣き崩れると述べたというのだ（W.W. Burton 47）。彼のこの発言の背後には、ユダヤ教の宗教的典範であるタルムードを信じる古風な彼の父サムが、息子レナードの同性愛を受け入れがたかったことがあるようだ。バーンスタインも、自らの分身であるジュニアと同じく、父親が彼を受け入れ、その腕の中に抱かれることを切望していたのである。

『静かな場所』はバーンスタイン自身の個人的な思いがつまった作品だ。しかし、批評家たちの反応は冷淡なものであった。たとえば、ワシントンでの改訂版の公演を見たバーナード・ホランド（Bernard Holland）は、一九八四年八月十六日付『ニューヨーク・タイムズ』紙の「批評家の筆記帳」（"Critic's Notebook"）に、バーンスタインのような「とてつもない才能に恵まれた人物が、なぜ自らの憤怒や激しい思いを、中年の男やもめのサム、その成人した子供たち、彼らが共有する両性愛の恋人のために浪費するのだろうか。彼らの苦しみは感動よりも嫌悪感を誘う」と書いた。[12] これは酷評以外のなにものでもない。

音楽市場での『静かな場所』の冷遇も、このオペラの評価の低さを反映している。二〇一三年末の本稿執筆の段階で、『タヒチ島の騒動』のCDやDVDは自作自演盤以外にも存在するが、『静かな場所』のCDは一九八六年にウィーンで録音された自作自演盤しか入手できず、この音源と同時にオーストリア放送協会によって収録されていた映像はソフト化されていない。著作権のコントロールが厳しいのであろう、インターネット上でも、この作品はそのほんの一部しか視聴ができない。

バリー・セルデスは『静かな場所』を「ほとんど忘れられた」作品と評している（Seldes 159）。しかし、再評価の動きがないわけではない。二〇一〇年十月末、ニューヨークで初めて『静かな場所』

が上演された際（高名なメトロポリタン歌劇場ではなく、最近その破綻が伝えられたシティ・オペラの公演）、『ニューヨーク・タイムズ』紙は、「強く心をとらえる」と『静かな場所』を好意的に評した。現在の家族が痛ましいほどに「機能不全」に陥っており、「過去三十年で、世界が作品に追いついた」ことが、その評価の理由として述べられている。しかし『静かな場所』の初演よりもはるかに前、『タヒチ島の騒動』が制作された当時から、アメリカの家族はすでにある種の「機能不全」的症状を示していたのではあるまいか。

『静かな場所』は今後再評価がさらに進んだとしても、内容の暗さや耳に心地よいとは言い難い現代音楽的な作曲スタイルなどもあり、メトロポリタンなどのメジャーな歌劇場の通常レパートリーとして定着するのは難しいと思われる。

七　私は私

『静かな場所』の世界初演の日、バーンスタインの新作オペラに同性愛者に設定された登場人物があるらしいと聞きつけた右翼のデモ隊が劇場にピケを張った。しかし、アメリカにおける同性愛者をめぐる環境は、『タヒチ島の騒動』が制作された冷戦期とは違ったものになっていた。それを示すアメリカの舞台関連のある出来事がある。

ヒューストンで『静かな場所』が初演されてから二か月後、一九八三年八月二十一日にブロードウェイで一本のミュージカルがオープニング・ナイトを迎えた。『ラ・カージュ・オ・フォール』（*La*

Cage aux Folles）である。二〇年間生活を共にしてきた倦怠期の同性愛者のカップルを主人公とするこのミュージカルは、オン・ブロードウェイで同性愛の登場人物が主役を演じた初めての作品であった。演出を担当したのは、ジェローム・ロビンズの原案をもとに『ウェスト・サイド物語』の台本を書いたアーサー・ローレンツである。彼もロビンズ同様、同性愛者であった。このミュージカルは一九八四年度のトニー賞で、作品賞を含む六部門で賞を獲得し、わが国でも繰り返し上演されている人気作だ。作品の音楽上のクライマックスは、第一幕の最後でザザというステージネームをもつ女装のアルバンが歌う「ありのままの私」（"I am What I am"）である。「私は私、私自身が創り上げた特別な存在」と歌い出し、「クローゼットを開ける時だ。『世界よ、私は私だ』と言える時が来るまで、人生は何の価値もない」とこの歌は締めくくる（Herman 65-66）。同性愛者であることを公言しているジェリー・ハーマン（Jerry Herman）が、歌詞と作曲を担当した同性愛者の讃歌だ[13]。

『ラ・カージュ・オ・フォール』に見られるこのような積極的な自己肯定を、『静かな場所』のなかに見出すのは難しい。アメリカにおけるゲイ・リベレーションのきっかけとなった一九六九年六月のストーンウォール暴動以降に制作された後者は、確かにバーンスタインのカミングアウト的な性格をもつ。しかし、一九八〇年代のエイズと同性愛者を結びつける誤った認識の問題もあるのか、彼が完全にクローゼットから出たとは言えず、自己憐憫や屈折した自己韜晦をも感じさせる作品となっている。

冷戦期の自らの性的志向を隠ぺいするかのような結婚、非米活動委員会で密告をしたエリア・カザンが自己の行為の正当化を目指したことが明白な映画『波止場』への音楽の提供[14]、そして、パスポートの更新のために左翼系の組織との結びつきすべて否定し、アメリカへの忠誠を鮮明にする宣誓供述など。体制の抑圧的な価値観に批判的なリベラルな姿勢を見える形では常にとりつつ、我々のあずかり知らぬところで、バーンスタインは自らのキャリアのために体制に順応し、自己保身的な振る舞いもしてきたのである。[15] このような彼にとって、ありのままの自分をさらけ出し「私は私」と自らの生き方を肯定し、高らかに歌うような作品を書くことは難しかったにちがいない。

一九六一年の春、ニューヨーク・フィルを率いて日本に初めて姿を現したバーンスタインは、ブラックリスト化とその後のキャリアの危機をしたたかに乗り切って「社会復帰」を果たし、冷戦期のアメリカの文化政策のなかにしっかりと組み込まれた存在であった。この来日公演はフォード財団やＣＩＡなどが出資していた一九五〇年設立の反共団体である文化自由会議（The Congress for Cultural Freedom）や、この団体が設立された同じ年にバーンスタインを自局のブラックリストに載せた過去をもつＣＢＳの後援によって実現したものであったことは、そのような当時のバーンスタインのポジションをはっきりと示している。そして、この日本ツアー中に彼が見学したもののなかには、『タヒチ島の騒動』の日本初演のリハーサルも含まれていた。[16]

『静かな場所』の自作自演のＣＤの日本版に付された解説書には、バーンスタインへの短いインタヴューが掲載されている。[17] そのなかで、彼は『タヒチ島の騒動』が「相当に暗い発想から出てきたもの」であり、「わたし自身のもっとも秘めておきたい部分」、「過去の暗い思い出」に由来するものだと述べている。そしてさらに、それらと彼自身の両親との関連を仄めかしはするが、詳細が語られることはない。バーンスタインが隠しておきたい「過去の暗い思い出」のなかには、同性愛者である息子を受け入れることができなかった父親との葛藤が含まれていることはほぼ確実だ。

結婚間もない頃、すでに言及したように、妻のフェリシアは夫のバーンスタインに「あなたは同性愛者で、それは決して変わることはないでしょう」と書き送った。しかし、彼女がバーンスタインの性的志向を理由に、彼のもとを去ることはなかった。フェリシアは夫の同性愛に言及した直後に、「私はありのままのあなたを受け入れたいの、でも自分が殉教者やL・Bという祭壇の生贄になるつもりはないわ」と書いた。そしてさらに、彼女は「ふたりにとって重要なのは、個人としての私たちなの、『結婚』というものよりもね」と書き綴り、手紙の結びには「ひどくわざとらしい大文字で書かれた夫妻になることなど忘れましょう」（forget about being HUSBAND AND WIFE in such strained capital letters）と記している（Simeone 294）。

フェリシアは「ありのままの」バーンスタインを受け入れようとしたかもしれない。しかし、冷戦期のアメリカ社会は、バーンスタインにありのままの姿を晒すことを許さなかった。キャリアを築くために、男たちは「夫」になることを強制されていたのだ。そして社会からの、そのような社会のプレッシャーによって夫になったばかりのバーンスタインが創り上げたのが『タヒチ島の騒動』なのだ。社会主義国家に対するアメリカの圧倒的な優位を示すために世界に誇示した幸福そうに見える郊外の家庭。その暗部を、この小品が描いてしまったのも当然と言えるだろう。

現在、欧米では同性婚を認める動きが見られる。そして、二〇一三年の六月の末には、ストーンウォールの記念日に合わせるかのように、アメリカの連邦最高裁判所が、同性婚者にも異性婚者と平等の権利を保障するという判決を下した。このように、アメリカにおける家族のあり方が急速に変化しつつある時代にバーンスタインが生きていたら、彼が創作する家族を扱った作品は、『タヒチ島の騒動』や『静かな場所』とは違ったものになっていたはずである。

【注】

（1）招聘に携わっていたのが、当時日生劇場の取締役だった浅利慶太（現劇団四季芸術総監督）である。この時の彼の経験が、その後の劇団四季のミュージカル路線に大きな影響を与えた。

（2）一九五〇年、『カウンターアタック』（*Counterattack*）や『レッド・チャンネルズ』（*Red Channels*）など、冷戦期の「赤狩り」に大きな影響力を持った冊子によって、バーンスタインは危険人物と名指しされた。ニューヨーク・フィルの理事会と密接な関係にあったCBSは同年にバーンスタインをブラックリストに載せている。このブラックリストからバーンスタインの名前が外されるのは一九五六年のことだ。バーンスタインと冷戦期のブラックリストの関係についてはバリー・セルデス（**Barry Seldes**）の研究書を参照のこと。この小論を書くにあたり、彼の研究成果に大きな影響を受けた。最近出版された中川右介の『国家と音楽家』の参考文献にもこの本が挙げてあり、ＦＢＩによる監視や左翼系団体との関係を疑われ国務省からのパスポートの更新を拒否されたことなど、わが国ではあまり知られていない冷戦期のバーンスタインについての記述があるが、彼のセクシュアリティ関連の言及は一切ない。

（3）『タヒチ島の騒動』はブランダイス大学のフェスティヴァルで初演された後、手が加えられ、同年夏のタングルウッド音楽祭で改訂版が上演された。現在入手できるのは、この改訂版の楽譜や映像そして音源である。『タヒチ島の騒動』は十一月にテレビ放送がなされてはいるものの、テレビ用に製作されたオペラではない。

（4）この段落のバーンスタインとアレクシス・ワイセンベルク（**Alexis Weissenberg**）の書簡は、ハンフリー・バートン（**Humphrey Burton**）によるバーンスタインの伝記の二一五頁からの引用である。なお、当時のワイセンベルクは、アレクシスではなくシギ（Sigi）と名乗っていた。ナイジェル・シーメイオウネ（Nigel Simeone）が編纂したバーンスタイン関連の書簡集がイェール大学出版局から出版されたばかりだが、この段落に引用した書簡は収められていない。数多く残されているバーンスタイン関連の書簡は、アメリカの議会図書館のデータベースでも閲覧可能である。しかし、手稿の判読が容易ではないため、全六巻の書簡集の刊行が近年完了した英国の音楽家ベンジャミン・ブリテン（Benjamin Britten）のようにバーンスタインの書簡集の継続的な出版が望まれる。

（5）バーンスタインが一九四〇年代後半に関わりをもった主な左翼団体のリストについては、ジョーン・パイザー（Joan Peyser）によるバーンスタインの伝記の一七一―一七二頁などを参照。パイザーのこの伝記は、バーンスタインの同性愛に初めて本格的に言及したものだが、バーンスタインはその出版に傷ついたと言われる（本人は読んでいないと主張していたが）。彼を当惑させたのは、本の内容よりも、友人たちが「秘密にしておくべきこと」を明かしてしまったことであったようだ（Simeone 535）。

（6）ヴィクトール・S・ナヴァスキー（Victor S. Navasky）の七五頁および三〇四頁を参照のこと。冷戦期のアメリカにおける同性愛者をめぐる状況についてはデイヴィッド・K・ジョンソン（David K. Johnson）の研究書が有益である。

（7）『タヒチ島の騒動』からの引用は、カッコ内にTTという略号と頁数を、『静かな場所』からの引用はQPという略号と頁数を本文中に記す。

（8）生放送であったために、映像が残っているかどうかは現在不明。しかし、アメリカのVAIレーベルが、同じ頃にテレビ放送用にスタジオ収録された舞台作品を継続的にソフト化しているので、この時の映像が発見されて市販される可能性はなくはない。現在DVD化されている『タヒチ島の騒動』の映像は、一九七三年と二〇〇一年に制作されたものである。前者の映像では、最終場面でサムが読んでいる新聞に一九五〇年六月末に始まった朝鮮戦争関連の記事が掲載されていることが視覚的に確認でき、『タヒチ島の騒動』が冷戦期の産物であることを示す。ただし、スコアには新聞の記事内容についての指示はない。

(9)番組の冒頭で、アナウンサーが二か月後に『キャンディード』の初演が行われることを伝えている。この番組内容は、その後若干手を入れて『音楽のよろこび』(*The Joy of Music*)に収録されている。書籍版では、アナウンサーの『キャンディード』についての発言は省略されている。バーンスタインが『オムニバス』を始めた頃、CBSのブラックリストには彼の名前がまだあったが、フォード財団の制作ということで、放送が可能になった(Seldes 72-73)。

(10)バーンスタインは一九五〇年にブロードウェイで上演された『ピーター・パン』のために楽曲を提供している。

(11)『やけたトタン屋根の上の猫』の書き直しについては、ブレンダ・マフィー(Brenda Murphy)の詳細な研究を参照のこと。

(12)この『ニューヨーク・タイムズ』の記事で、バーンスタインの『静かな場所』と共に扱われているのは、ハンス・ヴェルナー・ヘンツェ(Hans Werner Henze)のオペラである。彼もバーンスタインと同じく左翼的な思想を持つ同性愛者だった。当該の記事におけるこの二人の音楽家の組み合わせは、偶然なのであろうか。

(13)このミュージカルの台本を書いたのは、やはり同性愛者であるハーヴェイ・ファイアスタイン(Harvey Fierstein)である。彼は一九八四年秋に公開され、翌年の春にアカデミー賞最優秀ドキュメンタリー映画賞を受賞した『ハーヴェイ・ミルク』(*The Times of Harvey Milk*)でナレーションも担当している。同性愛者であることを公言し、初めて選挙によって公職についた人物を追ったこの映画のアカデミー賞受賞は、『静かな場所』や『ラ・カージュ・オ・フォール』などが初演された一九八〇年代半ばのアメリカにおける同性愛について考え方の変化を反映しているようにも思う。

(14)『波止場』に主演したリー・J・コッブ(Lee J. Cobb)も非米活動委員会で密告をした俳優であった。

(15)シーメイオウネ編纂の書簡集には、一九五三年八月三日の日付をもつパスポート更新のための宣誓供述書も全文が収録されている。そのなかで、バーンスタインは関連が疑われていた数多くの左翼系団体とのつながりを、ひとつひとつすべて否定した後、自分がアメリカに対していかに忠誠を尽くしてきたのかを詳細かつ痛ましいほどに力説している（Simeone 299-309）。

（16）リハーサルを見学するバーンスタインの映像も残っており、現在はＤＶＤで視聴できる。ニューヨーク・フィルの初めての来日公演は、開場間もない東京文化会館で行われた東京世界音楽祭のプログラムの一環であった。この音楽祭は、文化自由会議の事務局長であったニコラス・ナボコフ（Nicholas Nabokov）の発案によるものだったこともあり、完全に社会主義国の団体を排除していた。それゆえ、左翼系の音楽関係者などから反対運動が起きた（井上 一八二－一八四）。なお、この井上の本の注では、ニコラス・ナボコフが高名な作家であるウラジーミル・ナボコフの兄と紹介されているが、従兄の誤りである。

自由文化会議に資金提供をしていたフォード財団は、冷戦期にアメリカのプロパンダ機関として重要な役割を果たしたザルツブルク・セミナーの有力なスポンサーでもあった（Parmar 108-10, 118-20）。現在も続くこのセミナーの会場は、映画版の『サウンド・オブ・ミュージック』のトラップ大佐の屋敷に使用された建物である。この映画を監督したのはロバート・ワイズ（Robert Wise）であるが、彼は『ウェスト・サイド物語』の映画化でもメガホンをとっている。冷戦期に制作されたロジャーズとハマースタインのミュージカル映画が、アメリカの価値観を世界に知らしめる有力な媒体であったことを考えるならば、トラップ大佐の屋敷のロケ地の選択は、政治的なある種のメッセージが込められている可能性も否定できない。

（17）バーンスタインのこのインタヴューは、『静かな場所』の海外盤には掲載されていないため、大矢 緒による訳文を借用した。

【参考文献】

Bentley, Eric（ed.）, *Thirty Years of Treason: Excerpts from Hearings before the House of Committee on Un-American Activities 1938-1968*, 1971, New York, Thunder's Mouth P, 2002.

Bernstein, Burton, *Family Matters: Sam, Jennie, and the Kids*, 1982, Nebraska, iUniverse.com. Inc., 2000.

Bernstein, Leonard, *Trouble in Tahiti,* n.p., Boosey & Hawkes, n.d.

——. *The Joy of Music*, 1959, Milwaukee, Amadeus P, 2004.

Bernstein, Leonard & Wadsworth, *A Quiet Place*, n.p., Boosey & Hawkes, n.d.

Burton, Humphrey, *Leonard Bernstein*, London, Faber & Faber, 1996.

Burton, William Westbrook（ed.）, *Conversations about Bernstein*, New York, Oxford UP, 1995.

Coontz, Stephanie, *The Way We Never Were: American Families and the Nostalgia Trap,* 1992, New York, Basic Book, 2000.

Cuordileone, K.A., *Manhood and American Political Culture in the Cold War,* New York, Routledge, 2005.

Clum, John M., *Something for the Boys: Musical Theater and Gay Culture*, New York, St. Mattin's P, 1999.

Friedan, Betty, *The Feminine Mystique,* 1963, New York, W.W.Norton & Company, 2001.

Hellman, Lillian et al., *Candide: A Comic Operetta Based on Voltaire's Satire,* New York, Random House, 1957.

Herman, Jerry & Fierstein, Harvey, *La Cage aux Folles,* New York, Samuel French, 1987.

Hischak, Thomas S., *The Companion to the American Musical:Theatre, Film, and Television,* New York, Oxford UP, 2008.

Holland, Bernard, "Critic's Notebook: Pathos VS. Propoganda[*sic*] in Henze's New Opera," *The New York Times*, August 16, 1984.

Horowitz, Joseph, *Classical Music in America: A History of its Rise and Fall,* New York, W.W.Norton & Company, 2005.

Johnson, David K., *The Lavender Scare: The Cold War Persecution of Gays and Lesbians in the Federal Government,* Chicago, U of Chicago P, 2004.

Jones, John Bush, *Our Musicals, Ourselves: A Social History of the American Musical Theatre*, Hanover, Brandeis UP, 2003.

Kaiser, Charles, *The Gay Metropolis, 1940-1966*, Boston, Houghton-Mifflin, 1997.

Keathley, Elizabeth,"Postwar Modernity and the Wife's Subjectivity: Bernstein's *Trouble in Tahiti*," *American Music,*

Summer 2005, 220-56.
Laurents, Arthur, *Mainly on Directing: Gypsy, West Side Story, and Other Musicals*, New York, Alfred A. Knopf, 2009.
Murphy, Brenda, *Tennessee Williams and Elia Kazan: A Collaboration in the Theatre*, Cambridge, Cambridge UP, 1992.
Navasky, Victor S., *Naming Names*, 1980, New York, Hill and Wang, 2003.
Parmar, Inderjeet, *Foundations of the American Century: The Ford, Carnegie, & Rockefeller Foundations in the Rise of American Power*, New York, Columbia UP, 2012.
Peyser, Joan, *Bernstein: A Biography*, 1987, New York, Ballatine Books, 1988.
Pollack, Howard, *Marc Blitzstein: His Life, His Work, His World*, New York, Oxford UP, 2012.
Rodgers, Richard & Hammerstein II, *Oscar, Six Plays by Rodgers & Hammerstein*, New York, The Modern Library, n.d.
Saunders, Frances Stonor, *The Cultural Cold War: The CIA and the World of Arts and Letters*, 1999, New York, The New Press, 2000.
Seldes, Barry, *Leonard Bernstein: The Political Life of an American Musician*, Berkley, U of California P, 2009.
Shand-Tucci, Douglass, *The Crimson Letter: Harvard, Homosexualiy, and the Shaping of American Culture*, New York, St.Martin's Griffin, 2003.
Simeone, Nigel（ed.）, *The Leonard Bernstein Letters*, New Haven, Yale UP, 2013.
Smith, Helen, *There's a Place for Us: The Musical Theatre Works of Leonard Bernstein*, Burlington, Ashgate, 2011.
Trotter, William R., *Priest of Music: The Life of Dimitri Mitropoulos*, Portland, Amadeus P, 1995.
Vaill, Amanda, *Somewhere: The Life of Jerome Robbins*, New York, Broadway Books, 2006.
Waleson, Heidi, "Catching Up to Bernstein," *The New York Times*, October 29, 2010.
有馬哲夫『テレビの夢から覚めるまで——アメリカ一九五〇年代テレビ文化社会史——』国文社、一九九七年。
井上頼豊（著）、外山雄三、林光（編）『聞き書き　井上頼豊——音楽・時代・ひと』音楽之友社、一九九六年。

河村雅隆『放送が作ったアメリカ』ブロンズ新社、二〇〇一年。

クリステル、デイヴィド（編）、金子雄司、富山太佳夫（日本語版編）『岩波＝ケンブリッジ　世界人名事典』岩波書店、一九九七年。

日生劇場宣伝課（編）『West Side Story』一九六四年。公演プログラム。

中川右介『国家と音楽家』七つ森書館、二〇一三年。

松崎　博「The Sound of Silence ──ロジャーズとハマースタイン二世の『南太平洋』について──」『人間文化』（愛知学院大学人間文化研究所紀要）第二五号、二〇一〇年、七七-九〇頁。

──．「『キャンディード』について」『愛知学院大学人間文化研究所報』第三六号、二〇一〇年、二-五頁。

──．「Chop Suey a la mode ──ロジャーズとハマースタイン二世の『フラワー・ドラム・ソング』について──」『愛知学院大学文学部紀要』第四〇号、二〇一一年、九一-一一〇頁。

──．「Taming of the East ──ロジャーズとハマースタイン二世の『王様と私』について──」『愛知学院大学文学部紀要』第四一号、二〇一二年、三一-四三頁。

森　杲『アメリカ〈主婦〉の仕事史』ミネルヴァ書房、二〇一三年。

陸井三郎『ハリウッドとマッカーシズム』筑摩書房、一九九〇年。


【参考ＤＶＤ】

Trouble in Tahiti, Opus Arte,2001.
『音楽のよろこび～オムニバス～』ニホンモニター株式会社ドリームライフ事業部、二〇〇七年。
『歌劇タヒチ島の騒動』ニホンモニター株式会社ドリームライフ事業部、二〇〇九年。一九七三年収録の自作自演盤。同じ音源のＣＤもソニー・クラシカルからリリースされている。
『バーンスタイン、ニューヨーク・フィルハーモニック：ヒストリック・テレビジョンスペシャル２』ニホンモニター株式会社ドリームライフ事業部、二〇一一年。

【参考CD】

West Side Story: Original Broadway Cast Recording, 1957, Sony Classical, 1998.

La Cage aux folles: Original Broadway Cast Recording, RCA Records, 1983.

A Quiet Place, Deutsche Grammophon,1987. 一九八六年ウィーン国立歌劇場で収録された自作自演盤。

Leonard Bernstein's Peter Pan, Koch International Classics. 2005.

『歌劇《クワイエット・プレイス》』POLYDOR K.K.、一九九〇年。自作自演盤の日本盤。

＊本稿は愛知学院大学人間文化研究所の共同プロジェクト「ミュージカルを通して見る英米文化——記憶と空間——」の研究成果の一部である。

執筆者紹介（目次順）

吉田廸子（よしだ・みちこ）
一九三六年生まれ。一九六八年青山学院大学大学院博士後期課程満期退学。青山学院大学名誉教授。北海道大学文学部講師を経て、一九七二年より青山学院大学文学部で教鞭を執る。二〇〇五年退職。二〇〇八年地域の文化活動の場としてアトリエ「グレープフルーツ」を開設。二〇一一年自宅にて死去。著書に『現代アメリカ女性作家の深層』（ミネルヴァ書房、一九八四年、共著）、『トニ＝モリスン』（清水書院、一九九九年）、『ビラヴィド』（もっと知りたい名作の世界8、ミネルヴァ書房、二〇〇七年、編著）、訳書に『ビラヴド』（集英社文庫、一九九八年）、『ビラヴド――トニ・モリスン・セレクション』（ハヤカワ、epi文庫、二〇〇九年）など。

本村浩二（もとむら・こうじ）
一九六七年、東京都生まれ。一九九九年青山学院大学大学院博士後期課程満期退学。北海道医療大学講師を経て、関東学院大学教授。主な著書に『テクストの対話――フォークナーとウェルティの小説を読む』（論創社、二〇一三年）、『英語英米文化の展望』（関東学院大学出版会、二〇一四年、共著）。

中村亨（なかむら・とおる）
一九六六年、京都府生まれ。一九九五年青山学院大学大学院博士後期課程満期退学。中央大学教授。主な著書に『ヘンリー・ミラーを読む』（水声社、二〇〇七年、共著）、『アーネスト・ヘミングウェイ――21世紀から読む作家の地平』（臨川書房、二〇一一年、共著）、主な論文に「男性的規範の圧制と、抵抗する黒人達──『殺し屋』と『持つと持たぬと』を中心に」（『ヘミングウェイ研究』第14号、日本ヘミングウェイ協会、二〇一三年）。

西本あづさ（にしもと・あづさ）
大阪府生まれ。青山学院大学大学院博士後期課程満期退学。青山学院大学文学部教授。主な著書に、『カリブの風──英語圏文学とその周辺』（鷹書房弓プレス、二〇〇四年、共著）、『他者・眼差し・語り──アメリカ文学再読』（南雲堂フェニックス、二〇〇五年、共著）、『ビラヴィド』（もっと知りたい名作の世界8、ミネルヴァ書房、二〇〇七年、共著）、訳書にP・R・ハーツ『アメリカ先住民の宗教』（青土社、二〇〇三年）。

米山正文（よねやま・まさふみ）
一九六九年、新潟県生まれ。一九九九年青山学院大学大学院博士後期課程満期退学。宇都宮大学国際学部准教授。主な著書・論文に、『国家・イデオロギー・レトリック──アメリカ文学再読』（南雲堂フェニックス、二〇〇九年、共編著）、「"She had applied to the Physician; she was in a fair way to be well." ──スーザン・ウォーナー『広い広い世界』における「病い」と「癒し」」『宇都宮大学国際学部研究論集』第31号（宇都宮大学国際学部、二〇一一年）四七-六六頁、「緋色の家族──家庭小説としての『緋文字』」『宇都宮大学国際学部研究論集』第34号（宇都宮大学国際学部、二〇一二年）八九-一〇四頁。

平塚博子（ひらつか・ひろこ）
宮城生まれ。二〇〇三年上智大学大学院文学研究科英米文学専攻博士後期課程満期退学。上智大学一般外国語教育センター嘱託講師、敬和学園大学准教授を経て、日本大学生産工学部助教。主な論文に『アメリカン・

ロマンスの系譜形成――ホーソーンからオジックまで』（金星堂、二〇一三年、共著）、「『尼僧への鎮魂歌』における法とホワイトネスの構築」（『敬和学園大学紀要』第18号、二〇〇九年）。

村山瑞穂（むらやま・みずほ）
一九九〇年青山学院大学大学院博士後期課程満期退学。愛知県立大学外国語学部教授。主な著書に『アジア系アメリカ文学を学ぶ人のために』（世界思想社、二〇一一年、共編著）、『国家・イデオロギー・レトリック――アメリカ文学再読』（南雲堂フェニックス、二〇〇九年、共著）『木と水と空と――エスニックの地平から』（金星堂、二〇〇七年、共著）。

細谷等（ほそや・ひとし）
一九六一年、東京都生まれ。青山学院大学大学院後期博士課程満期退学。宮城教育大学助教授を経て、明星大学教授。主な著書に、『国家・イデオロギー・レトリック――アメリカ文学再読』（南雲堂フェニックス、二〇〇九年、共著）、『〈都市〉のアメリカ文化学』（ミネルヴァ書房、二〇〇一年、共著）、『アメリカ文化55のキーワード』（ミネルヴァ書房、二〇一三年、共著）。

的場いづみ（まとば・いづみ）
兵庫県生まれ。東京女子大学修士課程修了。広島大学大学院総合科学研究科准教授。主な著書に、『カウンターナラティヴから語るアメリカ文学』（音羽書房鶴見書店、二〇一二年、共編著）、『書きなおすナボコフ、読みなおすナボコフ』（研究社、二〇一一年、共著）『知の根源を問う』（培風館、二〇〇八年、共著）。

加藤麻衣子（かとう・まいこ）

神奈川県生まれ。津田塾大学大学院文学研究科英文学専攻博士後期課程単位取得済退学。青山学院大学、東海大学、関東学院大学講師。主な著書に『英語文学事典』（ミネルヴァ書房、二〇〇七年、共著）、『英語圏諸国の児童文学Ⅱ――テーマと課題』（同、二〇一一年、共著）、『英米児童文化55のキーワード』（同、二〇一三年、共著）。

照沼かほる（てるぬま・かおる）

埼玉県生まれ。一九九九年東京都立大学大学院博士課程満期退学。福島大学行政政策学類准教授。主な論文に「語る男と行動する女――『緋文字』における女性を黙らせる構図」『New Perspective』第一七三号（新英米文学会、二〇〇一年）、「ラプンツェルの『冒険』――ディズニー・プリンセスのゆくえ2」『行政社会論集』第24巻4号（福島大学行政社会学会、二〇一二年）。

松崎博（まつざき・ひろし）

一九六三年、新潟県生まれ。青山学院大学大学院博士後期課程満期退学。愛知学院大学文学部教授。主な著書に『多文化主義で読む英米文学』（ミネルヴァ書房、一九九九年、共著）、『他者・眼差し・語り――アメリカ文学再読』（南雲堂フェニックス、二〇〇五年、共著）、『国家・イデオロギー・レトリック――アメリカ文学再読』（南雲堂フェニックス、二〇〇九年、共編著）、『北米の小さな博物館2』（彩流社、二〇〇九年、共著）。

吉田廸子先生　主要研究業績

【著書】

（1）『現在アメリカ女性作家の深層』（共著）、ミネルヴァ書房、一九八四年。
（2）*Faulkner Studies in Japan*（共著）、U of Georgia P、一九八五年。
（3）*Faulkner: After the Nobel Prize*（共著）、Yamaguchi P、一九八七年。
（4）*Faulkner's Discourse: An International Symposium*（共著）Max Niemeyer Verlag、一九八九年。
（5）*Faulkner, His Contemporaries, and His Posterity*（共著）、Francke、一九九三年。
（6）『トニ＝モリスン』、清水書院、一九九九年。
（7）『他者・眼差し・語り——アメリカ文学再読』（編著）、南雲堂フェニックス、二〇〇五年。
（8）『ビラヴィド』（編著）、ミネルヴァ書房、二〇〇七年。
（9）『国家・イデオロギー・レトリック』（共著）、南雲堂フェニックス、二〇〇八年。

【翻訳】

（1）ウディ・ガスリー『ギターをとって弦を張れ』（共訳）、晶文社、一九七五年。
（2）トニ・モリスン『ビラヴィド』、集英社、一九九八年／早川書房、一九九九年。

【論文、エッセイ、その他】

（1）ヨクナパトーファ郡の"Voices"と"Legends"、『英文学研究』（日本英文学会）第四七巻二号、一九七一年。

（2）「スノープス三部作」におけるフォークナー、『英文学思潮』（青山学院大学英文学会）第四六巻、一九七三年。
（3）フォークナーの世界（そのⅠ）、『紀要』（青山学院大学文学部）第一七号、一九七五年。
（4）もう一つの世界―― Faulkner の女性たちに関する一考察、『英文学思潮』（青山学院大学英文学会）第五〇巻、一九七七年。
（5）時間、語り、青春―― *Absalom Absalom!* に関する一考察、『紀要』（青山学院大学文学部）第一九号、一九七七年。
（6）情熱と創造――ウィラ・キャザーに関する一考察、『オベロン』（オベロン会、第一七巻二号、一九七八年。
（7）南部文学における家と女性についての一考察、『アメリカ文学』（日本アメリカ文学会東京支部）第三六号、一九七九年。
（8）"That Evening Sun" の文体、『アメリカ文学研究』（日本アメリカ文学会）第八号、一九七一年。
（9）ひとりの歌・民族の歌：*The Color Purple* の奇蹟、『英文学思潮』（青山学院大学英文学会）第五八巻、一九八五年。
（10）叫びと沈黙の中から：*Beloved* における歌と語りの誕生、『紀要』（青山学院大学文学部）第三三号、一九九一年。
（11）シュガーマンは飛んだ：*Song of Solomon* におけるフォークロア、『英文学思潮』（青山学院大学英文学会）第六五巻、一九九二年。
（12）本年度ノーベル文学賞受賞――トニ・モリスンの文学、『文學界』（文藝春秋）第四七巻一二号、一九九三年。
（13）母のない子の子守唄――『ジャズ』における家族の再生、『アメリカ研究』（日本アメリカ学会）第二九号、一九九五年。
（14）"endurance" と "fighting"、"innocence" と "funkiness" ――フォークナーと黒人女性作家たち、『英語青年』（研

究社）第一四三巻八号、一九九七年。
（15）ニューヨークで読む *Paradise*、『英語青年』（研究社）第一四四巻三号、一九九八年。
（16）ヘミングウェイ・アレルギーとフェミニスト・アプローチ、『ユリイカ』（青土社）第三一巻九号、一九九九年。
（17）故郷の絆から生まれた文学――ユードラ・ウェルティを偲んで、『英語青年』（研究社）第一四七巻八号、二〇〇一年。
（18）"Let's Break Bread" ――ヨクナパトーファの食文化雑考、『フォークナー』（日本ウィリアム・フォークナー協会）第七号、二〇〇五年。
（19）タータンとブルース――フォークナーの世界における支配と浸透、『フォークナー』（日本ウィリアム・フォークナー協会）第一〇号、二〇〇八年。

（本村　浩二＝編）

ターミナル・ビギニング――アメリカの物語と言葉の力

2014年7月 1日　初版第1刷印刷
2014年7月10日　初版第1刷発行

著　者　吉田廸子 ほか
編著者　中村　亨
発行者　森下紀夫
発行所　論 創 社
東京都千代田区神田神保町 2-23　北井ビル
tel. 03(3264)5254　fax. 03(3264)5232
http://www.ronso.co.jp/
振替口座 00160-1-155266
装　幀　奥定泰之
印刷・製本　中央精版印刷

ISBN978-4-8460-1336-3　C0098　Printed in Japan